桂冠世界文學名著 4

總策劃／吳潛誠

狄福

魯濱遜飄流記

戴維揚・導讀

狄福(Daniel Defoe, 1660～1731)

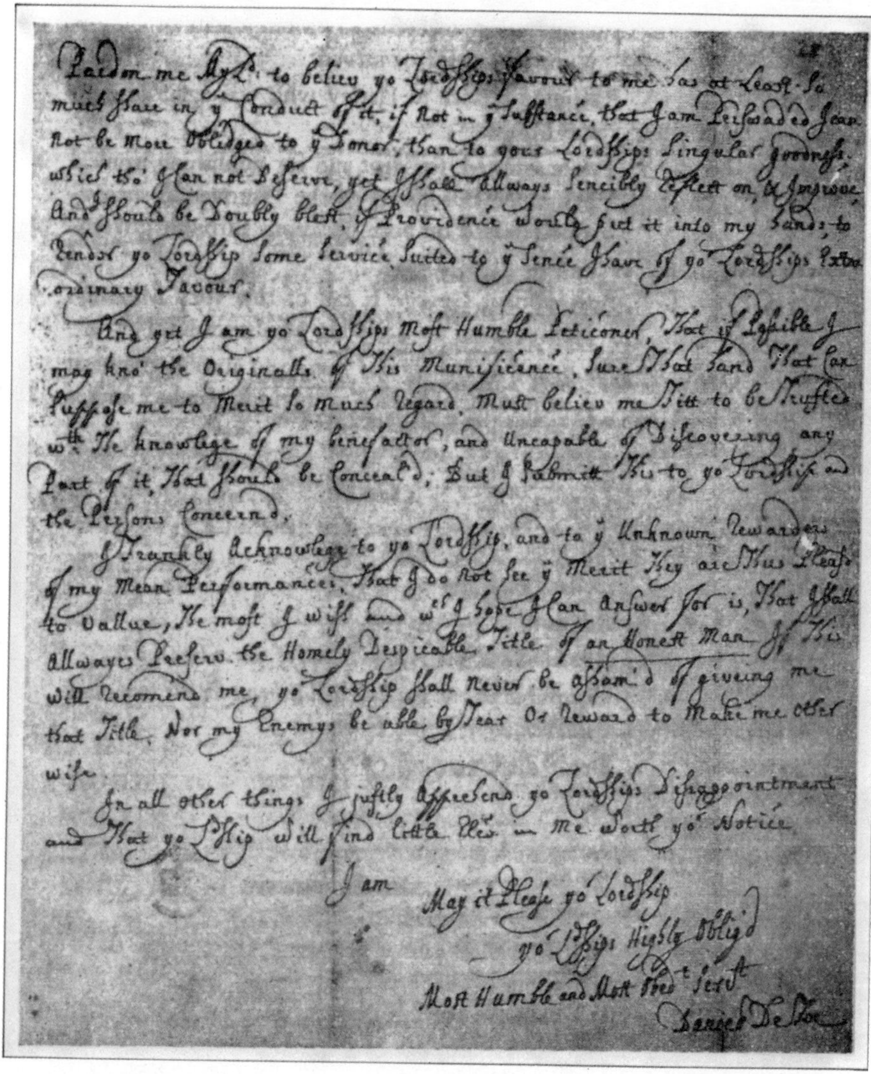

Pardon me My Ld. to believ yo Lordships Favour to me has at Least So much Share in ye Conduct of it, if Not in ye Substance, that I am Perswaded I can Not be More Obliged to ye Donor, than to your Lordships Singular goodness, which tho' I can not Deserve, yet I shall allways Sencibly Reflect on, & Improve; And I should be Doubly blest, if Providence would put it into my hands; to Render yo Lordship Some Service Suited to ye Sence I have of yo Lordships Extraordinary Favour.

And yet I am yo Lordships Most Humble Peticoner, That if Possible I may kno' the Originalls of This Munificence, Sure That hand That Can Suppose me to Merit So Much Regard, Must believ me Fitt to be Trusted wth The knowlege of my benefactor, and Uncapable of Discovering any Part of it, That Should be Conceal'd; But I Submitt This to yo Lordship and the Persons Concern'd.

I Frankly Acknowlege to yo Lordship, and to ye Unknown Rewarders of my Mean Performances, That I do Not See ye Merit They are Thus Pleas'd to Vallue, The most I wish and wch I hope I can Answer for is, That I shall Allwayes Preserv the Homely Despicable Title of an Honest Man, If This will Recomend me, yo Lordship shall Never be asham'd of giveing me that Title, Nor my Enemys be able by Fear Or Reward to Make me Otherwise.

In all other things I justly Apprehend yo Lordships Disappointment and That yo Ldship will find little Else in Me worth yor Notice

I am May it Please yo Lordship

yo Ldships Highly Oblig'd

Most Humble and Most Obedt Servt

Daniel De Foe

狄福的手跡。

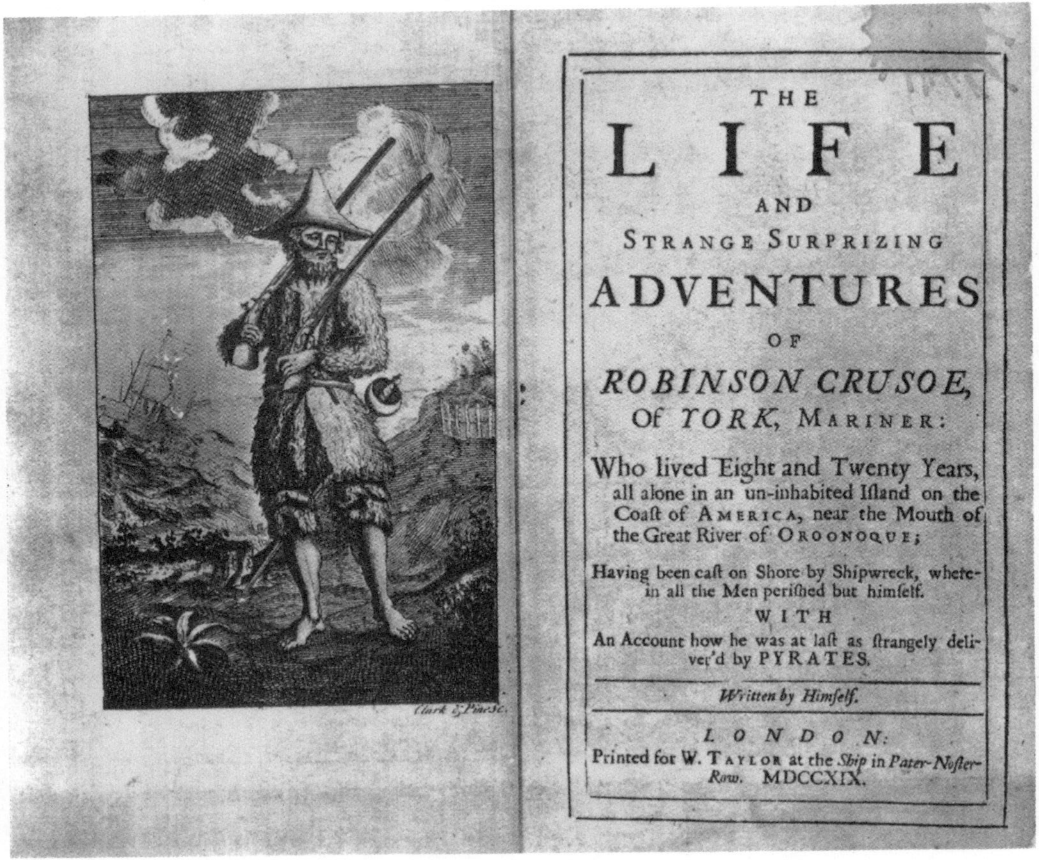

THE

LIFE

AND

STRANGE SURPRIZING

ADVENTURES

OF

ROBINSON CRUSOE,

OF *YORK*, MARINER:

Who lived Eight and Twenty Years, all alone in an un-inhabited Iſland on the Coaſt of AMERICA, near the Mouth of the Great River of OROONOQUE;

Having been caſt on Shore by Shipwreck, wherein all the Men periſhed but himſelf.

WITH

An Account how he was at laſt as ſtrangely deliver'd by PYRATES.

Written by Himſelf.

LONDON:

Printed for W. TAYLOR at the *Ship* in *Pater-Noſter-Row.* MDCCXIX.

《魯濱遜漂流記》初版封面。(1719)

初版封面版畫細部。

觀覽寰球文學的七彩光譜
——《桂冠世界文學名著》彙編緣起

吳潛誠

早在一八二七年，大文豪歌德便在一次談話中，提到「世界文學」（Weltliteratur）一詞，並宣稱全球五大洲的文學融會成一體的時代已經來臨。他說：

> 我喜歡觀摩外國作品，也奉勸大家都這樣做。當今之世，談國家文學已經沒多大意義；世界文學紀元肇生的時代已經來臨了。現在，人人都應盡其本分，促其早日兌現。

歌德接著又強調：文學是世界性的普遍現象，而不是區域性的活動。因此，喜愛文學的人不宜劃地自限，侷促於單一的語言領域或孤立的地理環境中，譬如說，德國人不可只閱讀德國文學，英國人不應只欣賞英文作品；相反的，人人都應該從可以取得的最優秀作品中挑選材料，作爲自己的文學教育；而天下最優秀的作品自然未必全出自自己同胞之手。歌德心目中的世界文學不啻就是全球文學傑作的總匯，衆所公認的經典作家之代表作的文庫。

那麼，什麼是經典作家？或者，什麼是經典名著的認定標準呢？法國批評家聖・佩甫（Charles-Augustin Sainte-Beuve, 1804~1869）在〈什麼是經典〉一文中所作的界說可以代表傳統看法：

> 真正的經典作者豐富了人類心靈，擴充了心靈的寶藏，令心靈更往前邁進一步，發現了一些無可置疑的道德真理，或者在那似乎已經被徹底探測瞭解了的人心中再度掌握住某些永恒的熱情；他的思想、觀察、發現，無論以何種形式出現，必然開濶寬廣、精緻、通達、明斷而優美；他訴諸屬於全世界的個人獨特風格，對所有的人類說話，那種風格不依賴新詞彙而自然清爽，歷久彌新，與時並進。

諸如以上所引的頌辭，推崇經典作品「放諸四海而皆準，百世以俟聖人而不惑」，具有普遍而永恒的價值，在國內外都有悠久的歷史；但在後結構批評興起以後，卻受到強烈的質疑。概略而言，解構批評、新馬克思學派、女性主義批評、少數族裔論述、後殖民觀點等當前流行的批評理論，基本上都否認天下有任何客觀而且永恒不變的眞理或美學價值；傳統的典範標準和文學評鑑尺度也是一種文化產物，無非是特定的人群（例如強勢文化中的男性白人的精英份子），在特定的情境下，遵照特定的意識形態，爲了服効特定的目的，依據特定的判準所建構形成的；這些標準和尺度無可避免地必然漠視、壓抑其他文本——尤其是屬於女性、少數族群、被壓迫人民、低下階層的作品。因此，我們必須重新檢討傳統下的美學標準以及形成我們的評鑑和美感反應的那些基本假設和「偏見」。

沒錯，文學作品的確不會純粹因爲其內在價值而自動變成經典，而是批評者（包括閱讀大衆）和權力建制（諸如學術機構）使然。譬如說，現今被奉爲英國小說大家的喬治・艾略特（1819～80），直到一九三〇年代仍很少被人提起；美國小說家梅爾維爾（1819～91）的作品曾經被忽略長達一甲子之久；浪漫詩人雪萊（1792～1822）在新批評當令的年代，評價一落千丈；布雷克（1757～1827）因爲大批評家傅萊的研究與推崇，在一九四〇年代末期才躋入大詩人行列……

這是否意味著文學的品味和評鑑尺度永遠在更迭變動，毫無客觀準則可言呢？馬克思曾經頗感納悶：產生古希臘藝術的社會環境早已消逝很久了，爲什麼古希臘藝術的魅力仍歷久不衰？當代馬克思批評家伊格頓（Terry Eagleton）曾經嘗試爲此提供答案，他反問：「既然歷史尚未終結，我們怎麼知道古希臘藝術會永遠保有魅力呢？」

我們不妨假設伊格頓的質疑會有兌現的可能，那就是說，歷史的巨輪繼續往前推動，社會發生了劇烈改變，有一天，古希臘悲劇和莎士比亞終於顯得乖謬離奇，變成一堆無關緊要的思想和感覺方式，與方今習見的牆壁塗鴉沒啥分別。不過，我們是否更應該正視古希臘悲劇已經流傳了兩千年，在不同的畛域和不同的時代，一直受到歡迎的事實？

不僅古希臘悲劇，西洋文學史上還有不少作家，諸如但丁、喬叟、塞萬提斯、莎士比亞、密爾頓、莫里哀、歌德等等，長久以來一直廣受喜愛，這多少可以說明人類的品味有某種程度的共通性和持續性吧？再說，曾經長期被奉為經典的作品，必已滲入廣大讀者的意識中，甚至轉化成集體潛意識，對於一國的文學和文化發展產生相當大的影響，欲深入瞭解該國之文學和文化，則不能不尋本溯源，探究其經典著作。例如，《詩經》對於漢民族的文學和文化的影響幾乎難以估計，不提《大學》、《中庸》、《論語》、《孟子》之類的儒家經典曾大量援引「詩云」以闡釋倫理道德；連我們今天所習見的橫匾題詞，甚至四字一句的「中華民國國歌」歌詞，（意欲傳達肅穆聯想）都可和《詩經》牽上關係。

退一步來說，儘管典範不可能純粹是世上現有的最佳作品之精選，而且有其不可避免的附帶弊端，但卻不失為文學教育上有用的觀念。簡而言之，典律觀念肯定某些作品比其他作品更有價值，更值得仔細研讀，使一般讀者在面對從古到今所累積的有如恒河沙數的文學淤積物時，不致於茫茫然，不知如何篩選。早在十八世紀，法國大文豪伏爾泰（1694～1778）便曾提出警告：「浩瀚的書籍，正在使我們變得愚昧無知」，英國哲學家湯瑪斯·霍布斯（Thomas Hobbes, 1588～1679）也曾經詼諧地挖苦道：「如果我像他們讀那麼多書，我就會像他們那麼無知了。」喜歡閱讀而不重抉擇的讀者能不警惕乎？

那麼，什麼才是有價值的值得推薦的文學傑作？或者，名著必須符合什麼標準呢？文學的評鑑標準自來衆說紛云，因爲文學作品種類繁多，無法以一成不變的規範加以概括，有些作品甚至以打破傳統規範而傳世。我們勉強或可分成題材內容和表達技巧（形式）兩方面，嘗試提出幾則評鑑標準，以供參考：

西方文論自古以來一直視文學爲生命的摹仿或批評，推崇如實再現人生眞相的作品。當代批評則質疑再現（representation）論，認爲所謂的人生經驗其實也是語言建構下的產物，寫實主義充其量只可當做文學俗套的一端。然而，無論如何，以語文作爲表達媒體的文學藝術，其內涵必定多少與人生經驗有所關聯（不可能，也不必要像音樂或美術那樣追求純粹美感）。我們姑且假設人生的眞相是一束光譜，光譜的一端是純粹紀錄事實的紅外線，另一端則是純粹幻想的紫外線，當中紅、橙、黃、綠、藍、靛、紫等深淺不同的顏色代表寫實成分濃淡不同的文學作品。白色光呈現在各顏色之中，但各顏色只是白光的片斷而已。人生眞相或眞理就像普通光線一樣，尋常到處都有，但卻非肉眼所能看見。文學家透過虛構形式的三稜鏡，將光切斷，並析解成各種顏色，好讓讀者得以具體感受到光的存在。那就是說，無論使用什麼文學體式或表現手法，自然主義也好，象徵主義、表現主義、後現代主義也好，史詩也好，悲劇、喜劇、寓言、浪漫傳奇、科幻小說也好，愈能讓讀者感受到生命存在的基本脈動，便是愈有價值的上乘作品，而在刻劃或呈現方面，其深廣度、強烈度或繁複程度又有卓著表現者，殆可稱爲偉大文學。

舉例說，《哈姆雷特》一劇涉及人世不義、家庭倫理（夫妻、兄弟、母子關係）的悖逆、以及王位篡奪所導致的社會不安，多種因素互相牽動，同時兼具有道德、心理、政治方面的涵意，故宜列爲偉大著作。托爾斯泰的《戰爭與和平》以巨大的篇幅，刻劃諸多個性殊異的角色，躬逢拿破崙時代戰爭的轉變和短暫的和平，呈現了人生的基本韻律：少年與青年時期的愛情、追求個人幸福和功名方面的失足與失望、時代危機、以及歷經歲月熬鍊所獲致的樸實無華的幸福和心靈上的平靜，這部鴻篇鉅作當然也該列爲名著。

合乎上述標準的虛構作品，在閱讀之際，也許會讓人暫時逃離現實人生；但讀畢之後，必會使人更有智慧去看待不得不面對的人生。那也就是說，嚴肅的文學傑作必須具備教育啓發功能，擴大讀者的想像和見識空間，使他們感覺更敏銳、領受更深刻、思辨更清晰……但這並不意味著文學作品必須提供黑白分明的眞理教條；相反的，經得起時間考驗的佳構，往往以反諷的語調，揭示生命中的矛盾，告訴讀者：所謂的眞理或價值其實大多是局部的、不完美的，有賴其他眞理或價值的修正補充。例如，但丁的《神曲》表面上的確在肯定信仰，但細心的讀者不難發現它骨子裡隱含有反諷成分。

具備教誨功能的文學作品，對於社會文化必會產生深刻持久的效應，乃至於有助於形塑整個國族的集體意識，或徵顯所謂的「時代精神」，這一類作品理當歸入傳世的名著之林。例如，沙弗克力斯的《伊底帕斯王》、西班牙史詩《熙德之歌》便是。

評鑑文學作品當然不宜孤立地看題材／內容／意涵，而須一併考慮其表達技巧／形式／風格，唯有達到一定的美學效果，才有資格稱爲傑作。此外，在文學發展史上佔有承先啓後之功，不論是開啓文學運動或風潮，刷新文學體式，別出機杼，另闢蹊徑，手法戛戛獨造，技巧出神入化，形式完美無缺者，亦在特別考慮之列。例如法國象徵主義詩人馬拉美的詩篇，寫實主義的典範屠格涅夫的《獵人日記》、福婁拜爾的《包法利夫人》，心理分析小說的巨構《卡拉馬助夫的兄弟們》、把意識流敍述技巧發揮得淋漓盡致的《燈塔行》，首創魔幻寫實的波赫斯之代表作皆屬此類。

《桂冠世界文學名著》基本上是依據上述的評選標準來採擷世界文學花園中的精華（不包括中文著作），但也不敢宣稱已經網羅了寰球文苑的奇葩異草，因爲這套書所概括的範疇，時間方面上下緜延數千年，空間上橫貫全球五大洲，筆者自知學識有所不逮，雖曾廣泛參酌西方名家所編纂的書目，也設法徵詢各方意見，但亦難免因爲個人的偏見和品味，而有遺珠之憾；另一方面，由於必須配合出版作業上的考慮，先期推出的卷册，一仍既往，依舊偏重歐、美、俄、日的古典和現代作品，希望將來陸續補充第三世界的代表作和當代的精品，以符合世界文學名著的全銜。

匯編這套以推廣文學暨文化教育爲宗旨的叢書，原則上自當愼重其事，講求品質；但同時也得衡量現實的條件：諸如譯介的人才和人力、社會讀書風氣、讀者的期待與反應等等，這也就是說，一套名著的出版，不純粹只是理念的產物，同時也是當前國內文化水平具體而微的表徵。一味好高騖遠，恐怕亦無濟於事。

這套重新編選的《桂冠世界文學名著》還有一個特色，那就是每本名著皆附有一篇五千字左右的導讀，撰述者儘可能邀請對該書素有研究的學者擔任；他們依據長期研究心得所寫的評析文字，相信必能幫助讀者增加對各名著的瞭解，同時增添整套叢書的內容和光彩。謹在此感謝這些共襄盛舉的學界朋輩和先進，以及無數熱心提供意見和幫助的朋友。最後，還請方家和讀者不吝指教，共同促進世界文學的閱讀與欣賞。

現代小說的典範——評析《魯濱遜飄流記》

戴維揚

狄福（Daniel Defoe 1660～1731）近花甲之年在一七一九年四月出版英文版《魯濱遜飄流記》(*The Life and Strange Surprising Adventures of Robinson Crusoe*)，一年之內，再版六次，八萬冊一下搶光，當年八月立刻出版續集(*The Farther Adventures of Robinson Crusoe*)，同時海盜濃縮本也廣爲兒童所搶閱，翌年續集第三冊(*Serious Reflections of Robinson Crusoe*)出版以後，立刻引起歐美各出版商爭相出版各國文字的翻譯本／翻印本／節譯本。這些書將近三百年來仍然爲全球最受矚目的小說／兒童讀物。

十八世紀視爲實用有趣的小說

狄福同時代的文壇大師，大都讚賞「魯濱遜飄流記」爲小說的濫觴。英國的波普（Alexander

Pope）和詹生（Samuel Johnson）極力推薦這本小說。法國盧騷（Jean Jacques Rousseau）譽爲世上唯一可讓他的「愛彌兒」（Emile）閱讀的書〔甚至依他評價：聖經（*The Bible*）都無法和它相比〕，他認爲《魯濱遜飄流記》是一本教導兒童「自然教育」（Natural Education）有益、有用、有理、有趣的教課書。❶它提供孩童勤以動手、動脚，殷勤工作勞動的示範者。十八世紀的教育工作者採取洛克（John Locke）的「白紙說」主張兒童生下來如一張白紙，教育者教什麼，就會變成什麼。他們冀望成人不要污染小孩，應該讓兒童接近大自然，保有一片純淨的天地。

十九世紀成爲人人愛看的故事

英國浪漫時期的文壇祭酒考力基（Samuel Taylor Coleridge）稱讚此書情趣飛逸，爲描寫浪跡天涯的奇書，它能逗引成長中的孩童嚮往探險他鄉的夢想，它直指「人人都想擁有的須求和人人都想要求的安適」（need that all men have, and comforts all men desire）。

---

❶Emillus and Sophia: *A New System of Education* (London, 1762) II, 58～66。此書為法文原著，這本譯文為最早在英國倫敦出版的英譯本。本文大都注解是根據W. W. Norton 一九七五年出版的*A Norton Critical Edition, Daniel: Defoe Robinson Crusoe*, ed. Michael Shinagel.”

渥茨渥斯（William Wordsworth）讚譽魯濱遜故事中的主角具有超乎尋常的堅毅個性，以及在艱難的困境仍然充滿了「不尋常的能力和英雄式無限的資源」（the extraordinary energy and resource of the hero）。

美國的愛倫・坡（Edgar Allan Poe）也讚賞此書能夠引發人們「等同此心的機能」，在閱讀時讀者深覺「與我心有戚戚焉」，盼望自己處在惡劣的環境下，也能像魯濱遜一樣，孤軍奮鬥，克服萬難，終能脫險致富。

每個世紀都有他們夢中的英雄：魯濱遜正是十八、十九世紀如泰山一樣在森林裡稱王的英雄。其實狄福稱其主角爲魯濱遜，英文Robinson意即稱霸森林的大俠盜魯濱漢Robin之子的意涵，只是他再加上Crusoe意即水上大俠盜，那麼就是統領海陸的江洋大俠／盜。如今，二十世紀就必須再加上空中的本領，如小飛俠（Peter Pan）原來是希臘的牧羊人之神Pan加上現代騰雲駕霧的本領。或超人（Superman）、蝙蝠俠（Batman），二十世紀的英雄夢就非得當上海陸空三軍的大統帥，才能述說人們心中潛藏著征服大自然的美夢，人人爭相閱讀魯濱遜正顯示著，人人發揚內心深處潛藏的冒險犯難、統率全軍的英雄感。

二十世紀說成各說各話的著作

一、就社會、經濟層面論述：

馬克思（Karl Marx）在《資本論》(*Capital*)❷以「魯濱遜飄流記」舉例說明他的政經立場：他認爲魯自食其力跟資本主義的資方剝削勞方的階級鬥爭大異其趣。他以爲狄福所描述的故事並無勞資所得不均的社會問題，馬克思正像目前不少的「評論者」只根據自己所看的節譯本就斷章取義，亂下界說；或說這是一本浪漫的小說，或說這是一本崇尚自然的小說。其實照原著推論：狄福筆下的魯濱遜正是資本主義、帝國主義、殖民主義、種族主義的倡導人。當代嚴謹的學者皆作如是觀。

近代執教於美國史坦福（Stanford）大學的Ian Watt就以狄福爲資本主義論和個人主義者寫了一本專論小說的評論名著：《小說的興起》(*The Rise of the Novel*)。他認爲小說文類得以堀

---

❷Karl Marx, *Capital,* tr. Samuel Moore and Edward Aveling (Chicago: Charles H. Kerr & Co., 1921), I, 88～91。

起於十八世紀正得力於社會、經濟、政治、文化的變遷。工業革命因運而生的中產階級主張個人主義的獨立、自主、平等正風行全歐；寫實主義（Realism）也開始盛行。人們開始盼望一夜致富也計劃著屯積財富。鑑此，他斬釘截鐵地爲狄福下結論：「狄福所寫的英雄統統追逐金錢」（All Defoe's heroes pursue money）❸。

經濟人(Homo economicus)不僅是馬克思的主張，近人韋伯（Max Weber）也認爲新教倫理（the Protestant Ethic）孕含著個人獲利是正當的，意即不可不勞而獲，做工的就該得工價，這是天經地義，心安理得的經營，問心無愧的企業。❹

二、就女性主義的性別觀點：

狄福第一本小說《魯濱遜飄流記》暢銷了兩百多年以後，才爲二十世紀女性主義的倡導人之一的Virginia Woolf所質疑。她正像當今不少的評論家都把狄福第二本小說《女賊史》(*Moll Flanders*)評價置於「魯」之上。

其實，「魯濱遜飄流記」只在第一集快結束處，他年已過半百，七年之內，結婚生子，才有寥

---

❸Ian Watt, *The Rise of the Novel* (Berkeley: Univ. of California, 1974) 63。

❹Watt, *A Norton Critical Edition*, 326。

寥數字的「性」生活。整本小說多是過著獨立的單性生活，現代的女性主義者也可將此書看成「單身貴族」「單性生活」的典範。

Woolf主張我們當一名讀者就應該「爬在作者的肩膀上，透過他的眼睛凝視」(All alone we must climb upon the novelist's shoulders and gaze through his eyes……)❺接著她認爲狄福已將全宇宙繼之以和諧(He has roped the whole universe into harmony)她呼籲人們面對著殘破的山嶺，巔波的海洋，我們應該仰天看一看滿天璀璨的星空。狄福將大自然納入他規劃的一部份，讀者應當如是具有「雄」心壯志，如女媧一樣，開天闢地。

三、就英國小說的歷史傳承：

現代小說之王喬哀思（James Joyce）稱讚狄福爲「英國小說之父」(Daniel Defoe, father of the English Novel)，他爲盎格魯——撒克遜民族塑造了一個征服全球，日不落國的英國英雄角色(The true symbol of the British conquest)❻魯濱遜雙肩掛雙槍，腰佩大彎刀，一付英國海盜的打扮，正是當年英國人征服四海，遠征五湖的慓悍行徑，日常生活他卻勤儉無華、堅忍不

---

❺Virginia Woolf, The Second Common Roader (Harcourt Bruce Jovanovich, 1960) 50～58。

❻James Joyce's 1912 a lecture in Italian on Daniel Defoe, Norton, 354～357。

拔、慢工細活、冷靜實際、信仰平實，就憑這種英國精神和實踐的毅力，他們確實曾經征服了英倫三島，也曾征服了全球，號稱「日不落國」。

吾人正處在「後殖民時期」的後現代，這些古老的故事，這些陳年的神話，這些所謂的英雄事蹟，這些征服者縱橫天下的干雲豪氣，這些佔地爲王的雄圖霸氣是否只存留在「博物館」「紀念館」供人研究／瞻仰；我們是否已沒有英雄也沒有英雄崇拜或英雄氣概；或者在我們的內心深處仍然潛藏著英雄血脈。誰敢說泰山、超人，甚至忍者龜，不是仍然是這個時代叢林遊戲的主導者，魯濱遜仍然活在部份當代人的理想、夢想中，它仍是我們的讀物，我們的代言人。

狄福身爲英國當時代兩黨的抓刀者（ghost writer），深昧政治傾軋的技倆。靠他足智多謀，深謀遠慮，走在鋼索上而沒葬身宦海，仍然未上絞首台，而能在花甲之年寫下了冒險犯難，克服萬難開天闢地的藍圖策略。誰說美國、加拿大、澳大利亞，沒有這本書潛移默化之功。其實，狄福老早就爲英國人強取豪奪，征服全球。在「魯濱遜飄流記」面市之前，寫了上萬言的長詩，《正宗天生的英國人》（*The True Born English Man*）；詩中透露出英國人地處寒帶不毛之地，只有依靠後天勤能補拙；「沒有好誇的家世，只好白手起家」更需要以海盜的強勢征服全球。此詩中還直言所謂的「高貴的野蠻人」（Noble Savage）❼最好降服，收編爲效忠的藩屬。然而詭計

❼*Daniel Defoe* ed. James T. Boulton (New York: Schocken, 1965), 51～81。

多端的中國人最難以智取勝，需要另外設方想法才能打倒中國這個難以征服的國度，後來在一七二〇年，他終於想到一招狡計。

文本分析

一、本譯本

桂冠圖書公司這次出版《魯濱遜飄流記》的中文譯本是節譯本。謹就此譯本而論，本書可分爲兩大部份。其中，以二十八回「赤脚的足印」爲分水嶺：前半部，述及他個人如何脫險，如何獨自地克服萬難，征服自然，建設島國。他以敍述體夾雜著日記寫實記實的雙重描述，勾勒出慘澹經營，辛勤工作的成績單，其中以二十七回結束語「我是島上的國王」爲他登峰造極之作，他在島上經營了十年第一階段的「畢業證書」上詳細的登記著豐收的喜悅：

> 現在我已把新的樂觀的思想來訓練自己，我已覺得在這被棄而孤寂的環境下，是可以得到了比世界上任何快樂更厲害，這裡充滿著愉快的草原，可愛的山禽走獸；有甜的葡萄，蜜的果子，豐富的饈珍，新鮮的空氣，曠闊的海洋，比那些自稱是自由快樂的世

界裡面，自然更要樂意些啊。❽

這個世外桃園，人間烏托邦，在後半部書開始卻爲「單隻巨大的脚印」所干擾，此後，此書記載著魯濱遜如何和人類打交道。依靠他狡猾多疑，處處設防的本領，他止像抓羔羊一樣地征服了「星期五」（在西方Good Friday意即耶穌受難，所以，這位黑僕人最後替魯濱遜死在船上桅杆，狀如耶穌釘十字架），後來又征服了「星期五」的父親，以及西班牙人，和整般的英國人，他確確實實地當上島上所有人類以及動植礦物的國王、主宰者。

「魯濱遜飄流記」至今仍爲廣大的讀者群所喜愛，特別是成長中的孩童，不但可以藉此書滿足某種程度的征服慾、和探窺慾、冒險慾，此書提供的生存法則也爲叢林遊戲提供些許宣洩、過癮和替代功能。

二、前言序文

本書依古典作品成規，類似"Prologue"作開宗明義，濃縮版的故事「摘要」「大故事中的小故事」表達作者的心意和主旨。然而一般節譯本大略省譯全貌而忽略了作者的匠心巧機。

❽狄福《魯濱遜飄流記》桂冠，1993，頁101。

根據原文第一集前言／楔子，有一段小故事，指出魯濱遜爲了求勝，可以不計手段：他可將救命恩人小黑（Zury）賣了六十塊銀錢（比猶大賣耶穌多一倍的數目）。由此可證：魯是唯利是圖、恩將仇報，只顧自己的小人。他靠叢林的存活伎倆(Survival skill)——弱肉強食，適者生存，才能闖蕩苟活於江湖，單身過了三十五年的海盜生涯。狄福這個作者賴之爲生之計也是替他那個時代的政治——兩大黨兼差文字販子，情報販子。

後來蔚爲西方文壇的寫作手法的「寫實主義」（Realism）和「自然主義」（Naturalism）根據達爾文的進化論爲立論架構：建設一個勝者爲王的霸權世界。前述Ian Watt就此評論《魯濱遜飄流記》當寫實小說；個人主義，資本主義小說興起的代表作。

近代流行的「成功神學」也以成敗論英雄。只要成功就是站在上帝這一邊。一切事情，不擇手段，但求成功。

三、續集續心意

狄福愈成功，寫得愈勤，愈得意就愈將他的狡計全數挖出來。他探測到人類內心深處的貪求和慾望，他將人之惡，公開化、合法化、合理化。第三集乾脆直接明言：征服詭計多謀的中國人只有靠鴉片煙才能得逞。這本小說出版的年代是一七二〇，離史實上鴉片戰爭一八四〇尚有一百二十年，誠然他對大英征服中國具有遠見，難怪不少歐美人士稱他爲「先知」。他的小說，不僅是烏托邦，而且是可資征服者開天闢地實現的藍圖手冊。

有鑑於狄福是足智多謀的策士，他第二本名著小說《女賊史》也爲當代女性主義的擁護者用來「顚覆」（瓦解）男性主導的社會的最高戰略、戰策的指導藍圖或成功的秘笈。

《魯濱遜飄流記》到底是一本怎麼樣的書？見仁見智，衆說紛云：烏托邦式的幻想小說還是寫實記實叢林存活的見證日記；純眞兒童啓蒙開竅的啓智小說還是成人致勝致富的消遣作品；單身貴族獨立的逍遙遊還是成家立業，強取蠶食的叢林遊戲法則；這個答案只有留給讀者親身去探險、挖掘、體驗才能說出個中滋味，它正等待您的解決，開拓您的一片新天地。

1 離家

我自一六三二年生在約克城中以來，從沒有做過事情，但是在我的心裏，却充滿了許多旅行的念頭，我受過家庭教育和鄉村義務教育，我的父親還教我去學法律學，但是，我除了航海旅行外，一切都不能使我滿意，因此我終於違反了父親的命令，去實現我的理想，這多於一切禍患生涯的開始，正像是我不幸的天性催逼我去的呢！

我的父親，他早知道我的計劃了，幾次的勸導我；有一天早晨，他把我叫到他的房間裏去，他激烈的和我談着這航海的事，並且細問我的理由；這一種理由，自然是和白雲一樣的飄渺，我不知道怎樣囘答他，不過，假使我不離開故鄉，肯專心的努力事業，我想一定很有希望，而能快快樂樂的過着生活。

父親見我沒有囘答，便極於懇摯勸戒我，不可效法兒童的舉動，一切他都能替我做；若是我不聽他的勸戒，——因爲他並沒有鼓動我航海的思想，——對於我將來的不幸遭遇，他是不負任何責任的；並且他更預斷的說，假使我永遠執迷在這種愚笨的行爲上而不知反省，上帝亦將不願意保佑我，我將會達到一種無可挽囘的地步。

我聽到他最後一句預言，他的眼淚跟着流了下來，當他說到那一種無可挽囘的地步，而那時誰亦不能助我的時候，他感動得有許多話都不能說了，他的愁緒塞滿了心胸，他告訴我，不能再和我多說了。

我受了父親極大的感動，不覺就在家中住下了，可是沒有幾天以後，我的航海的念頭又復活了；我決意在幾個星期內瞞着父親，去過理想的漂流生活，我要慢慢的尋一個有機會的日子。

但是我不能瞞住我的母親，所以我告訴她我航海的目的，完全是在於遊歷世界，如果她給我去向父親說，許我這一次，以後如覺得不合意，回來的時候，決不再有這種思想，我將決定對事業加倍的努力，償還我所虛度的光陰。

我的母親很反對這樣去向父親說；但終於她把我說的話完全向我父親說了，父親十分反對的問着她說：

「這孩子住在家中，正可過着舒服日子，如果照他的計劃去行，他很可能變成一個不幸者，我決不准他出去！」

但是不到一年之後，我在一位同伴的父親船裏當着一名水手，這船是駛向倫敦去的，我沒有給父親母親知道，也沒有求上帝的保佑，更沒有去想自己此行的結果怎樣。於是，只有上帝知道的，在一六五一年九月一日，我就上船到倫敦去了。

我們的船剛駛出亨勃港口，風浪突然加大起來，我是從未經過航海的。我的全身感覺着萬般痛苦，心中非常的恐怖。這時，使我想起以前的事情，一幕幕的在我的眼前閃動着：我不應該瞞着我的父親，離開家庭和放棄我的責任；父親的熱淚，母親的哀泣，使我非常感動的受着良心的苛責——責罰著自己藐視忠告，不安心守份的過着舒適生活，和忽視父親善良的勸導。

風浪的凶勢漸漸的愈趨愈大了，但在航海裏來往多次的人，覺得這些風浪並不算得什麼；不過因爲我是一個年輕的水手，沒有一些航海的經驗，覺得每起伏一個波浪，就像要把我們吞下去似的，不能再生存在世界上了。這樣波浪洶湧的海中，眞是够使我恐怖呵！我立着許多誓和決心，祈求上帝赦我這一次的航海的生命，假使有一天給我躺在陸地上，我立刻奔回家去，永不再投入這航海的生涯；我從此聽從我父親的勸告，此後決不再有這些思想，增加更多的煩惱了。

第二天風浪却平靜了，陽光照在一平如鏡的海面上，這眞是一幅絕美麗的圖畫，——我從來沒有看見過這樣美麗的風景！看那陽光在黃昏時候明朗的落着；有一些些海風微微的飄着，我雖終日暈船而不悅意，爲了風浪的減少，和欣賞着這樣美麗的景緻，我已漸漸的有些慣常這種生活了。

到了晚上，我很安靜的躺在甲板上，我感到非常愉快。我凝目瞧着那茫茫大海，又覺得很稀奇：在昨前兩天是這樣的狂暴和可怕，而在這樣短促的時間裏，忽變得如此平靜而美麗……我幻想得正在出神，我的同伴忽然跑到我這裏來，——他就是引誘我出走的人，——他輕拍着我的肩膀說：

「你昨晚受了驚駭吧？是不是？那還是一陣微風呢。」

「你說一陣微風嗎？那是可怕的狂風呵！」我說。

「狂風，」他接着說，「這算不得什麼，我們對於狂風並不在意，至於你呢，因爲是一個新的水手，所以覺得恐怖了。好，來罷，讓我們喝一杯酒吧，好使一切忘懷。你看，天氣多麼高爽啊！」

這一晚上我喝得半醉，把我以前的悔恨，和對於將來的決心，都完全忘記了。我在海面平靜，風浪減少的時候，總之一切的思想都會忘去的，我又恢復以前的思想；而在危險的苦難裏，所立的那些誓言和許願，更不在心頭了。

2 我們的船沉了

我們到了耶摩斯魯地方，船在這裏必要停泊幾天。到這裏正是在海上的第六天，風浪依舊非常平靜，但是以後一連幾天都是逆風；在這港口，必要遇着順風，方可向海裏一直駛去，這幾天就有許多牛宮來的船同泊於一條線上。

船在這裏停泊四五天，風又吹起，而且吹得愈加厲害了。本來我們船上的錨具等物，都很完好而且堅固的，所以同伴們都很安然的過着海上的遊嬉生活，或是休息；但是，到了第八天早晨，風勢突然轉劇，颳的非常勇猛，我們趕快收了第二節桅杆，一切都佈置妥當，才算安泊無事。到了午後，波浪突然大作，一齊打入船中來，這時我們的船錨已經脫離了。大家都着慌起來，船主連連吩咐拋了大錨，於是我們在前面拋下二隻錨，盡其所長的一直伸到海裏。

這時的海風跟着風浪愈轉得狂烈了，船上一切的人的面上，都現着驚駭與恐怖，船主是盡心竭力的保護着這隻船，可是，當他在我艙房旁邊徘徊的時候，我聽出他很悲哀的向他自己說：

「上帝！請可憐我們吧，我們快要完全失散了！我們卽要滅亡了！……」

我迷矇的睡在我的臥房裏，聽着他這樣很悲哀的說話，這時我的心境，是紛亂得不知道怎樣描寫出來。我恐懼的往外面看，這一幅悽慘的景象，是我從來沒有看見過的：海浪似山一樣的高大，隔三四分鐘不斷地撞上我們的船上來；靠近我們的二隻載滿貨物的船，帆柱已經給風吹斷了；我們的同伴，更大聲喊着，在距離我們一里路的前面已有一隻船沉沒了，還有二隻脫錨的船，沒有方向的在海浪裏亂撞……。環顧四週都是一片悽涼恐怖的景象，將近黃昏時候，我們的船主將船上的桅杆都割了，否則船便要沉了，於是使船上空無一物。

在這種危險萬狀的環境中，我回憶起我先前那種翻覆不定的痛悔，一切都任其自然而不過問：但是，罪惡的死神還沒來臨，狂風海浪是不斷的向着我們打來，這一次的景象，是連所有的水手們都承認是從未見過的。因爲船的裝載過重，水手們時時喊着要沉的話，雖然大家心裏都在祈禱着上帝保佑，但是，船是每一分鐘都有下沉的可能。到了夜半，果然有人發覺船上有裂孔了，又有一人報告船艙裏已有四尺深的水了，於是大家忙着幫同抽水。這一片呼喊之聲，我聽了覺得一切思想都已頹喪，昏然不知的倒在自己的床上。

但不多時，我在迷糊中却給他們把我喊醒，叫我幫他們抽水；我不覺提起精神，跑到抽水機那裏用力的工作着。這時船主遠遠看見二隻小煤船，在海中飄流，並將駛近我們這裏，船主忙吩咐放礮以示事之危急，我以爲是船破裂了，或是出了其他可怕的不測事了，我於是驚駭暈倒於地；大家都忙救護自己，還當我是死了，任我躺在地上。但我過了一會，已慢慢的自己蘇醒過來。

我們還是不斷努力的抽着水，然而水是漸漸增多起來，這只船是立刻就要沉下去了；船正接連的放礮求援着。有一隻飄流我們相近的輕船，冒着險來援救我們，當我們登上這隻輕船，將近偉脫登尼水的時候，就看見我們的船沉下去了。水手們對我說船在沉的當兒，我因爲想起當時他們要我登上輕船，假使我仍舊在自己船裏的話，我是已經死了！我恐怖着驚懼着，我簡直不敢去望一望那隻沉了的船。

船是漸漸向岸的那邊推進，我們看見岸的時候，許多老百姓們奔跑到岸上來援救我們。我們到耶門，在這地方，我們是遭難的人，受着他們慇懃的款待，——待我們像高尙的商人或船上的主人一樣；並且給我們許多錢隨意我們到倫敦去，或是回故鄉去。

那時要是我回到我的故鄉去，該是多麼幸福的呢！但是，我仍是固守着我的一貫的惡劣的念頭。這一種固執是沒有什麼可以相敵，雖然在我理智淸醒的時候，我想應該一定要回去；可是不知怎麼，我可又缺乏這一種做的勇氣。自然這都是因爲我自己不能和劣根性相敵，始終催迫我去反抗自己的理智，還有什麼話好說呢！我於是由陸路行到倫敦，在路上仍是有許多思想互相鬬爭不定，就是回家呢？還是航海？

回家嗎？我想一定會受隣人的譏笑，我非但羞於去見我的父親和母親，並且更羞於去見別人。所以我不便回去的思想，依舊繼續下去，我於是把自己經歷的危險和可怕的災難，都在胸中消滅，回家的念頭，亦跟着打消了。

到倫敦後，我天天注意着一切航海的消息，不久，終於我重走上一隻往非洲的船，又開始我的航海生涯了。

3 屈服

當我動身的這天，船主聽得我說有意遊歷世界，他很贊成。他告訴我說，如果我永遠隨着他航海的話，是可不必要我經費的，他還敎我携帶貨物，探明了這貨物的銷場，還可以賺筆錢哩。

我很感激他的好意，我知道這船主是一個很誠實而且有信用的人。這時我身邊有四十鎊錢，這四十鎊錢是和我通信的親戚所送給我而陸續聚起來的；我於是把這四十鎊錢買了許多玩物和其他細少的用具。我一路去航行，居然賺了一筆錢。

我對這一次的航行，可以說是冒險生涯的一種成功，我很歸功於這個誠實的船主；他並且給我獲得許多關於一個水手應有的常識，簡直把我造成一個上好的水手了。

但是這次的航海，因爲天氣酷熱的緣故，使我大發瘧症，也算得是不幸的事情了。而且更不幸我的朋友——船主人，到了碼頭就死了，現在的船主，就是我朋友的從前的副手。但我仍舊搭在那隻船上，我只帶了一百鎊簇新獲得的財產，其餘的完全放在我朋友的孀婦家裏。可是這回的航行，我竟遇着好意的不幸了。

在一天的早晨，我們的船駛向芙蓉島進發，忽然有一隊土耳其的海賊在後面追着我們，他們愈追愈近，到下午三時，他們已經趕上我們；我們拿八尊礮對準着他們射擊，他們一船二百人也一齊射發槍彈。我們可幸沒有受傷。於是我們更嚴密的防着他們再來偸襲。當我們在船上的側面另一部埋伏的時，他們來了六十個人跳上我們的艙面，割去蓬索，但我們用細彈丸，短槍，又第二次擊退敵人。我們死了三人，受傷了八人，可是，事件的悲慘出乎意外的，末了我們都被征服，全船的人全被捉住了。

他們的待遇並不怎樣恐怖，但我是做了他們的奴隸，因為我很年輕，靈活，正巧合他們的生意。在這種遭遇裏，我是完全被屈服了。

現在我想起父親的預言，果然應驗了。這時沒有人在苦難裏會來救我，這天降的禍災，是臨在我的身上，我將死在這裏永無生望了。

我的新主人，把我帶到他的家裏。我很希望有再和他一同航海的機會，在航海裏他們也許有一天被西班牙，或葡萄牙的兵艦捉住，我就可以自由了，但是這期望，竟成了一個泡影，因為當他們再去航海的時候，是着我看管他的花園，像他家中一切僕人一樣；而在他們從巡邏回家的時候。又把我喚上船去看管他們的船，一些自由不得。

我在這樣的環境裏過了二年。我常常想設計逃脫，可是我的環境沒有一些可以脫逃的機會。這事我沒有一個人可以商量，因為奴僕們沒有英國人，阿列希人，或蘇格蘭人；我唯有以種種幻想藉作自娛，無論如何我沒有實行這逃脫的勇氣。

二年以後，我的逃脫的念頭又復活了。這時候，我的主人很多日子都是在家裏，如果天氣晴朗，從前每一個星期，總要出外一二次，裝置着漁具出發去捕魚；他常常帶我和一個年輕的馬爾財哥和他一個摩爾親戚同去替他划船。我捕魚的技術算是很好，常常替他捉得一簍子魚，他因此非常快樂。

有一個多霧的早晨，乳白的霧網，是一片茫茫的，在離岸只有半里多路，岸上的一切景物都朧入霧裏瞧不清楚。我們是划着船去捕魚，但是錯了方向和路程，我們工作了一個日夜，到第二天早晨，我們才知道走錯了路向，划到離海岸至少有二海里的外海去了。我們費了許多力氣，才得再划到邊岸來，我們一面迎着海風，肚裏都不覺十分餓了。

我的主人，自受了這一次災殃之後，自然更謹慎的保護着自己了。但是他仍舊出去捕魚，他吩咐船上的木匠，在天艇中間造了一個小房艙。在房艙後面留一個地位，藉以拉轉帆索和把航用的，前面則留一塊二三個人站立駕駛的地位。艙裏的地位非常寬暢，有一隻饍桌，饍桌裏有幾隻抽屜，裏面放着麵包、米、咖啡、和他所歡喜喝的酒。現在他每去一回，必帶一個指南針，並帶足食糧，同時還幾乎每次都帶我去，因爲他很贊美我的捕魚技術。

有一天，他又將出發去遊玩和捕魚了，帶了二三個很有聲望的摩爾人，並備了很多的精美食品款待他們。叫我預備着三把裝滿火藥和子彈的短槍，這是供給他們用來打獵和捕魚的。

我依了他的話都準備舒齊了。在早晨我就把船洗滌一清，掛着旗幟。專以給他款待他的客人。可是沒有多少時候，他獨自跑來和我們說，他的客人因爲事業失敗，不去玩了；叫我照常乘着船出發捕魚去，魚捕來以後就把牠送到家裏去，我一一的把這些事都照着他的話去做。

這時我覺得一隻船由我主使，我欲逃脫求救的心，突然又在我的思想裏波動着。我的主人去了以後，我就自己預備一切物件，並不想去捕魚，只是想去航海，我覺得只要離開這裏，就可達到了我的願望。至於航行到什麼地方去呢？我是沒有預計，也無從預計的。

4 兎脫以後

我已經想到第一條計策，預備假作對馬爾說，我們不可隨便取食主人的食物，應該自己在船上找尋食糧；他很同意，拿了一大籃的麵包餅乾進船來。我帶了一大塊重六十鎊的蜜蠟放在船裏，和一小紮麻線，一把斧頭，一把鋸子，這些對我都有極大的用處，尤其是這許多蜜蠟。

我的第二條詐計，也把他們騙上了。我把一個叫做馬利的叫來和他說：

「我們主人的軍器都在船裏，你可以去取一些火藥和子彈來嗎？我要為我們自己幾人殺幾隻水鳥哩。」

「好的，」他說：「我去拿些吧。」

於是他取了很大的一皮包的火藥來，大約有一磅半重，裏外還有不少槍和子彈。他都把牠放在船裏，我又在船裏看見主人的許多火藥，於是我都拿來裝在一隻很空的瓶裏，我是差不多都預備好了。

這樣我們就駛出海口去捕魚了。不幸遇着逆風，否則我可以行抵西班牙的海邊，或加低士海灣，現在正和我相反。但是我只一心要離開這奴籍的環境。不管風向前進，其餘則只好聽天由命了。

我捉了許多時候，一條魚也沒有捉到；因為當魚剛在釣子上時，我也故意不釣起來。我於是和馬爾說：

「你看，一條魚都沒有，我們怎好空手去見主人呢？我們略微駛遠一點吧。」

他想這並沒有關係，就很同意我的主張，當我將船駛到一里多遠時，我像捕魚的樣子似的把船停了，我走到馬爾站的地方，我是故意的彎腰裝着到他後面拾東西的狀態，乘他不備的時侯，我把他的腰部抱住，就將他拋入了海中了。他在水裏游泳着，允許同我一同航海，懇求着我讓他上船。我儘管駛着我的船，但是行得很慢，他在水裏游着跟過來，他是很容易趕及我的船的。

我在船艙裏拿出一把槍來，瞄準他說：

「我決不傷害你，如果你安靜的話；你自管游到前面海岸上去。否則如果你跟我近來，我就射你的頭腦。你要知道，我是要恢復我的自由呢。」

於是他反身向前面游去。這時海面非常平靜，故我相信他一定可以游到彼岸，因爲他的游泳術，是特別高人一等的。

那個駛航的孩子，名字叫做柴萊的，我對他說：

「假使你肯忠心對我，我可以把你造成一個偉大的人物；假使你不忠心於我，我將把你拋在海中。」

他天眞的笑着；他說他永遠忠心於我，並且情願隨我遊歷世界。我不覺很信用他，當我看着他這麼一付爛漫純眞的態度，很引起我的好感。

於是我們的船直向大海駛去。那南面都是住着一些野蠻的黑人，我們將不待上岸，就會給他們拿來吞食，或給野獸們撕吃呢。日裏我因爲要避開他們的發覺，就向海峽駛航，到天空轉黑時，我們才轉易方向，朝南偏東而駛，預備可以靠岸。

我們併力的疾駛着，到第二日下午三點鐘時，距離撒里南面已經一百五十里了。但我自受了馬爾的驚恐，怕他們追上，一路不敢停泊。一些時候，海風是柔和的吹着，這樣駛了五天，風轉南向了，我冒險的河口的岸邊抛了錨，我想他們該不至於再追了；但是這是什麼地方，那一度緯線，是什麼省份和什麼國家，都糊裏糊塗沒有知道。沒有看見一個人，我也不需要看見任何人，我所感到的祇是清水，——是這時唯一需要的東西。

黃昏時候，我們到了一個小灣，決定天黑下來，就到岸上去，但是岸上是一個荒野，許多動物的咆哮聲，很可怕的在夜裏飛來，是那震天動地的爲我有生以來所從未聽見過，柴萊請求着我不要上去，到了明天再說，可憐他已駭得靈魂兒飛散了。

「那末，柴萊！我不去。」我說，「也許明天我們可看見人類——那些同野獸般凶橫的人類。」

「我們拿槍射他吧。」他笑着說：「把他們趕走就得了。」

我見他喜悅的模樣，我自己也覺得愉快了。

我們是靜守了一夜，整夜都沒有睡着。有許多動物跳入水中來洗浴，我從沒有聽到過牠們那種因冷而舒暢所發出來的叫聲；柴萊非常的驚愕着，我是同他一樣的。突然有一隻碩大無比的動物撞近我的船邊來，我雖然在黑夜裏看不見牠，但牠從那一種透氣裏我可以推知是一隻非但碩大，而且是兇惡不堪的野獸，這使我們更加的恐怖了。

——獅子呢？我對自己想着：也許是的……

柴萊駭得只是喊我起錨駛逃。

「不！」我說：「我們抛放錨索，然後慢慢再進海去，我想牠一定不能這麼遠的追逐我們。」

我的話還沒有說完，這個動物離我們的船簡直只有二槳水的距離，我吃驚非小的立卽走進艙內，把我的槍拿出，對準着牠射發，剛才過去一槍，牠卽忙轉過身子，游到岸上去了。

我知道這些動物對於槍聲是沒有聽過的，牠們聽見槍聲時那一種怒吼的叫聲，從岸邊傳來，簡直是震撼山岳。因此我確信無論如何在晚上是不能登岸的，日裏或可冒險一下，可是給蠻人捉住，這一種不幸的危險，將和陷入獅虎等野獸手裏，正是一樣的啊！

因爲船裏的水一磅都不到了。柴萊要我允許他拿一只水瓶到岸上去尋些清水來。

「爲什麼你不要我去，而自己去呢？」我這樣向他說。

他的答覆，是非常使我對他感激，並且使我更加的愛他。他說：

「假使有野人來，牠們若把我吃了，你可以避去了呵。」

「但是我們一起去吧，柴萊。」我對他說：「如果野人來，我們可殺掉牠們，一個都不會給牠吃了。」

於是我們將船駛到岸邊，帶了軍器和兩隻水瓶走上岸去。

我們不敢走多遠的路，提防着野人會偸襲我們的船。在距離有一里路那邊有個凹處，柴萊走了過去，不一會兒，他已經射死一隻野兎似的動物向我奔來，並且告訴我，前面並沒有野人，而且還有清水的地方。我以爲有野人追趕他，或是遇着什麼野獸了，我連忙跑過去援助他；現在我們可很快樂的帶着這隻野兎，並且到一個小灣上去把水瓶裝滿了清水，囘來殺着野兎吃着，再預備向前進發；因爲這個地方，簡直沒有一個人的影跡，自然不便居留的。

5 黑人國境

我到這邊之後，我才知道離加納拉羣島都是很近的，但是這些島是在什麼緯度，我沒有帶觀察的器械，所以我不能確實的知道。不過，我到那些島都是很容易的，我只是把船沿着海岸駛行，我希望駛到英國貿易的地方，他們專做買賣的船一定會來拯救我們，把我們帶入港去的。

但是現在我們所在的海岸，一定是馬魯哥和黑人國的當中，這些地方都是沒有人住的荒野，祇有野獸在這裏居住着，黑人都避在極遠的南面去。

我有一次，彷彿看見灘納里夫的山峰，我冒險去過幾次，可是都給逆風吹了回來，於是我覺這隻小船太不合於這樣高漲的海水，我決照我的初意沿着海岸駛去。

有一個早晨，我把船停泊在一個小地角那邊，想要尋些淸水，柴萊的眼光好像來得比我敏捷，他已經看見那邊有一隻很大的並且很凶猛的動物，睡在小山的旁邊。

「我們不要靠近那邊海岸。」他低聲的叫着對我說：「你看，那山上不是睡着一隻獅子嗎？有一片山影蓋在牠的身上呢。」

「柴萊，你敢上岸把牠打死嗎？」

「我去打死牠，倒給牠一口吞了下去。」他帶着一種懼色的說。

我於是叫他靜靜的不要做聲。我取了一把最大的槍，裝了許多火藥和子彈，另外兩把槍，亦都裝足了子彈。我把最大的一起，對準了射進牠的頭上，另一把槍射着牠的腿上，已把牠的腿骨打碎了，牠吼叫了一聲，及到覺察牠的腿骨已經斷了的時候，牠又跌倒於地，再用另三隻脚站起來，那種因受傷慘叫的聲音，簡直從未聽過，再把槍對着牠射去，恰好射中牠的頭腦，牠雖仍是極力掙扎，可是呼喊的聲音已漸漸減低微下去，牠於是立刻就死了。

牠雖然死了，但是我可很懊惱，因爲牠死得毫不能作我們的食品，並且犧牲了我三次射擊牠的火藥的代價。

「我一定在牠身上取了一些損失來。」柴萊說着，要我給他一斧頭。

「什麼用處呢?柴萊。」

「我要把牠的頭割下來。」

但是他割了一隻很大的腿來。

我細細的想着，也許這獅子的皮我們得來有一些價值，我決意和柴萊去把牠的皮割掉。這事雖虧得柴萊善於這剝皮的本領，却費了一整天的工夫才把牠的皮割來；我們把皮掛在艙上，預備二天工夫，太陽把牠晒乾之後，拿來當作被褥。

以後我們又向南行了十一二天，我們對於食糧清水都用的很經濟，所以並不需要時常上岸去取清水。我是預備駛到克比河或三泥河去，相近浮特那地方，遇着幾只歐洲人的船，我們才不至於不知道向那一條路進駛，否則是必定要死在黑人手裏了。

我懷着這一種希望又行了十天之後，我居然看見岸上有人居住了，他們的身體都是很黑，並且赤裸着身體，他們見我們的船經過的時候，都在岸上望着我們。

我想把船駛近海邊去和他們說話。我看見他們手中都空着的，並沒有軍火，只有一個拿着一根像棒的東西在手裡。柴萊他阻止我去，他告訴我那個手裏拿着棒的就是槍，可以射得很遠，每發每中的。我於是廻避他們，做着許多手勢，要求他們供給我東西吃，他們也裝着手勢，跟着我的船停泊在岸邊，我看見他們中間有二個人奔回他們的住處去，拿了些乾肉和幾種麥食來給我們，這些都是他們的特產，但這是些什麼，我完全不知道。我接過之後，想謝謝他們，但是想不出什麼東西來酬謝他們。

這時却來了一個絕好的機會，使我們立刻可以當作酬謝他們的，因爲我們正在海邊休息着，忽然從山上有二隻凶猛的動物接踵着追到海裏去；牠們在海裏游泳着，岸上的人和婦女們都驚恐萬狀的逃了回去，只有手裏握着槍的人沒有逃走。但是這二隻動物，其中有一隻開始向着我們的船游來，我已經把我的槍裝了子彈，我連忙迎着牠的頭部擊去，牠立刻沉在水裏，拼着性命又浮起來游到海岸去；但是牠並沒有游到岸邊，因爲受傷過重而且牠的呼吸已被海水窒住，使牠立刻便死了。

於是我以手招呼着他們，因爲他們看見這隻動物已經死在水裏，不覺都壯起很大的膽子，到海邊來尋着這隻已死的動物；我看見許多染着血汚的水在海面上流着。

他們對於我殺這一隻動物，表示非常的驚奇；這是一隻滿身生着特號斑點的豹，他們把牠拖到岸上，都覺得牠這一身斑點生得非常可愛。

另一隻動物，已經在我槍聲裏驚逃到原來的山上去了！我不知道這是一隻什麼凶猛的野獸，但是這隻已死的動物，這些黑人都表示要吃牠的肉的樣子，我於是很願意贈給他們，他們見我很情願任他們取去，都表示對我非常的感謝。

他們沒有刀，他們用光利的木塊一樣把牠的皮剝去，和用刀一樣的敏捷，他們把肉送還了我許多，我表示很願意都任他們拿去，而暗示要這張皮的意思；他們是毫不吝嗇的就把這張皮送給了我和許多他們特出的土產，這些土產我原不知道是些什麼，但是我很快樂的接受着，以後我把我的水瓶拿出來，表示我瓶裏的水已經沒有了，他們之中於是來了兩個女人，扛着一只器具，滿盛着清水放在岸上；我於是和柴萊拿了三只瓶到岸上去，盛滿了三大瓶。

6 巴西的種植場

我在海上又行了十一天，並不想在岸邊停息一下，因爲已經備足了一切食糧和淸水，忽然我看見有一塊陸地，凸在海面，面上大約和我距離有五六里光景，我就繞着角而行；僅二里路遠的時候，我看見海面有一羣海島岸地，可是離我們很遠，假使這時遇着一陣風的話，也許兩岸都不能抵達了。

於是我憂慮的走進艙裏坐着，柴萊忽然魂飛魄散似的驚叫起來：

「主人，主人，」他說：「看那邊一隻着篷的船……」

他是以爲那隻船是他的主人派來追趕我們的，但是當我跳出艙房來看淸楚之後，知道這是一隻葡萄牙的船，我細察他們駛行的方向，一時是不會駛近海岸的，假使可能的話，我是決定同他們作一次談話呢。

因此我就張着帆極力的使船行駛，但是很使我感到失望，我並不是駛近他們，當我乘機給他們一個信號，他們已經駛過去了，幸好他們藉着望遠鏡的助力，好像知道我這隻是歐洲的帆船，是屬於某隻失蹤的船的，他們於是收帆讓我們追過去，我搖旗以示信號，——是一種危急的信號，——我又放了一槍，但是他們僅看見烟霧，並沒有聽見槍聲，當他們見了這烟霧的信訊號，就把船停着等待我們；大約有三個鐘頭之久，我們才漸漸的追着他們。

他們問我的話我一些都不懂，因爲他們說的是葡萄牙，西班牙，和法蘭西的言語；後來有一個蘇格蘭的水手向我招呼，我給他說：

「我是英國人，是從撒利的馬利人的奴隸覊縛中逃出來的。」

他們於是叫我上船，很優待我們。我的貨物也帶上了船。

在這樣苦難中，我對這個拯救我的船主非常感激，我把所有的都奉獻給他。但是他說：

「你的生命雖然是我救來的，不過，也許我亦有一天會被人救起，這正是我自己被救一樣。現你離家鄉已很遠了，假使你把所有的送給我爲已有，你不是將要餓死麼？這樣，我又取回我對於你生命的賜予了。先生，現在我們到巴西去，這些東西可以給你在那邊買伙食，及你的川費。」

他是說得那麼懇切，並且囑咐船員們對我所有的一切物件都不准動一下，他又把我的物件一一收管起來，一面給我一張物件單子，這些東西仍舊屬於我的，連我的三隻盛水的瓶也開在物單的上面。

我的船，本是一隻很好的船，他很願意買來作爲船上的使用。他問我要多少錢，我因爲各方面承他如此的優待我，我是隨便他出多少錢；我對他說，隨憑你出一個價目好了。

他是很願意以八十個銀幣買我這隻船。不過要到巴西方可以給我，於是他給了我一張借據。他並且還以六十個銀幣想把柴萊這孩子買去；但是我不希望柴萊給他佔有，使這孩子失却他可貴的自由；他而且是怎樣會忠實的助我獲到我的自由。這理由船主認爲非常公道，他於是想了一個折衷的辦法，就是答應在十年之後准予釋放他，他可給我一張盟據。柴萊自己是很願意隨着他，自然我准許了他的意思。

我們自從到了巴西，我的生命可說是又從最困難的環境裏解放出來了：在二十天以後，我便到了生公灣，我於是考慮着以後將怎樣的生活着。

我是記不清楚這船主是怎樣的殷懃的款待我，他並不接收我的一些川費，我的一張豹皮一張獅皮，他以六十個銀幣向我買了，這樣我把船上所有的貨物共賣得二百二十個銀幣，我有了這許多的資本，我於是向巴西進發去了。

沒有很久的日子，我被介紹到一個老實人的家中去，他們有一塊種植甘蔗的園地和一個製糖的工廠，我在這裏住了許多日子，我得了許多種植和製糖的方法。這裏種植者居住的華美，致富的迅速，很引起我的熱望，假使我能得到一張照會居留的話，我必定很容易變成一個種植者的。因爲我有這一種思想，和獲得一張入籍證書，我把所有的錢於是都買了許多田地，以備達到墾植和居住的目的。

我有一個鄰人，他是葡萄牙人，他名字叫彎而，他的種植場所，在我的鄰邊，因此我跟他往來很密切，可是我的資本很薄弱，他也是如此。起初的二年，我們只能栽植够吃而已，以後賴我們逐漸擴充，我們的田園亦漸漸加以整頓，又另外加種些烟草，甘蔗之類，不過人手太少了，我隨時隨地都需要助手；現在我才深切的感到不該捨去我的小伙伴柴萊呢！

但是做錯的事，永不可挽回了，我只得盡我自己的力敷衍下去。不過此項營業，適與我天賦才能相反；本來我的出外飄流，就是爲此；假若我這樣做去，我不如安居在家，決不會如是自受勞苦，我自己常常苦惱着說，我在本國的朋友中也任可以這樣做的，那又何必跋踄千里路途，到這荒山野地中間與陌生的野人爲伍呢；處此境地，目擊心傷，我眞苦悶够了，這裏也沒有人來和我交談，雖然他常常的空着，可是和我之間好似隔着一重屛障，連普通的招呼也不會有，我更感到孤獨了，不錯，我眞像一個因遭遇失事而被棄於荒島的人一樣。

可幸我那好友——就是從海內帶我上船的船主，他偶爾也到我的種植場來和我攀談攀談，消解我的苦悶不少；並且他仍極力鼓勵我，要我努力種植下去，那是前途很有希望的，他又說，他不久就要回去，已預備着把船停留在那邊裝載貨物，所以他將有三個月的航海生活，當我告訴他，我在倫敦寄留的一些錢時，他就對我發表了一番親切的誠懇的意見：

「英國先生，」他說，（因爲他常是這麼叫我的），「如果你交給我信或支票，吩咐在倫敦你寄存銀錢的人，把你的動產寄到里斯朋來，我可在回來時把你的生產物帶來，要是天助我一路平安的話；可是人有旦夕之禍患，我以爲你還不如先寫一百廿磅的支票——這依你說是你財產的半數——不妨冒一次險，若是穩當的話，你儘可照辦，萬一失事，你還有一半可以賴以生活的。

這種設想周到的善良的勸告，看他的誠摯的態度我便應允照辦了，幾個月來，他到了那裏，果然從我寄存銀錢的貴婦人手中領到一百廿磅的錢，他就把這錢託商人投資於英國貨物，並依他的話，直接運到里斯朋來親手交他，他又平安的寄到巴西給我，這些貨物內，我因商業智識的幼稚，對他並沒有指示；他却已很熟練的——置各種貨物，如鐵器，種植必需的器具，這些東西對於我都有莫大的用處。

當這一船貨物抵埠時，我想我已獲得厚利，我眞驚喜得什麼似的，我的好朋友又是我的良好管家——船主，並費了五磅錢替我買來一個僕人，契據上註明六年工作，約上並無他求，除一點烟外，而這烟在我眞不在乎，因爲這正是我的出產品。

不特這樣，因爲我的貨物是英國人手造的則就一項粗布而言，在這個地方都視爲異常貴重的貨物，我於是把自己不需要或多下來的貨物，都標價出賣，於是給我賺了不少的錢，我已獲得有了第一次船貨四倍以上的價值了。

7 覆沒

我住在巴西國四年之後，栽植上確已蒸蒸日上，我並且熟悉了他們土人的土語和風俗人情，因此我和那些種植的土人結識了很多相投的朋友；以及和聖薩耳伐地方的大商人也時相往來。我同他們的談話中，屢次詳述我二次到幾內亞海岸航海的經歷，和黑人貿易的種種情形，他們很興奮的聽着我談這個問題，尤其是注意着談到購買黑奴的一節。因爲此地買賣黑奴的生意不甚盛行，而且須得到西班牙和葡萄國王的許可，於是那些帶來的黑奴很少，所以價值很昂貴。因爲我時常和他們往來的緣故，所以也就大家時常很起勁的專講這些事。

有一天早晨，有三個大商人來訪我，告訴我，他們已將我同他們談的話再三打算，並且來陳述他們的意思。他們說：他們也像我一樣有種植場所，祇爲用人問題頗感困難，所以他們意欲航行，準備着一隻航船到幾內亞去。不過他們再三聲明只做一次私帶黑人，在他們中間各人分配以助種植而已，並不是存心要做那違法販賣人口的事。他們來和我相約，是問我是否肯做他們商船中管理貨物的人，和到幾內亞海岸督理買賣的事務。末後，他們還說准我享受同樣分配黑奴的權利，並可不要我投下一些資本。

這是件公道的提議，要是他們向一個沒有住所，沒有田地照料的人說的，既有獲厚利的希望，又不費半文本錢，那倒是件發洋財的事；可是臨到我，想到當時怎樣來的和怎樣去建立事業的初衷，不必想做別的事，祇須像開始時那麼再繼續下去，過三四年，把那一百金磅從英國滙來，這錢到那時可增加三四千磅英國制幣，這個同時亦增加起來……。像我這樣的人，要想和他們去這次航行，眞是件最荒謬的事，既在這種環境裏，又何必多此一擧呢！

但我的意志却是矛盾的，一方面又不會決絕的囘答他們，正像我第一次游蕩的計劃定奪後之不可遏制一樣，甚至我父親勸告亦不生效力；一方面我反而告訴他們我極願去，不過當我出外之時，他們須得看守我的田園，萬一失事，他們須准我把黑人賣給我所指定的人，這個他們自然都應承照辦，當時大家都依此訂立盟約，我立一正式遺囑，處置我的田園產業，因爲我恐有意外的不幸，救我生命的船主，就作爲承繼我的完全產業的後嗣，但他須照我的遺囑上吩咐的處置，一半送他本人，其餘的運到英國。

本來我非常小心保全我的財產與維持我的田園，如果我只稍有一半智慧，覺察着自己利益攸關的事業，與繁盛的前途，那也不會向隨時有着危險的船航海前去；但是我急于前進，就妄從着一時個性的熱情，置理智於不顧，於是我就隨着他們，在一六五九年九月一日登船了，恰巧這一天是五年前我在黑耳離開父母懷抱的一天，也就是我生命史上第一次開始與危險撲鬬的一天啊！

我們的船載了一百二十噸重的貨物，帶了六把槍，十四個人，除去船主，和我自己以外，我們船上沒有大件貨物，祇有我們和黑人貿易的玩物，如珍珠，小塊玻璃，貝殼以及其他零星雜物。

我在開船那天登舟，我們沿岸向北駛到非洲海岸去，一路天氣還好，就是酷熱而已。後來我們到了聖奧客斯汀地角，從那邊，漸深入海，不見岸地，我們似乎駛向非糧多拿龍吟島去着，沿岸向東北偏北駛行，在航海中，我們用了二十天工夫駛近赤道，依最後一次的觀測，當是在北緯線七度二十二分。

有一天，忽降颶風，一時之間，使我們一班人昏暈不知所措。暴風自東南颳來，不久又變爲西北，然後轉定東北；由此颶風狂吹的凶勢，竟延長到十二天之久。使我們昏昏暈暈，祇是逐波猛衝，乘風飛駛，不拘何時，一任我們的命運和狂風所支配。

在這危險時期，除了這可怖的暴風以外，我們中有一人得了寒熱症而死去；同時又有一男人和船主的孩子爲波浪打入海中。約在第十二天風浪稍靜的時候，主人盡力觀測，查得船是約在十一度緯線，但離在二十二度的經線的克奧客斯汀的西面還很遠。於是他知道是在圭亞那的海邊，巴西國的北部，亞馬孫河的遠處，對着瘏勒諾哥河。他始和我商酌，當向何路進航？因爲船已漏了，損壞很多。他想航回巴西國海岸去。

我極力反對這個，我和他看美國沿岸的航海圖，我們斷定這時船正向着無人居住的地方航駛，於是我們馬上決定向巴巴特島駛去，一路避着墨西哥海灣內流的水。我們希望約有十五天的行駛，可以達到目的；但是我們決不能行至非洲海岸，要是海洋中碰不到往來的船隻，互相援助，我們就無生望了。

有了這個估計的考慮，我們改變船的路向，朝到英國的幾個島上的西北方駛去，以冀遇救。但是當船航至十二度和十八分緯線之間，第二次的颶風，又臨到我們了。牠猛吹着我們向西，把我們撞出人類貿易的區域外，在這種情境之下，卽使我們的生命得從海內獲救，我們至少也要被野獸吞食，而永不能回本國去了。

在這危險的時候，猛風依舊猛烈吹着。有一天，在很早的黎明，我們中有一人忽大聲的喊叫起來：

「岸地到了！岸地到了！」

我在迷朦中醒來，隨着大家跨出艙外觀望，希望眞的看見岸地；其實這只船突然觸礁了，瞬時船的動力停止，波濤洶湧的撞擊上來，使我們立刻感覺就要滅亡了！

但我們不知道現在航行的經緯度是在什麼地方，亦無從知道我們被趕到的是什麼「岸地」。而狂暴的風浪，依舊猛烈的吹着，我們只得不管死活的趕進艙內，以避海上的浪花濺沫。可是我們不能希望這船能支持下去，因爲船不久將會被擊碎，够使我們喪膽了！

大家雖躲在艙內，然而大家的臉色都變死白了！我們互相對視着，每分鐘期待着死的光臨；各人都是預備着死亡。不過我們只有一線極微的希望——或竟一線也沒有，——我們所有的唯一的安慰，就是出乎我們的意料之外的，這船沒有裂開，而且船主說，風勢亦已漸減了。

現在，雖然我們覺得風眞的在漸小，然而船旣觸礁，沖入過厲，雖有脫險的希望，我們的確是在可怖的情景中，在無法可施時，祇得儘力救我們的生命，當颶風以前，我們原有一隻小艇拖往船尾，但是那船當觸礁和牠相碰時已經擊碎，接着脫船，也許已沉或撞出海外；此點我們是絕望了，我們還有一隻艇在船上，但是怎樣取出，放入海內，倒是一個疑問，不論如何，此時是無暇討論的，因爲我們幻想着每分鐘船都有裂開的危險——有的人說，船確裂了！

現在我們的情景更悽慘；因爲我們看得很淸楚，海水如此高聳，我們的船難以抵抗了，至於張篷，我們是沒有的，卽使有了篷，我們也沒有辦法，所以我們向岸划進時，已是心灰膽喪，好似犯人往處決場去了，我們都預料到等船駛近岸時，牠必被海波撞成碎片，風却依舊趕着我們向岸駛去，我們將我們的手擧起，用力的向海灘推進，然而緊促着我們的滅亡，是更來更可怖！

這岸灘是什麽？——是沙石的泥灘嗎？是陡峭危危的礁岩嗎？——我們不得而知，我們惟一的希望，是發現海灘或河口，藉以將艇駛入避風，也許會抵風平浪靜之區，但是這種希望，是多麽微弱啊。

我們搖船，其實是趕船，依我後來的計算，航約有一里半路，忽地一陣洪波，像山那樣高的向船尾滾進，這顯然是致命一擊，船身立刻傾覆，我們轉瞬已為洪濤淹沒了。

8 與洪濤相搏

淹覆入水的時候，神智的昏亂，難以言語形容，雖則我很會游泳，然我不能在波浪裏呼吸，直等波濤將我趕到——也可說帶我向極大的海岸衝去，轉眼像用盡了力似的，那波浪忽的折了回去，把我拋在潮濕的岸上，可憐我喝飽了水，此時已是半死了！

正爲還沒有斷氣，看看自己，眞出乎意外，我幾疑是在夢中，於是我提起精神，奮力迅速的向近大陸的內灘狂奔。但是我立刻看出這是不能避免的，因爲我看見海水的波濤追隨在我的後方，像山那麼高，像敵人那麼凶惡的趕來，這一來我無力抗拒了。我祇有保守我的呼吸，和將我的身體昇起於水面；要是我能够辦到，那麼，泅泳可以維持呼吸力，同時可以將我泅至海岸。如果可能的話，我現在趁這海水湧上的時候，可以把我帶進岸去，但波浪退時，我務須不使牠能帶我回去。

波浪又撞擊了，立刻將我埋沒在水底的二三十尺之深，我可以感到自己被猛大的迅速的濤勢一直衝，海灘很遠；但我極力摒着氣息，竭力游泳，再向前進。有時我幾乎呼吸窒塞，當我覺得自己升降時，爲瞬刻的救助，把頭和手伸出水面，我這樣浮在水面不滿二分鐘，痛苦已經大減，呼吸也較好些了。

但不幸我又爲水淹滿，不過沒有先前那麼長久，我始終盡力支持着；待到覺得水已用竭了牠的力而開始退回去了，我就奮力面向退潮逆沖。不久我的脚已能踏在地上，我靜立了片刻，以恢復氣息；等水完全退去以後，我奮着最後殘餘的力量奔到海灘。但這也不能救我脫離怒海，波浪又跟我湧上，我又遭遇第三次波浪的衝擊，而又像前二次那麼被衝進去，直到平岸。

最後的二次，我幾乎完結了我的生命，因爲這海潮似前一般的激烈地衝我，把我向前復抛下；到最末一次，其實是衝在一塊石上，衝力過猛，至使我的知覺頓失。誠然，我自已無力再救自已了，這一擊，正中我的胸部，要是海水立刻再回頭，那麼我定會溺斃。但是當波浪轉回以前，我稍爲有點回復知覺了，看到自己將要給水撞沒之時，我決意堅握這塊石頭；目前，因爲波濤沒有先前那麼高，而且我是更近地了，我緊握着牠，然後再跑。這一跑，使我越發近岸了，所以後來的波濤，雖然衝過我，但是不能像以前那樣地把我吞滅而帶了我去。這才心神稍安，我攀登岸上的峭壁，坐在草地上，危險已脫，可是我乏力得好像死蛇一樣了。

現在我是登陸，平安抵岸了。在此境內，幾分鐘以前，我幾無一線的希望，我相信，這是難以用言語形容的精神上的欣慰，當這個生命，我可以說，從死難中救出的時候，

我在海邊上散步，回憶起我的溺死的同伴——他們都死了，只存我一人，無限的傷心！是的，我以後永不能再見他們，或再見一些形跡了；除了他們的三只禮帽，一只小帽，以及兩只不成對的鞋子。

我注視着擱淺的船，當時海波洶湧，我看不清這船，因爲牠離岸很遠，我想，上帝啊！我怎麼能够抵岸呢？

我於是開始注視着海的週圍，觀察我現在的地方，以及以後如何進行，但我立刻看出我的希望減少了，不，我已到了可怕的危險的地步；我的全身是潮濕，沒有更換衣服；也沒有吃或喝的

東西可以撫慰我；一無可望的光景，祇有餓死或被野獸吞滅的路！就中最使我傷心的，就是我沒有軍器，去打獵和殺死野物使我會有食糧，或藉以保護自己抵抗野物的襲擊，以免牠們來吞吃我；然而我除了一把刀，一根烟管和一匣烟草以外，我別無一點東西，這個令我心神懊喪，甚至一刻之間，好像瘋痴一般了。

夜來了，我想到要是這地方有狼吞虎噬的野獸，我將怎麼辦呢？因爲夜晚牠們必定時常出外覓食的，不覺憂心重重。

我現在惟一的辦法，就是爬上一棵叢密的大樹，——這樹像一棵松樹，但是多刺的；牠靠近就在我的旁邊，我決意全夜待在樹上；同時考慮自己明天死亡的事情，因爲到了現在，我還沒有生存的希望。

我從海灘走進八分之一英里的路，去尋些清水喝；這個不費多大勞力，我已找到，我不勝感到欣慰。喝了水，就放些煙在口內藉免饑餓。我走到樹邊，爬在樹上，努力設法睡妥。以免墜下。又折了一根樹枝——類似一根短棒，以資防禦，我便歇宿在那裏了。因爲非常疲倦，我睡得很熟——我相信很少的人，在我情況之下會像我那麼安睡的。

9 木排的航行

到我醒來時已是白晝。天氣很清朗，颶風已絕，所以水波沒有先前的洶湧。但是使我最覺驚奇的，是這船在夜潮漲時從泥土中浮起，而被沖到將近我起初撞及的那塊石頭上了。這塊石頭就是我當初被潮水撞着受傷的；牠離我現在的海灘不到一里路遠，這船彷彿直立那裏。我希望到船上去，在此我也許可以得到我所必須的東西。

我從樹上的宿所踩下來，就沿岸望船的所在的方向走去。不久就到那裏了，但是不料那裏約有半里路寬的一帶狹流的水阻隔着，使我無法走上船上，我只得暫時折回。雖則我極欲在船中希望得着些目前需要的食物。

當正午過後我發現海水平靜，潮已退去，我可以走近這條船了。但是看着牠，就引起我無限的傷心，要是牠現在平安尚在——這就是說，我們大家可平安抵岸了，這該是多麼快活的事——可是現在的我呵，孤苦零丁，全無生趣，想到這裏，我又泣然下淚了。

可是消極傷心又有什麼用——我想應該積極起來，於是我決定馬上卽到船上去。我先脫下衣服，泅水而過；待我走到近船，我的困難又來了。因爲船身擱淺，高聳水面，我不知道怎樣上去，因爲我雙手可伸到的範圍內，沒有東西可握住；我在船旁環遊二週，第二次我才窺見一根繩，——這個我覺得希奇，何以第一次我竟沒有瞧見呢——這繩掛在船頭錨鍊下面，所以我費了好些勞力，才把牠握住，有了這繩的助手，我就容易攀登爬上船去，在此我見這船的一角，有很多的水，不過這船停在硬的土地的旁邊，因此船尾擧起在岸灘，而船頭朝下，幾近水面，所以船的艙面，均可保無恙。

我走進艙內，察看各種糧食，都幸沒有浸過水，也無多大損壞。我眞是高興，現在我不需要什麼，祇需要一只艇——能供我運所必需的物件的艇。

但靜待着妄想，我知道那是無益的，於是我振起我的勞動的精神來把幾根餘下無用的船杠，二三根用作帆杵木棒，凡我力氣所能做到的，都把這些木頭放出船外，又每根用繩縛住，使不致漂流失散。這個完畢了以後，我便走上船邊，將木頭拖近身旁，其中的四根，兩頭用繩緊捆縛住，形如木排。我又從艙面起了二三片薄板，放在木頭上面，作十字形；我看見我很可以在上面走走，不過不能載重量，因爲那幾片板太薄。因此我又去工作。有了木匠用的鋸子我把餘下無用的第二根桅杆分割三條，用了許多的勞力和苦痛，才把牠安放在木排上才算造成了。

我看木排現在是堅固了，足以裝載合度的重量，於是我計劃第二件的工作，就是木排上裝的什麼東西，同時怎樣保留牠不爲海浪所吞滅，但是這事我沒有考慮好久，就先拿了水手的箱子，箱子我已打開倒空，把牠放在木排上；第二只箱子，我盛滿了糧食和麵包，米，三匣荷蘭牛乳餅，五塊乾的熟羊肉。這就是我所藉以生活的，此外還有一點殘餘的歐洲稻麥儲藏着，本是預備我們所帶到海上的家禽飼用的；有些大麥和小麥在一起，但是，大失所望，我後來尋到的都給老鼠吃壞了。

我這樣工作的時候，我看見海潮開始流動，雖則很平，然而我看見我留在泥土岸上的外衣和背心漂去了。我只得放下工作，撲着水把牠撈了回來，可幸潮水不大，我仍奮身奔回船上再去找在海岸上工作最感需要的傢伙，我足足找了很久的時光，才發現了木匠的箱子。我是多麼高興，這箱子在這時的我，比什麼都可貴，就是一千萬金子還不及牠的價值。我於是很珍重的，把牠取出放在木排上；此外我又在艙內找到很好的鳥槍，和二把手槍，還有幾個火藥角，一小袋子彈；二把又舊又銹的刀。我知道船內有三大琵琶桶的火藥，可是我不知道管槍炮的藏在什麼地方；但我找了好久，竟也找不到了。

我把這些貨物，統統安置在木排上以後，始想到自己不知如何可抵岸，因爲木排上既沒有划槳，又沒有舵；最微的風，也能傾覆我的航行。

幸好這時的海面已有潮水向岸流去，我可以利用牠，還有微風，也可以吹我向岸邊去。除此以外，我幸又尋着了屬於艇的二三個舊槳來，於是我有可能可以行駛。

大約駛過一哩路，我的木排安然駛行，我已看出離我先前所過夜的地方不遠，在此我知道有內流的水，因此我希望可以看見內河，這樣我就可以使用海口運貨上岸了。

事實正和我所幻想的相同。在我的前面，發見一小塊的空地了，我看着有急潮流入，所以我勞力指揮木排，使牠比較平靜的河的中心航行。

但是這裏，我又遭着新的困難了。因爲我的木排的一頭在沙灘上擱淺，而別一頭却在河的中心，所以稍一動，我全船的貨物，就要瀉落於浮在水面上的一頭，致於落在水內，我竭力將背靠緊箱子使勿移動；但是用盡了全力仍是不能推開擱淺的一頭，我也不能移動我站立的地位，我只能盡我全力支持這箱。如是我立着半個鐘點，幸後來藉着水的升起，木排得與水面成一平線，我用划槳出力把木排划進水道，然後向上推駛。這樣不久就看見一條小河口了。

於是我耗了許多痲煩的手續撐住了我的槳，到了末了，才近這個灣，到划槳可以碰到水底了，我始得推排直入。但是這一次，我排上的貨不幸又像要傾倒於海中了，因爲海岸傾斜得厲害，又沒有地方可以上岸，要是如果駛至岸上，木排的一頭，必定橫着很高，另一頭自然很低，如同以前一樣，於是我的木排上的貨物又處於危險的地步了。唯一的辦法，祇有等潮升到最高點時，以槳作錨，停止木排前進，一面將木排緊貼着海岸的一塊平地，等到潮水退後，使木排落在這塊地上，於是我只得把木排擱着不動了，靜待大潮頭的到來。

過了不久，理想竟成爲事實，我的木排被水浮高一尺了，我立刻將木排推在這塊平地上，將兩塊破壞的槳插入水底藉作停泊，一槳在一邊，靠近一頭，如是停着直待水下潮，我的木排和貨物才很平安的留在岸上。

10 豐富的必需品

我四處奔走察看這個海岸，想找一處適當的地方寄宿和收藏我的貨物，才可以使自己不致發生意外，但我目前所在的究竟是什麼地方，我又無從知道——是有人居住的大洲上嗎？抑是在野獸的危險中的荒島上？……我想單憑腦子的推測是沒有用的，於是只有引用自己眼睛的觀察了。那邊有一塊小山，離我不到一里路遠，這小山是又尖又高，我取出一把鳥槍，一隻火藥角，備了軍器，跑到山頂去巡查；費了不少的氣力和困難，才到了小山頂上，但臨高一看，頗覺前途無限的悽惶和失望，因爲我所在的島上的四週，都給茫茫大海所圍繞，看不見地，祇有坐落極遠的幾塊大石，朝西約三里路，隱隱看見有兩個小於這個島的海島。

同時我又看出我所在的海島是荒蕪的，我從無論什麼地方觀察起來，相信這島是絕對沒有人居住，祇有野獸；不過目前我一隻也沒有發現；我只看見有許多禽類，但是不知道牠們的類別；如果我把牠們用槍殺了以後，我又無法知道那隻可食，那隻不可食，囘轉時，我射過一隻鳥，牠當時棲在一棵樹上，在一塊大森林的旁邊，我相信我這一聲槍響，是在此地自開天闢地以來空前第一次的槍聲。我發槍不多時，從樹林中就飛出不勝其數的禽類，種類很是複雜，呼號交作，十分驚駭，但是牠們的種類結果我一隻也不知道。

在小山頂上觀察了一囘，眞是失望得很，我就囘到我的木排上，從事把我的貨物從排上搬上岸去，我不知道在夜晚自己應該怎麼樣，也不知道在什麼地方可以休息，——因爲我怕睡地下，也許有野獸來把我吞吃呢！

我雖然想盡方法，但仍是沒有用，我只能儘我所能的方法保衞我自己，我把帶上岸的箱子木板，環繞我的四週，又在當中做成一個草棚，作爲夜晚的寄宿處。

我一面又開始考慮到我還可以到船上拿些對於我有用的東西，尤其是幾根繩索和蓬帳，以及其他的零物，於是我決意再駛木排到船上去，分取其他的貨物，直待我能够把船內的各件都搬出的時候。

於是我獨自細細斟酌了一回，結果覺得帶木排去，反有許多不便，因此我決定待潮一退，便像先前一樣脫了衣服前去了。

我如前上船，準備第二次的木排；第一次旣有了經驗，這一回自然較上次容易多了，至於貨物我從木匠貯藏所內又找到了幾件對我非常有用的東西——二三袋的釘，一只大的起重螺旋機，二把大斧頭，還有一塊異常有用的磨石，這些我都拿好了，又加上幾件屬於掌炮員用的物件，像三只釘打的起貨鈎，二桶短槍用的小彈，七把毛瑟槍，一把鳥槍，再加一些火藥，一大袋的小子彈。

除了這些物件以外，我取了各人的衣服，盡我所能找到的，一面又把餘下無用的船頭上的一根接帆，一只吊床，以及幾個被舖，有了這些，我可以裝成第二次的排貨，平平安安地帶上岸去，這很可撫慰我的心。

當我離岸時，我深深疑慮我的糧食，也許被在岸上的動物吞喫去；但是當我囘來時，我看到毫無可疑的蹤跡，不過在我一只箱上，坐着一隻動物，類似野貓；當我走過去，牠便跑得稍爲遠點，然後立着，牠坐着的態度從容不迫，祇是凝看着我，毫無懼色，好像牠有意向我相熟一樣，我向牠對準我的槍，但是因爲牠不懂槍是什麼一回事，仍漠不關心的站着不動；因此我丟給牠一塊麵包，牠走近食物，嗅一下才喫，吃罷又對我看，想是再得，我祇得不理會牠，因爲我的貯物不多，於是牠便跑走了。

我已將第二批的貨物載上岸，我用蓬帳和一根特爲此用而割下的桅柱，去做成一個小的帳蓬，於是把那些在雨內和太陽中易於受損的物件，都放在帳蓬內；再把空箱和空桶放在帳蓬的周圍，以防不測。

這些事做完後，帳蓬的門口裏，我用幾塊木板塞住：一只空箱豎立在門外；其中鋪張着一只床上，放着我的兩把手槍和子彈，當我第一次上床睡時，身體因勞動過度，一閉眼就酣然睡着了。

我現在有一個最大的火藥室，我想，從來未有人像我收藏各種軍藥品的多吧，但我還有些不滿足，因爲我一看到這船直立着的態度，我想我應該照我所能夠的，把船內的東西件件都拿出來，所以每天當水低下時我便上船，特別是在第三次，我帶出很多的索具，還有費了很多時光尋獲的小繩和數繩組合絞成的大粗索。

更值得使我欣慰的，是最後一次的來回航駛，我又找得了一大宗糧食，本來天天如是的來回五六次，我想我不能再希望從船上得些值得往返的東西了；但在一個暗角的艙房裏，我竟意外的發現了一大桶的麵包，一匣子的糖，和一桶完好的麵粉，這個使我多麼驚喜！因爲我眞絕對不想再得食糧，除了被水浸壞的以外，我卽刻倒空麵包桶，把麵包用我已撕開的蓬布一綑綑的包紮起來，我也很平安的將這些東西運回岸上。

第四天我再到船上，現在，船中所有便於携帶而又便於搬運的貨物，我都盡取一空，我開始工作着，把斜扛帆和後扛都斫下，做成一個大木排，想載巨量的貨物運進我放貨物的小灣，但是不幸得很，一則因爲這木排過於呆笨，一則又因爲負載過重，不能同別的木排一樣可以自由航駛，終於木排傾覆，我和貨物都落水中，我自己雖沒有什麼大損害，因爲幸是近岸；但是論及我的貨物，大部遺失，尤其是鐵具的沉落對我是莫大的損失，待潮水退後，我費無窮之力，才把大半的錨和纜的鐵具，找了回來。

現在我在岸上已有十三天，到船上去過共十一次，我在此時期內，我儘我的兩手可拿的都把牠們帶回來，要是天公繼續作美，我可以把全船的每點東西——不管有用和無用，都搬上岸去，但是正準備第十二次出發上船的時候，我看見天開始括風了，當低水的時候，我仍是上船去，竭力搜羅的結果，竟給我意外的發見一只有抽屜而又有鎖的木櫃，其中藏着有剃髮刀，大剪刀，以及在另一抽屜中找出來的約值三十六鎊價值的巴西國的和歐洲的金銀幣。

「廢物呀！」我見了這些錢，不覺好笑起來：「你們在人類的世界上，眞是主宰衆生幸運的大使，人類都爲你萬能的魔力所傾倒，然而你今日也落在無用武的荒島上，和沙泥一樣！」我想就把這些可惡的東西丟了吧，牠既沒有對我有用處，我留着又有何益呢，然而我又遲疑了好久，最後我還是拿了走，都包裹在帆布內。

當我開始想再做木排，但是我正在佈置的時候，我看見黑雲已經蔽天，風起始吹了；在一刻中暴風從海岸括過來，有了這麼大的風，做排也沒有用，在潮水未漲上這裏以前，我必須馬上離開此地，不然，我也許不得安全抵岸呢。

於是我走下水去，游過海峽，這海峽是在船和沙灘的中間，但游泳非常困難，一半是爲着壓在我身上貨物的重量，一半為着水的不平，因為風吹得很快，水還沒有十分高，風浪就光臨了。

我一回到我的帳篷以後，就忙着將我所有豐富的財產都很安穩的搬到裏面，全夜狂風劇烈地吹着，到了早晨，我向外望時，看見船不知去向了，我覺得有些驚奇，但想到我沒有失掉我應用的東西，我的智覺又復原了，不過船內還有好些東西，我可還沒把牠們取出；現在自然只得把這思想完全拋棄了。

11

我底居穴

目前我的心中，惟一擔憂的是如何從野人掌握中拯救我自己；要是島上有野獸或野人出現時，我自然得想許多方法作爲抗拒或保護。同時我的居所，應否於泥土中做一個洞，或者在地上築一個帳篷，都得費我的思想詳爲籌劃，總之，這兩件事都是急待解決的。

但是看這岸地太低濕，不合我的寓居；同時又太近海，恐大潮來時，發生意外；尤其是因爲沒有清水。因此我決定去找一塊合於衞生的，而又安穩便利的地方。

在找尋的時候，我頗費了不少的精力，能合於上述條件的不是說沒有，但後來又想到了一層，我的居處必須近海，使我隨時可以看見海中航船——如果幸運賜給我看見一隻船，我可就不致失去求救的機會。的確，現在我的求救之心，還不願放棄，因此要找近海而必須安穩的地方就很困難了。

我足足找尋了大半天，我才尋得在山的岩壁處的旁邊有一塊小平原；山的一面，似同房屋的尖頂般。向着這個平原，因此沒有東西可以由山頂下來。石的旁邊有一個洞，略向內凹入，像穴的出入處或門口；但是並不是眞的有個洞或者有路可進石洞的。這眞是最好不過的地方了。

在穴的前面，還有一塊青草的平地，我決定張我的幕在那裡。草地的盡處，則高低不平的斜下，直至海旁的低地。這裏的方向，朝西北，因此還可避去熱暑；每日到陽光西偏南，這些地方就近夕陽西下的時候了。

我沒有安置我的帳篷之前，先在穴的前面，畫了一個半圓形，圓形的半徑是十碼，直徑二十碼，在這半圓形內我豎起兩排堅固的尖木，揷入地中，直待牠們豎着牢固如樁；然後我又取了幾張在船上剪下的纜錨，來把牠們壘成。在圈內，兩排短尖木的中央，橫放着其他的尖木斜靠錨纜，約有兩尺半高，像柱上的橫樑。這圍籬非常的堅固，無論人或獸都不能走入或越過籬笆。這個工作費了我很多時間和苦力，尤其是到樹林中去伐木樁，和打入土中的時候。

我造寓所的出入口處不是門，而是用一根小梯越頂而過的，這梯待自己進去，我便隨着取去，這樣我得能完全的包圍在內，眞是十分安穩。

這個寓所造好的時候，我又費了無限的苦力，把一切的財產，——全部的糧食，軍器，都搬進這個地方來。以後我做了個大帳篷，以防淋雨；因爲怕有狂風暴雨的襲擊，我於是又做了一個小的，包藏着大帳篷的裏面；再用一大塊油布罩着大帳篷的最上頂。這就萬無一失了。

這步工作完畢以後，我就把我的糧食和凡要受潮濕損壞的東西，都一件件搬進篷內。我於是又動手開始鑿石闢路，我將前兩天所掘出來的泥和石都堆在我的籬笆中間；在我的帳篷後面，我又挖了一個洞，好似我房屋內的地窖一樣。

我現在再不睡在我帶到海岸的那隻床上了，而是睡在一隻很好的吊床上面。這吊床是船上同事的所有物，正是前兩天由我從擱船裏弄來的。

做這些工作，的確費了我許多的苦工和日子。剛將竣工的時候，忽然烏雲滿天，降下暴雨，接着閃電四起雷聲隆隆，使我一時驚愕萬狀，因爲我的腦中驀的想起一事：

「啊，我的火藥！」

我一想到這點，我嚇得魂不附體，因爲我想或許只一陣狂風，我全部的火藥就要燥烈。本來，這些火藥賽過我的第二生命；我不能有一日可以離牠，靠牠我用以保護自己，和獲取糧食的供給，雖則如果火藥着火，我永不知自己將怎樣的受害了。

這個感覺，使我在狂風暴雨停了之後，暫把別的工作擱起，只得把房舍和堡壘的事放在一邊，專做那些藏火藥用的袋囊和箱子，我把火藥分開，一些些裝在包內，又隔開貯藏着，希望如果遇有不測，火藥不會立刻都燒完，而且不致蔓延到別的。

我用了兩星期做完這個工作，我想我的火藥，共重約有二百四十磅，分開不下一百包，至於着了濕的琵琶桶，我並不懼怕危險發生，所以我放着在我的窖內，此外有些我藏在山石的上下穴中，使不致受潮濕，並一面又詳細註明自己放的地位，以備後日的忘記。

在做這個工作的時間中，每天我至少帶我的槍出外一次，一方面藉以自娛，一方面我可殺作食物的獸類；同時又努力認清這個島上所出產的食物。

第一次我出去，立刻發見島上有山羊的，這眞使人快意，但是牠們容易受驚，非常狡獪，非常疾快，要追獲牠們倒是件很困難的事，但是我並不因此就灰心，就躊躇着不做，我相信自己也許有時射得一隻的，果然，不久應驗了。因爲我尋到他們巢穴之後，我便伏着靜待牠們，我已看出要是牠們見我在山下，牠們會突然嚇逃；如果牠們是在山下吃草，而我是在高石上牠們便不會注意我，牠們的視線只直朝下面，以致牠們看不見上面的物體，由此我決定依牠們的視覺地位做着，以後我便採取這個方法，時常先爬上高石，站在牠們的上面，於是幾次都容易射進了。

在這些動物的中間，我第一次發槍是殺死了一隻山羊，那時牠旁邊還有一隻小羊大吃牠的乳，這事引起了我悲哀的感覺，深責自己的殘忍，因爲當老羊跌下去時，這小羊還立在旁邊，並不逃走，並且當我把老羊掛在肩上走回來的時候，那小羊也隨着我身旁跟來；牠並且忽兒跑在我的後頭，咬咬老羊的後腿，又忽兒跑向前面，搖尾跳脚的跑着，一些不知道牠的老母已被殘忍的我打死了呢。

這兩隻山羊供給我吃了許多日子，因爲我是吃得非常節省的，但是吃的時候，一想起這悽慘的情形，總覺得自己太殘忍。

12 僥倖與不幸

我的寓所——居穴——雖說已給我弄得很安妥了，無如居住在這無人的荒野地方，情形是多麼慘淡！要是我如果不是給一陣狂風吹翻我們的船，我也決不會被拋在這荒野的海島上；而我的那十多個同伴也不致死得那麼悲慘，只剩下我孤零零的一人了，現在我雖說是僥倖的得免於難，然而在這無人的野山荒島之間，我的前途，連自己也不能樂觀呢！

現在我既跨進這寂寞又抑鬱的身世，有誰知道，又有誰能拯救我？我祇有振起求生的意志，與這大自然搏鬪罷了。

我自淪落這個荒島後，目前的時日都有些記不清楚，但依我的推想，大約是九月的秋季時節，因爲我看見太陽正行在天空中心，至於這島的地位，由我觀察起來，相當北緯的九度和十度之間吧。

我住在這裏約十多天後，恐我將要不復能計算時日，因爲我缺少紙筆墨的緣故，甚至禮拜日也要忘記，爲此我在一根木柱上，用刀雕着下面大楷數字：

『魯濱遜於一六五九年十月四日在此登岸』

我把牠做成大的十字架，揷在起初登陸的海灘。我又在寓所內另一根柱的旁邊，每日用刀刻一凹痕，逢第七個凹痕就刻得更大更深一些，以示差別，每月第一天的刀痕，又刻比這更長更深，這樣就保存下我的日月曆。每年每月我都靠牠計算着。

後來我細細檢查幾次從船上帶回來的物件，檢出有幾個數學用的日晷儀，望遠鏡，航海書，這些東西，我都把牠們亂放，我也許用得着牠們也許用不着。我又找出幾本完好的書籍，墨水瓶，鋼筆，橫格紙等文具，大概是從英國貨船中來的，這些我都小心的安放着，如果有時我覺抑鬱的時候，我就拿出書籍來解悶，或是拿起筆來在紙上隨心緒的所欲，書寫了起來，最覺愉快。

此外，我還養有二隻貓，和一隻狗，都是我後來在破船上帶回來的，牠們都很可愛，玲瓏活潑，很可慰我四週環境的寂寞，尤其那隻狗，牠竟做了我十幾年來忠心可靠的奴僕。

因爲缺乏工具，每件工作都使我感到困難，約近一年，我才把我的棚圍和我居所的圍牆完全完工。這工程的確是很大的，因爲每一根築牆用的木樁，都得費了我好久的時光到森林中去斫來，尤其是斫伐後取到家時的艱苦費時，說來眞是使我頭痛，因爲木料剛斫下的緣故，分量又重，非我能力可以肩回家中；山路又高低不平，不能拖着走，我祇有一步步的推着牠，直到家中的時候，接着又豎起揷入土裏，用重木或鐵錘把牠敲下，緩緩的深入地土中去，這工作旣麻煩，又辛苦。要不是我淪落在這種環境裏，連我自己也不相信自己會這樣幹呢！

現在我開始計劃把我的處境和淪落情形，想很有頭緒的盡情描寫出來，一絲不漏的以免蓄於心中，而使我抑悶，同時又可以留作他日的流覽。於是我就竭力遏制失望的心緒，和極力安慰自己。至此，我對於自身的遭遇，也已想得很透澈，的確，我知道在這個世界上或任何情境中，少有絕對痛苦，因爲不幸之中，有時也有僥倖的成份；我們時常在最痛苦的經驗裏，找得到安慰我們自己的事物，現在我自己的不幸與僥倖的經歷一齊描寫出來：

我不幸被抛在
　一個可怕的荒島上；
一似人類社會中逐出的人
　——全無恢復自由的希望。

我無衣遮蔽我身，
　我也沒有保護物或工具
可抵禦那暴烈攻擊的
　野獸或野人！

這裏永不見人影，更不聞人聲；
是這麼可怕的荒蕪的島上，
我獨不幸分離世界，
　來消受那饑餓，危難，抑悶，寂寞的生涯！

但是，我不能不說自己的僥倖；
　十多個同伴都葬身海濤；
惟有我——

眞僥倖，我還是活着。

要是我被抛在無生物的島上，
我一定會餓死無疑；
要是我被抛在北極的冰洋中，
我也會因無衣蔽身而凍死！

可幸在這島上未見有野獸傷害我，
像我在非洲海岸所看見的那樣；
可幸船雖破了，牠却供給我一般的食物，
俾得與我的生命俱存。

13 我開始記日記

本來我的居所是建築在石邊的一個帳篷，有堅牢的柱子和錨纜圍住，築的牆，是用草皮作成的，外面約有二尺厚，所以很是堅固，我在這裏約過了一年多的時光後，我看出一年之中，有一個時期雨水是非常厲害的，於是我在牆上再加築幾根椽，靠那石上，又覆蓋上樹枝，以資防避。起初當把貨物搬進圍牆和我在後面所築的穴內的時候，這是一堆雜亂的貨物，因爲牠們不整齊的亂放着，因此佔了我所有的空地，簡直連我轉身的隙地都沒有，所以我只得從事擴充我的穴，深掘到地底下去；幸好這是鬆泥石地，不費多大氣力，然後我又在穴裏開闢了石門，這門給我的行動很便利，牠不但是我出路和返路的出入口，同時牠又是我的帳篷和貯藏所的後門，所以給我貯藏貨物的機會。

現在我可以有工夫來潛心研究辦這些必需品了，那是一只椅子和一只桌子，牠們對於我都是必不可少的東西，因爲沒有牠們，我不能隨心所欲的可以寫字，或飯餐和放置物件，那是非常感到不便的。

但是，我沒有辦這些東西的木匠傢伙，祇有一把手斧，要去實現這個理想，恐怕這是空前未有的工作，我眞費了無限的工夫，譬如，如果我要一塊板，我沒有別的方法，祇有斫了樹來，拿我的斧頭把樹身圍面削平，直待削薄像木板，然後我用手斧再使牠平滑，試想，這個笨方法，一根樹祇能做一塊木板而且所費的工夫是多麼煩難，但是處在這樣的環境，又有什麼辦法?我祇有忍耐着，天天繼續我的工作，和耗費了我無限大的氣力，才把這二件工作，草草完成。

此外我還做了一個大的木架，預備可以放零星的工具；我又把一根木頭敲進石牆，掛我的槍，以及其他可掛的東西，倘使有人來看我的洞，驟看起來，眞像那許多必需品的普通倉庫，我的每件東西都近在手頭，這是件值得稱心滿意的事。

現在我要開始記載自己每天生活情形；起初，誠然我是雜亂無章，各事顯得沒有順序，這不但工作上面是如此，則在心緒上亦過于不寧靜，我的日記，將要充滿着許多憂悶抑鬱的事，但是我爲了節省墨水，我祇得棄掉他不記。

一六五九年九月三十日

我們一行人，爲了被一陣可佈的颶風的肆虐，船在海面上觸了礁，船也撞翻了，共船的同伴也都溺死了，祇剩下我這可憐受難的魯濱遜，却從死裏逃生，來到昏暗不幸的這島上。這裏沒有人類的影跡，這裏也沒有鷄犬的吠聲相聞。處在這種暗淡悽愴的環境裏，我過着世間聞所未聞的痛苦日子。也沒有可以生活的食物和衣服，也沒有可以自衞求生的軍器，更沒有可以逃避的棲身之所。

現在，我已無拯救的希望，只有滿目淒凉，惟死而已——說不定在甚麼時候被野獸吞食，或被野人刺死，或是食絕而餓斃。

夜了，我恐懼野獸的侵襲，我爬在樹上，蜷曲在枝椏交叉的葉縫裏面。心緒雖甚是忐忑不安，雖然整夜下雨，可是我的精力乏極了，一閉上眼，就酣然睡熟了。

十月一日

在早晨，我不覺驚奇起來，看見那隻破船隨大潮高漲漂流，又被打進海灘，更近這島了。但見牠船身豎起，沒有打成碎片，——這給我是一個慰藉，我希望着，要是風減輕，我可上船，或許可以上船去找點食物和別的必需品，來救濟自己。但是看着牠，總使我感到很大的傷心，我憶起已死同伴的悲哀，我又流下淚來。要是他們現在尙是活着，我們也許可以將破船修理好，賴大家的力，衝出這可怕的海島，而重回到我們的世界上的。

然而多麼使我愴傷，他們是已死了，很可憐的悽慘的死了。我因這個感觸，使自己在大半天爲這些事情而困惱。過後看看船身水濕將乾，我就奮勇走近海灘，再游到船上去。

這一天，依舊繼續下雨，雖則全沒有風。

十月二日——十九日

這許多日子，完全消磨在游泳航行裏，盡力把船內的貨物，搬取出來。每逢上潮時，我便把貨物放在木排上，運回岸上來。

日裏時時下雨，雖然間或天晴：不過看起來，好像是多雨的黃梅季節。

十月二十日

這日，我的運氣眞不好，我的木排傾覆，同時我放在木排上的貨物，也都倒在海裏了。還幸在淺水處，當潮退去時，我把牠們都取出來，雖費頗多的勞力，也可說是不幸中幸事。

十月二十五日

終日夜的下着雨，並且還時有猛烈的風颳着。這時船已被浪擊碎；風較前颳得更劇烈，在退潮時祇見破船，眞教我傷心。

這天，我將檢得的貨物安放妥當，以免受風雨的打壞。

十月二十六日

我幾乎整日在河邊走着，尋找一處適宜我的居所。我自己想好的條件，必須地位安寧，使在夜間沒有危險，避免受那野獸或野人的侵害。

到天晚了，我才找到一個適當的地方，在一塊山石底下，我劃一個半圓形的地方做我的居所處。我決意將這地方建築成一座圍牆或堡壘，用雙重大椿做成，內層再用纜錨鑲着，外面蓋以草木。眞可說是堅固得很。

二十六日——三十日

我費了許多勞力，把我貨物都搬進我的新居所，雖則有時下着大雨，我也工作着不停。

三十日

早晨，我携我的槍，到島內去尋些食物，發見一塊山野，有山羊在，雖然他們狡獪得很，至最後終被我打死一隻老母羊，她的孩子小羊，便跟隨着我回到家來，我後來也把小羊殺死，因爲牠不能吃我給牠吃的食物，雖然我覺得很是不忍。

十一月一日

在山石的底下，今天我豎起了帆布做的帳篷，同時竭力擴大我的居所，並打入木樁，懸掛我的吊牀，這是我第一天睡在那裏。

十一月二日

在帳篷的寓所裏，我安放我的箱子，桌子；我又把做木排的一塊木板，將牠們造成我的圍籬，籬內一小塊空地，我劃作我的堡壘。

十一月三日

今天我携帶着槍出去，殺死兩隻類似鴨的禽類；——鴨是很好的食品。下午，我去工作一只未完成的桌子。自覺生活比先前有秩序多了。

14 生活進步了

十一月四日

今天早晨，我始行酌定自己生活的時間：游獵、安息、工作、睡眠的時刻，每天早晨，決定去游獵兩三點鐘，如果天不下雨；然後從事各種工作；到十一點鐘時，我就午餐；由十二點到二點爲休息的時間，因爲這個時候，天氣很熱的緣故；然後在黃昏來時，再行動手工作。

今天仍繼續做那未完成的桌子，因爲我是個很拙劣的工人，所以做了幾天，還是沒有多大的成績。

十一月六日

早晨散步以後，我再去做我的桌子。今天總算已將桌子大坯草草完竣，雖然自己不甚喜悅，但我只能慢慢的設法來改良牠。

十一月七日——十二日

現在天氣漸漸晴朗了，人很覺淸爽。

自七日來直至今日，五天的時間（因爲十一日是禮拜日）大部份我專做椅子，艱難已極，才略具形式，但我總不能使自己滿意，就是當在做的時候，我也拆散了幾次。

我不久輕忽了用刀刻痕，維持星期日的習慣，於是在柱上遺漏了星期日的記號，我找了好多時，還辨別不出那個是禮拜日來，眞够麻煩。

十一月十三日

今日下雨，土地熱氣頓時退盡，令人神清氣爽；但是接着就是可怕的雷電交作，使我驚怕不堪，因爲我最怕我的火藥着火，幸是雷雨不久就停，我決定把我所藏的軍火分做許多小包，使不致發生危險。

十一月十四日——十六日

這三日的時間，我消磨於做小匣內可藏約一磅或至多二磅的火藥。匣子做好後，我安放了火藥，把牠藏在最妥當的地方，彼此隔離很遠。

三日中的一天，我又殺死一隻可吃的鳥，可是我不知道牠叫什麼鳥名。

十一月十七日

從這天起，我計劃在篷後的穴中，再闢寬大數倍的地位，以便可以再多藏貨物，做這種工作，有三件工具是非要不可的，一只鶴嘴鋤，一只鏟，和一只畚箕；因此目前我不能馬上就開始工作，而是先應該考慮如何做這幾只工具，說到鶴嘴鋤，我只能用鐵鏟來替代，幸好牠還合用，雖然是笨重點；第二件東西就是鏟和畚箕，這是必不可少的。的確，沒有牠們的幫助，掘地不是很困難嗎？

十一月十八日

這天費了很大的工夫在尋找木料，做那鶴嘴鋤和鏟的柄。我找到一株這種木料的樹，在巴西國，他們叫牠爲鐵樹，因爲木質非常堅硬的緣故。我斫牠的時候，大費工夫，幾乎斬壞了我的斧頭。我斫了一塊帶回來，用我十足的氣力和費了許多的時光，一些一些慢慢地做成；說到這種柄的模樣，我相信任何國度都沒有的，因爲是完全出於我自擬的設計，倒還頗適用。

此外，我依舊缺少畚箕和手車。畚箕，我無論如何不能做的，因爲沒有細小的樹枝可彎做像柳枝編織的器具。講到手車，我想其他的工作不成問題，但是做車輪，我却不知道應如何着手。這樣我只得做一隻木灰桶，——就是工人築牆時帶泥灰用的。現在我可代用牠，幫助我裝載從穴內掘出來的泥土，帶到穴外去。

二十三日——二十九日

現在我把別的工作擱起，專心在做這些工具。到工具可以用了，我就開始費了整個半月的工夫和勞力，從事擴大掘深洞穴的工作。

在這個長期的勞作裏，我確沒有停過一天工，我是不停地一鋤一鏟地掘着穴；雖然我每天工作的成績是微小不足說——這因爲我不慣這個工作和工具不稱心的緣故，——但攏總這半月的時間，已使我原來的寓所和洞穴寬闊數倍起來。

現在我已有棧房，廚房和雜物間，至於我的住宿，我決定於帳蓬內，只是有時多雨的時期，因雨下得太厲害，不能保持乾燥，以後我就把長柱像椽似的靠於石上，上面蓋着大樹葉，像一間農稼的茅屋。

十二月十日

當我的穴洞的工程方畢，好像我做得太大了，猝然多量的泥土，由穴的一邊頂上墜下，紛紛不斷，竟像雪片一樣落下來；要是我在牠的底下，必然葬身其中，我簡直嚇呆了！這樣一來，我有許多工作許需要重做了，一面我得把泥土搬出去，一面我得撐住天花板，不使再有泥土墜下來。

十二月十五日

今天我做了二根柱，預備撐住穴的天花板，這個第二天我便完工。我於是繼續在二根柱間再加以一根橫梁，這步工作做好後，就豎起木柱；約再過了一週，才算全部做完了。

十二月十七日

從今天起作了三天，我做了一口木架，預備放置那些零星的東西；此外，我又把木頭釘在柱上，以便那些可掛的東西都掛起來。

現在屋內的一切，開始漸有秩序了。

十二月二十日

今天我起始整理寓所，把每件用得着的東西搬進洞內；又架幾塊木板，將碗碟和食物一類的東西，很安穩的放在上面。但我所有的木板，已漸次減少了。

十二月二十四日

整日夜的下雨，未出戶外，祇讀書消遣。

二十五日

又整天的下雨。

二十六日

地上較先前冷而爽快。

十二月二十七日

今天我捉得一隻山羊，因爲牠有一脚跛了，於是被我追着活活捉來，我帶回家去，留心看顧着牠，後來漸漸馴服了，在我的門前草地上吃草，不再逃走。

這事引起我有志要馴服幾個動物，使將來自己軍火都用完時，也不致沒有食物吃。

二十八日——三十一日

天氣極熱，幾天沒有出去。

一月一日

今天氣候依舊酷熱，白天靜臥，只在黃昏時我出去打獵，深入島中的山谷，我撞見了許多山羊，非常怕人，很是不易捉得，於是我決意帶狗來嘗試獵獲。

一月二日

今天出獵時我帶狗同去，使牠追獲山羊；但我的嘗試失敗了，因爲牠們反成羣的向狗瞧，狗怕自己危險，不敢走近牠們。我白走了一遭。

一月三日

我的住居，現在我還怕受兇猛野獸的攻擊，我開始再造堅固的圍牆，以防不測。

15 發現我的糧食

我建築這個圍牆，甚爲辛苦。當我開始工作的時候，雨阻滯我許多日子，待建成功，共費去有好幾個禮拜；其實所築的牆並不高大，要耗我這麼大的工程，說起來，也是難以相信的事。而每一點一滴的工作的辛苦，眞難以言說；尤其是要把木樁從石土中拔出來，又重新再把木樁敲進石土中去的工作，——因爲現在我把木樁造得較我先前需要的更大，所以把老木樁也得重新換過——累得我的渾身筋肉都痛了。

這牆完工以後，外面的籬笆，我又重新修築，使牠緊貼着圍牆。這個工程，雖耗我不可計算的勞力，但自信還做得很好，因爲卽使有人上岸來，他們不會窺破這是一座居所，可以免去不少意外的憂慮。

每日，不下大雨的時候，我總在樹林中巡邏，我常常發現，各種對我有益的動物。有一天，我尋到一隻野鴿，——這是一種很好的野鴿，牠並不像樹林中的飛鴿住在樹上，而是同家鴿相像，住在石穴裏的。我取了幾只小鴿用心撫養牠們；可是一到長大了些，牠們都飛走了。也許牠們爲了缺乏食物吧，因爲我有時出外打獵而忘掉給牠們吃的東西，不過我很容易找得牠們的巢，取幾隻小鴿來做食物，牠們的肉可眞很鮮的。

現在我料理家務時，常常覺得還缺少許多東西，起初我恐難以辦到；誠然，有幾件我是不能辦到的，譬如，我永不能做一隻圓箍的籃子——這件工作，我也費去了很多精力的研究，但始終不能在底上裝上薄板，而緊貼着保留水量，——但我最感需要的還是缺乏燈燭，所以我現在每日一到天暗，就不得不睡覺。我記得在非洲冒險時，曾有一大塊蜜蠟做燈燭，可是現在一些也沒有了。我唯一補救的方法，是把殺死山羊的羊油留着，再加一根麻根做的燈心，我便做了一只燈。這給我一些燈光，雖然沒有像燭光的那麼清明。

在我工作着的時候，恰好在搜查貨物中找尋到一只布袋，盛着飼家禽的穀麥粒，我曾說過，牠並不是為我們那次航行用的。但我早已把牠忘掉了。因為袋裏的穀粒，都給老鼠偸吃了，只見袋裏都是穀糠和灰塵；現在我為了要把這布袋做別的用場——我想用以放軍火，或是別的類似的用場。——於是我把無用的穀糠隨便的在圍籬旁傾棄了。

那是什麼時候我拋棄這廢物的，不知不覺我也沒有記憶，約過一月的光景，我忽見幾根青葱的莖從泥地裏生長出來，這好像是我在這島上未見過的植物；但是非常使我驚奇的，不久以後，我見這莖約有十幾根的粒穗出來，這全是青麥，一點不差，同我們歡洲的種類一樣。說得確切；那還是正確的英國麥種呢。

見了牠，就像重獲已失的無價之寶一樣，我興奮得流下淚來。這簡直是給我維繫生命的源泉，專供我在這荒野困苦的地方的食品。不但這樣，此外我又在麥穗生長的籬笆底下的山泥上，發現也有散漫的青莖在着；這些我證明牠為穀粒，因為我在非洲曾看見這樣穀莖生長着，大概是不會錯的。

起初這事使我很是驚訝，我以為是上帝賜我的天然的怪事出現。於是我走遍島上，到每個角落處細尋，希望再發現些這類青莖出來，可是我一些也找不到。後來我看見那隻布袋，才偶然憶起自己先前曾在那石下拋棄禽鳥食品的事來，想不到牠發芽了。這個發現，雖值不得我那麼驚訝，可是處在那麼困苦的環境裏的我看來，的確是一百二十萬分的幸運。要是這些穀粒都給老鼠吃光了或是自己不經心拋棄在別的所在，當然牠也就要被毀滅得無痕迹呢！

我小心保留下這些穀麥粒，到適當的時季——約在六月底，我決意再播種，希望着遲早收穫量增加起來，使足以供給我的生活。但看現在情形，恐種不滿四年，一些穀我也不得吃；雖則到了可吃的時候，也還是得節食的。

我第一季播種的穀麥粒，全然耗費，因爲我沒有遵守適當的播種時期，我就在旱天之前播種了。所以穀苗很少發出來；結果沒有收得牠應該生出來的穀麥穗。

但我沒有一些沮喪，仍是耐心的保留下那些種子——新收穫的二十多根穗，爲的是我以後的生活。

16 空前的大地震

我工作得非常辛勤，在這三四個月裏，以期完成我的圍牆；四月十日，我將門封閉起來不從門戶走進，而由梯子過牆，使在寓所的外面，沒有留下有人居住的痕迹。

四月十六日我做好了梯子，於是我走上梯頭，然後把牠在我的後面拖起，放在裏邊。這是個很安全的圍牆。因爲外邊誰也不能打入，除非牠能登越我的牆的。

但不幸的事竟接着俱來，當這圍牆完工後的第二天，我的前功幾乎立刻盡廢，反差點把我自己害死，情形眞是十分的可怕。

那天，我正在裏邊忙碌工作的時候，我的帳篷後面，——適在穴的出入處——我驀受到一種可怖奇特的遭遇，的確够使我極端的驚駭。爲了忽然之間，我覺察我的穴頂，上面的山旁，及從我住在穴內的兩根柱上，發出異常劈拍碎裂的聲響來。聲響是那麼的可怖，我駭呆了，一時想不出究竟是什麼一囘事。

我惶恐被埋在穴裏，我向我的樓梯奔，也無暇想及那邊是否安逸可以避身的。我恐懼，顫抖着爬過牆，我方才明白地看見這是空前的大地震，我站立地上，只幾分鐘內就搖震三次，這三次的震動，簡直可以傾覆建築在這裏的最堅固的房屋；前我約半里路，山頂上的一大塊岩石傾陷在海邊，那所發出的可怕聲音，是我生平從未聽過，看看那海水，被激成劇烈的震動着，我相信水底的震動，較島上的地震還要强烈。

這種意外的突變，我非常驚駭，因爲我從沒有經歷過像這類的事；也沒有和有經歷的人談及過，我簡直嚇得像死人一般的昏迷了。

第三次的震動過了後，我才漸漸回復知覺，知道自己的存在，但是我不敢再越牆查察，猶恐活埋，只靜坐地上，非常喪氣和憂鬱，垂着頭，不知如何才好。

我這樣坐着時，看見雲霧蔽天，好像要下大雨的樣子，不久風漸降臨，接着不滿半點鐘，可怕的颶風亦來了，大海裏立刻充滿了浮泡；海灘蓋沒了海波；樹連根也拔起……。這是一種劇烈無比的颶風啊！這樣足足颳了三點鐘，然後開始減輕；再過一點鐘，空氣已趨平靜；然而大雨却又在這時沛然降臨了。

我始終坐在地上，像呆子一般，心裏只是異常地驚駭和擔憂，待地震過去了，大風雨來了，（我想這是隨地震發生的結果。）我才振作精神，不管風雨肆虐，向自己的帳篷住所跑，但是雨愈下愈是强暴，甚至我的帳篷將要傾覆了，我遲疑着不敢立刻跑進去；可是我一看到帳篷裏漏滿了水，要是我不再進去設法，雖則不使傾覆，也要被水淹沒了。

於是我就冒險入內！立刻開始在洞裏掘一個溝，讓水流了出去，幸是以後，不再覺得地震出現，我始稍覺安心，這次總算很平安的過去了。

這天的一夜和第二天的大半天，都是不斷的下雨，所以我住在洞穴後，不再出外，現在我只有提起精神，應付一切，於是我走到貯藏室裏飲了一些糖酒，使心神安靜起來，開始考慮自己，目前應該做些什麼事，自然最重大的問題是地震，要是這島時常有地震，那我以後不能住在洞內；那末，我就得馬上設法，如何在空地上建築一間草屋，四面圍着牆笆，像我現在住的一樣，可來野獸或人的攻擊，如我仍舊如此下去，也許終有一天，我要被活埋的。

有了這些意念，我決意遷移我目前的居所，我用了二天的時間（四月十九日和二十日），計劃着進行，我因怕極了，夜裏不敢再在篷裏安睡；但睡在篷外的恐怖，——怕野獸的襲擊，又使我不安，有時看看篷穴裏的佈置，如同往日，於是使我又極不願意遷移，種種意念，都煩擾着我，使我一連幾天都沒有安睡，最後，我才自己決定，一面冒險住在舊居的篷內，同時馬上進行再爲自己在別處安穩的地方建一新寓，當一切佈置妥當，然後再搬，這是一個最安妥的計劃。

決定這個計劃的第二天，我就敲木樁，造圍牆，如先前一般的按步進行工作。

四月二十二日

早晨。我考慮着實行的方法；但我的工具太缺乏也太差了。我雖說有三把大斧，和許多小斧，（是我們從前和印度人做生意用的。）但是爲了常常斬斫的緣故，斧頭口都是缺口了，一點不銳利，雖則我有塊礪石，可是太大，我不能轉動牠，也不能磨我的工具。

四月二十八日——二十九日

這兩天的時間，我完全消費在旋轉礪石的機器和磨工具上面，工作還很好。

四月三十日

眼看自己的麵包只是天天減少，這使我很憂心；因爲我早已每日減至吃一小塊的數量了。

五月一日

當早晨看海時，見海灘上好像擱着一件東西；待下午潮水退時，我走近去看，原來是一隻小桶，和船上剩下來的二三塊舊物，是最後爲大風雨所驅到岸灘的。於是我脫下衣服，泅過水去，費了很大的勞力才在海灘上撈了起來。那隻小桶，倒是一桶軍火，但已着水，火藥結成像石子一般的硬塊。是否有用我也不能預斷，目前我只能把牠滾上岸去。

這事完後，我又走近破船的地點去。可憐牠破碎得不堪，連船的模型，差不多都要消滅了，我走進艙裏瞧，顯然船是怪異的移動過了。這前艙以前是埋在沙泥中的，現在比泥沙至少高有六尺。看這種情形，大概牠是曾經被潮水舉起後而又拋下的樣子。沙泥被傾覆在船尾的一頭，堆得很高。本來這地點，從前是大洋，所以在當時我非游泅一里路不可；現在潮水一退，我差不多可以徒步走近牠了。這情形起初我覺得有些奇怪，不過我不久就想到這是由於地震的結果。因爲牠受到這一番激烈的震動，牠較前更是破碎，於是許多破物就逐日趕到海灘，又爲海浪和風的冲擊，漸次滾近岸地來。

這時把我搬移居所的計劃的思想打消了。我自已忙極了，尤其是這天，在尋找破船的破物。以後我還要在船內再搜求雜件，雖然船的內部塞滿了沙泥，但不論如何我決意把船內的每件東西都拿到岸上去，對於我多少總有益的。

17 病了

五月三日

我開始用鋸子割斷船樑，把牠鋸斷以後，我就把船尾堆着的沙泥竭力扒出，但是潮水一路進來，我祇好暫停工作。

五月四日

今天出去捕魚，可是我敢吃的魚，一條沒有捉得；直待我厭倦了，正想離去，不料却在臨走時，我捉獲一條江豚，我替自己做一根麻絲的釣魚繩，但我沒有釣。可是我屢次捉獲的魚，已很够我自已吃的；魚我都晒在日光中，乾後再吃。

五月五日

這天在破船上工作；又割斷了另一根船樑，並從船頭上取去三塊松板，我把牠們縛在一起；待潮水來時，我使牠漂到岸上。

五月六日

在破船上我找出幾根鐵桿，以及其他鐵製的東西，工作得很辛苦，回家時非常乏力，眞想停止工作。

五月七日

再到破船上去，不過沒有工作的心思，但是看見破船因受了壓力，自己裂開了，船樑也斷了，船上的板似乎都已鬆開，船艙裸露着；我可以看見裏面幾乎都充滿着水和泥。

五月八日

帶了一個鐵梃，到破船上去，用力扭去船頭；現在牠是沒有泥水了。我再扭開兩塊木板，都隨潮水帶上岸去，但我留鐵梃在破船上，以爲明天再用。

五月九日

到破船上去，用梃打破船艙，找到幾隻桶，可是不能打開牠，我又找得一捲英國鉛，我可以把牠搖動，可是太重了，仍不能搬走。

五月十日——十五日

五天內去破船數次，獲得許多大小闊狹的船板，以及兩三個一百十二磅重的鐵。

五月十六日

在晚上，因有大風吹過，破船受水浪的擊沖，顯出更大的裂痕來；不過我在樹林裏捉鴿捉得太長久了，當我想起要到船上時，潮水已阻住我的去路，因此，這天我就沒有上船去。

五月十七日

我看見破船上的幾塊碎片吹出很遠，約有二里路之遙，我決意要看看這是什麼東西，後來我看出這是塊船木頭，但是牠分量過重，我沒有帶回來。

五月二十四日——六月十五日

每天，我都繼續着工作，除非飯餐必須的時間，我都差不多把整個的光陰都費在破船上面，現在船上所有的東西，我都把牠用鐵梃鬆開了，所以我已有很多的木材，還有大量的鐵器。用這些材料，我看可造成一隻很好的船，如果我知道造法。

六月十六日

走下海邊，我發見一隻大龜，或叫牠鼈。這是我第一次見到的，那可說是我的不幸吧，因爲這東西在這邊岸地是很欠缺和稀罕，假使我住在島的別一邊，那我每天就可以捉到一百隻呢。這是根據我後來所發見的推算；不過要捉到它們，是很費時麻煩的。

六月十七日

我費整天的時間，在煮龜的工作上。我在牠的內部找到了十六個蛋；牠的肉對於我，在那個時候，是最可口的，在我生平中從沒有吃過類似這樣好吃的肉；我自從到了這個可怕島上以來，別的肉一些沒有嘗過，除非是羊肉和鳥肉。

六月十八日

整天的下雨，我在屋內沒有出去。我覺得在這個時候，雨好像很冷，因此我也覺到有些寒冷；像這樣子的情形，在這緯線裏面，是不常有的。

六月十九日

身體很舒服；但是有些寒抖。似乎氣候已到寒冷的時候了。

六月二十日

整夜沒有安靜過；因爲我的頭痛非常難受，同時寒熱又發作起來。

六月二十一日

眞苦惱，我依然病了，而且病重得很；我想到了可憐的情境，恨不能一死了之。——生病旣沒有人服侍，又沒有醫生診治；我將怎麼好呢？這天我的思想，可紛亂極了。

六月二十二日

寒熱略略覺得好些；不過還沒有脫離病的危險。

六月二十三日

唉！病又變得厲害了，先覺得冷，渾身發抖，後來接着就劇烈的頭痛。

六月二十四日

病好了許多，精神亦感爽快。

六月二十五日

劇烈的瘧疾，寒熱足足發了七個鐘頭；在發冷和發熱之後，身上出着些汗。

六月二十六日

病有些好了；爲了沒有食糧，我就拿起槍，不過覺得自己沒有氣力，步履不快，雖然，我射着一隻母羊。費盡困難，總算把牠帶到家裏，割一部分烤了再吃，我喜歡吃燉肉和些湯吃，不過缺少鍋子。

六月二十七日

可憐的我，瘧疾又轉劇烈了，使我淹滯牀褥，終日不吃什麼食物也不喝什麼飲料，但是不久，我口渴得厲害，可是身體非常軟弱，所以沒有氣力可以站起來去拿水喝，於是我的發燒比前更兇起來，以後我是昏過去了，當我稍轉清醒時，我也是冥然無覺；直等到寒熱退去，我又睡熟，到了深夜，我始醒了過來。

醒來以後，我覺得非常舒服，不過身體還是軟弱，口裏可乾渴得很，但因爲家裏沒有飲料，我總得等到早上，所以依舊只好睡着。

不知什麼時候，我又睡着了，在這第二次的睡鄉裏，我却做了一個非常可怕的夢：

我好像是坐在我的圍牆外的地上，那時一陣猛烈的狂風在地震之後吹來了，我恍惚看見有一個人從黑雲裏擁着一團火降落在地上；他的全身光亮得像火一般，他可怕的面貌，竟使我不能用言語來形容；當他踏在地上的時候，大地就隨之而搖動，竟像以前的地震一樣，同時一部的空氣，也好像是充滿了雷電的閃光，他立刻向着我所在的地方走來，在他的手裏，我還看清緊握着一把長刀或是軍器，他好像要殺我的樣子，當他跑到一塊高地上面離我還遠的時候，他就開口對我說道：

「看到了這許多東西，還不能使你有悔心，你現在快要死了！」

他說話的聲音，是無比的可怕，我簡直不能拿言語來形容牠，他說完了這句話，我記着，他就拿起他的刀，對着我猛刺；我駭極，我嚇極，我也就從昏迷的狀態中醒過來。

可是我的精神上所受的惶恐，就在醒後，我的感覺似乎還是在像在夢境裏一般的可怖，我渾身瑟瑟的抖個不住，我也不能把我內心所留着的惡印象描寫出萬分之一來，他不僅帶給我可怖而已；我應當說，他是使我深深地懺悔了。

唉！我，完全沒有善良意念的我，我從父親方面得到的敎訓，我從親朋益友方面得到的勸言，我從母親方面得到的敎養，現在，我都把他們消滅了！拋棄了！在我八年不斷的航海惡事裏，我祇知那些像我自己一樣可惡和鄙俗到極頂的人相往來，我不曾記掛養我劬勞成人的父母，我不曾回憶他們的善言良語，我完全使自己埋葬在一種性情愚笨，沒有從善的良心裏面，我可以說自己在一般水手裏認爲最固執，最缺乏腦筋的人。

啊，現在的我，已是被拋在一個最困難最不幸的環境裡，我雖竭我全力在掙扎，然而沒有幫助我的人，援救我的人，我完全是孤獨的我，可憐的正病在挪人迹不到的荒島上。

親愛的父母啊！你們可知道你們不聽話的魯濱孫正跪在地上深深的向着你們懺悔麼？

18

復元

六月二十八日

熟睡醒來，神智多少爽快了些。同時寒熱全然退減；我便起身準備自己的食糧，因爲我推想瘧疾明天又要再發作起來，所以現在是我的機會，好在疾病時，得以補養，不愁缺食了。

我於是將一只大瓶盛滿了水，用火燒開，我參入四分之一的酒在水裏，把牠們調和生蛋一起；此外我又取了一塊山羊肉，在煤上薰燒，可是所吃很少。我把牠安放在我的床沿，以便我再想走出門去散心一下，可是非常無力，結果沒有出去。

在晚上，我用三只龜蛋當晚餐，蛋是我在炭爐中薰的。

我吃完了以後，我試着行走。但是覺得本身過弱，甚至我難以帶槍，但我從未外出而不帶槍的。於是我只走了一點路，便坐在地下。望望海上，海在我面前很平靜的波動着；看看天空，上面的白雲，變幻作態。我處在這溫柔的環境裏，不覺使我想起早已遺忘的遙遠的故鄉來，一時我目前的景像似乎都變換了。

我好像聽見父親在責罰我，母親因思念我而涕泣着。這時我自己良心的譴責，教我好不難受！眞的，我是不該違逆父親朋友的勸告而跑了出來，以至自己有今日不幸的遭遇。現在我是病着了，可有誰知道呢？——思念到這裏，我不由自己的吊下淚來。

「不要悲傷，孩子！」我忽聽得一聲很懇切很柔和的聲音在我的耳根響着：「你可忘掉你從危難中奮鬪出來的可貴的生命嗎？你沒有死於疾病，你沒有死於撒利人的强盜手中，你沒有給非洲野獸呑食，你沒有死在觸礁的船中，全部水手都死亡了，只有你一人，你經歷了這許多危難，獨屹然存在，你的生命是何等的可貴！何等的光榮！你應該力自珍重啊。」

我聽得目瞪口呆，正要抬頭瞧是誰時，我的神智已清醒了。那裏有人？那不過是我自己而已。我一言說不出來，依舊愁眉不展的站起來，走回我的宿所，就上床睡着。可是我的思緒紛亂異常，我無意睡眠；於是我坐在椅上，點上燈火，因爲天色已漸黑了。

夜來我因爲擔心我的病魔復發，使我畏縮不堪。後來我想起巴西人生病向不用藥單用煙草就能使病復元的方法來。於是我取出一卷煙草，也想來試試看。

其實我不知道如何使用煙草來治我的病，也不知果眞是否有效。但我嘗試着幾種方法，先取一張煙葉，放在口內嚼，這一嚼起初幾乎失了我的知覺。因爲煙草還是青的，性質極是猛烈，我馬上吐了出來。於是我想別的方法來替代，把煙草浸在酒內一二點鐘，決意睡時服下。末後，我又在一盆煤上燒些煙，盡我所能耐的將鼻薰在煙上，據說薰熱氣亦是足以退掉寒氣而能提神的。

夜色漸漸深了，煙草已經薰完，沉醉得使我的頭腦昏昏想睡，我讓我的燈燭在穴所燃着，也許在夜晚我須要任何物件的時候便利些，我又飲了一杯煙酒，於是我就睡去了。

當我第二天醒來的時候，我覺得自身異常的爽快，我的精神亦振作許多，我的肚子而且覺得餓了。

這天我沒有再發寒熱，身體已漸復元。

六月三十日

這是我病後的第一天携着槍出外，眞够多麼快樂！我走的很多的路，然而我並不以爲太遠，我射着一隻海鳥，牠們的形狀，和雁類差不多，我把牠帶了回來，不過沒有勇氣來燒薰吃；因此，我把幾個龜蛋吃了，這龜蛋的味道倒是非常可口的。

今天晚上，我就把自己認爲對於瘧病有效的方法來醫治，——把烟草浸在酒裏；不過用得極少，烟葉也不嚼，同時我也不把我的鼻放在烟上薰，因爲我的病體已日漸恢復健康了。

19

可愛的果園

我的病沒有經過醫生診治而好起來，眞使我的心裏非常忻慰，同時我的體力也復元了，我可以自己奮勇着找尋我所必要的東西；並且我非常盡力的要使我自己的生活方式，趨有秩序。

從七月四日到十四日的幾日光陰裏，我消磨大半光陰在携槍出外的步行上面，我走路每次總是緩步徐行，很像一個人在病後的康復一般，因爲我弄到這樣的乏力和這樣的衰弱，完全是出於意料之外的。

說到這次我對於治瘧疾所應用的方法，眞可說是非常新的，或者在從前還沒有用牠治好過這種病，我也不能把我試驗的結果傳給別人去施用，雖則牠已經把我的寒熱驅逐，然而我的元氣却因此受傷了。

我從這個上所得到的經驗，在雨天裏出外，對於我的健康是最有損害的，尤其是在狂風後的大雨之下，更容易受傷，在燥熱的時候，雨總是跟着狂風而落的，因此，我覷得這種雨比了九月和十月的雨，更加來得危險。

我現在住在這個荒島上，已經有十個多月了，在這種情形之下，所有拯救的可能性，我可以說完全沒有的了；我堅信這個地下從沒有給人類跑到過，牠雖說是荒丘的山島，不適一人孤居獨宿，但我既有了一個安穩的寓所，已甚是滿意；不過我仍舊渴望着在島上有更好的發現，搜索些在島上的我所不曉得的其他出產物。

在七月十五日那一天，我開始詳密的檢查這個島，起頭我向小河方面走去，在那裏，我好像曾把我的木排靠岸過的，走了約有兩英里後，我覺得潮水漲得很高，但這條小河不過是流着新鮮清潔的水的小溪罷了；現在這乾燥的季候，河道的各部份，都裸露水面，而河裏的水也不會流到人們所能見的小河裏去。

在小河的兩岸，我發現了許多悅目的草原，牧場，平坦的，光滑的土地，都被一片綠茵滿蓋着。那些聳起來較高的平地和次高的附近，在那裏我們可想到，水是永遠不會漲溢的。我找着許多的烟草，牠們長得又大，烟莖又粗壯。此外還有許多別的草木，但不知牠們的名字和特性。

我想搜尋薯根的工作，要是找得到牠我可以學印度人一樣，拿來做麵包。然而我覺毫無所得。後來我又看見幾根野甘蔗，因爲缺乏栽培，所以長得不完全。

我現在把所曾發現的東西細細辨識，囘來以後，自己忖度着對於已得的植物，我已尋出牠的功效和特質來。不過始終沒有一些結果；因爲，當我在布勒喜爾的時候對於田中的草木沒有詳細研究過；現在到了這樣困苦的環境裏，自然也沒有補救的辦法了。

第二天，我仍舊向原路走去；比了上次走得遠些以後，我已看見那條小河已到了盡頭了，這裏曠野比前格外大，樹林亦更覺蓊鬱了。我在林中找着了許多種類的果子，尤其是我尋着不少甜美的西瓜；此外還有無數葡萄藤，繞在別的樹上；伸展開來，只見一簇簇的葡萄球，正是牠們極豐盛的時候。這是一樁可驚的發現，我是多麼地快樂啊。但我的經驗警告，我須待慢慢去吃牠們；因爲我想起在巴巴利登岸的時候，在那裏的英國奴隸，因吃多了葡萄，就患着痢疾和熱症死去了。不過我對於這些葡萄，想出了一個很好的用場，就是先把牠在太陽裏晒乾，再收藏起來，好像收藏乾葡萄一樣。我想牠們應當是滋補和可口的食品。

那天晚上，我就沒有離開這個地方，回到我的住所；這是我自有住所以來留宿在野外的第一夜，我像第一天來島上那樣，用了手脚爬上樹去，安安穩穩地睡在枝椏交叉的樹桿上。

第二天早晨，我繼續進行搜尋的工作，我差不多走了四英里的路，我還是繼續朝北方走。不久，我來到羣山的背脊，路程就完了。信步走過山脚的小路，我來到一座曠野旁邊，那裏有一流清水，潺潺的從山側中流出，折向東北方流去。曠野裏還有不知名的花朶，燦爛的開着，整個曠野是這樣地清新，活潑，茂盛，充滿着欣欣向榮的氣象。看起來，總以爲這是一座別出心裁設計的好花園。

我站在這風景秀麗的山谷的傍邊，瞧瞧泉水，瞧瞧花木，幾疑心自己是在夢中。我走下幾步，用一種靜悄悄的快樂，閒適的態度，領受這大自然好意的賜予，牠一任我的賞玩和遨遊，我好像是這裏的王子，牠們的主宰一樣。

我走近森林的地方，我一辨那裏的樹木，差不多都是椰子樹，橘子樹，檸檬樹，佛手樹，種類眞是多得很，可說是天生地造的果子園。可惜牠們很少生果子，在這個時期更是少得很，我只收集幾只青佛手，把牠冲茶起來吃，既香又補養。後來我把牠的汁用水調和，吃起來自然更涼爽可口了。現在我有事情做了，決定把葡萄，佛手，檸檬任所有的搜集攏來，預備等梅雨季候時做食品。現在這個季候，依我的估計，是快要到了。

於是我在一個地方，聚集一大堆葡萄，另外一個地方，又集攏有一堆檸檬和佛手，我先隨手携帶了一些回去，決定帶着袋或其他可以包裹的東西，再來把其餘的運回家中去，這個行程足費去了我三日的光陰，當我未曾到家以前，葡萄已經腐爛了，因爲多量汁液已把牠們弄碎榨破，牠們是毫無用處了，至於佛手，牠們是完好的，可是我帶的不多。

第二天，我同去以後，就做了兩只小布袋，預備去裝同我收穫物，不過當我跑到葡萄堆那邊，使我覺得非常驚奇，在我收集葡萄成堆的時候，牠們是很多而很完整的，而現在，牠們已拋散在各處，踐踏得粉碎，並且拖曳到四處，這裏有許多，那裏有許多，大部份已經被吞吃掉了，從這一點看起來，我斷定在這裏附近，必有野人和野獸出入，這事定是牠們做的無疑，但牠們到底是什麼動物，那我也不得而知。

過了這回事情後，對於收集果子的方法，我用腦筋考慮了一番，無論怎樣，我不再把牠們收集起來，同時也不裝在袋裏帶回家去；因爲一方面牠們要被人損傷，另一方面，牠們自己的重量也會壓碎自己，所以我另行採取了一種辦法，我收集了許多的葡萄，把牠們一紮一紮的掛在樹桿的外椏上，使牠們在太陽出來時能够晒乾，至於佛手和檸檬，我儘我的能力把牠們都拿回家去。

說到我這一次旅行回家的確帶給我很大的喜悅，我想起那山谷的茂盛，使我感覺到異常的欣慰，牠是在水和樹林的另一邊，能够避掉狂風暴雨的危險，地位是再適合也沒有了，我想定選了一塊地方來做我的住所，不過牠是空野裏的最不安全的一部份，總之，我開始打算着遷移我的住處，尋一塊同我現在一樣安全的地方，假使可能的話，就建築在這島上的最愉快茂盛的一部份裏。

這個思想，在我腦海中盤旋着很多的時候，我對於那個山谷，非常的歡喜，牠那可愛的樣子，簡直把我引誘了，不過當我進一步考慮以後，不覺又躊躇不決起來，我想到，我現在是居住大海的邊旁，在這裏對於我至少有一些利益的事情發生；我不幸的命運旣已經送我到這裏，說不定會有同我一樣的不幸者，攜些其他不幸的災害，同樣的跑到這個地方來，雖說這事的發生帶着極少的可能性，然而把我禁閉在島中的萬山巨林裏，同了關在牢監裏不是沒有兩樣嗎？所以在任何條件之下，我是不應該遷移的。

我的心裏雖已決定了主張，但我對於那個曠野，却是異常愛戀着，爲着這個問題，我費了許多心思在這上面，結果我的住所雖則沒有遷移搬過去，但我在那塊曠野裏架起一座休息的小亭子；在亭子的四週，間着相當的距離，圍繞着一圈很鞏固的牆頭，是用二層籬笆做成的；它的高度，剛及我的頭頂，牆的外部，完全是用椿做護衞，隔層裏又都塞滿着矮樹，我睡在裏面，自然安穩得很。因此我有時歇宿在那裏，竟接連二三夜都不囘去。這樣，在我本來已有的一處海邊居宿外，又增加了一處曠野遊息所了。

20 雨季和燥季

大約在八月初頭，我把小亭完成了，開始自賞其樂。八月三日，我看見那些懸在樹上枝椏的葡萄已經完全晒乾了，實在是被太陽光晒成的上好的葡萄乾。我把牠們從樹上拿了來，共有二百紮以上的數量，這種豐美的食品收穫，委實是使我很快樂的。

這樣過去了沒有幾天，天就降雨了。以後每日天天下着，或多或少，總是落個不住。從八月十四日到八月二十六日這許多日子中間，雨下得更是厲害，以致使我一連數天不能到穴外去，因爲上次病的經驗告訴我，在這種雨天，我是要必須格外小心保重的。所以連日固守在家中，致使食物感到困難，爲此我不得不冒險出外二次；第一次我曾殺死一隻小山羊，還有一次，就是二十六日，我尋獲了一隻龜。

對於自己食物的分配，我也每日有一定的數量，早餐吃一紮葡萄乾，午餐一塊山羊肉，或是龜肉，薰熟了吃。——我是困苦已極，沒有器皿來煮或燉那些東西。晚餐我只吃三二個龜蛋。

在下雨困居穴中的時候，每天我工作二三小時，開掘我的洞穴，使牠的空間的面積更寬大起來。後來我專在一面工作，直到洞道挖空可以通到外面——是在我的圍牆外面山石脚下，於是我做了一扇門，我就從這裏自由進出。

現在燥季和雨季使我已得到了牠們的次序，我把牠們分割開來，準備着那一個時候的到來。當我沒有這個經驗以前，我一切的試驗是失敗了，在下面所述的就是我的經驗中最不幸的一個。我曾說過，我保存着幾株大麥和禾的穗，——我相信大概有三十根是米穗二十根是大麥穗，現在我想是播種的合宜的時候了，雨降之後，太陽在南面——從我的方面而去。我用木鏟竭力地掘起了一塊土地，把牠分作兩個部份，播種我的穀子。但是乾燥的月份連續來了，穀子種過之後，土地未曾有雨水的滋潤，又無潮氣來助牠的生長，於是土地上就好像沒有下過種子一樣。

第一次播種的種子不生長，我料想着是因為久旱的緣故，我找尋一塊較潮濕的土地再行試驗，在靠近我的新造成功的小亭傍邊，我掘起一塊土地；約在二月裏，約在春分之前，我把這些種子再播種下去。這次牠們受着三月和四月多雨的灌溉，很茂盛地萌長出來，遂成一熟極好的大收成。

但是這熟的收成，我僅將種子半數播種，因為這是我恐再像上次的失敗而絕種，所以收成的總數，統計起來，每樣不上半斗，然而因為這個試驗的成功，我對於這事可以措置裕如了，這樣我已明白什麼是合宜播種的時候。

當穀子在生長的時候，我得了一個小小的發現，對我是很有益的，一經雨止和天氣晴定以後，大約是十一月光景，我就到曠場上面去看我的小亭，在那裏，雖然我幾個月不去了，各種東西，仍是像我告別牠們的時候一樣，我做成的一個雙層籬笆，非常堅牢無損，而且我看從前我從那些樹林裏面所割取來做木樁的樹段，現在都一齊發出長長茂盛的枝兒來，好像一株楊柳樹一般。

我不能說出這些樁兒是從什麼樹木割下來的，見牠們這樣茂盛的生長着，我是又驚又喜，我開始來整理修削牠們，盡我的能力來培養牠們，使其更生長得牢固和芳盛，只是三月的功夫，眞使人難以相信的，牠們竟長成得這樣高大的綠圍牆，又美麗又堅固，雖則那是從前的籬笆，約有二十五碼直徑的一個圓圈，然而在現在，這些樹——現在我可以這樣地叫牠們了。——都已把牠們的空間掩蓋着了，可說是一個完全的蔭地，在乾燥的炎熱時期，住在裏面，眞是很愜意的。

由於這件事的引起，使我想起再去砍些樹樁來，去圍繞着那第一次寓所的墻，當我從曠野這邊回去那裏後的第二天，我就開始這個工作，我把牠們造一個半圓形的籬笆，又把樹或樁木排成兩行，大約離開我的牆垣有八碼的遠近，牠們很快的生長起來，起初對於我的住所的確是一個很良好的遮蓋物；後來依我的觀察，牠們生長的次序而說，也可以當作我的防禦物之用了。

現在我覺着這個地方一年四季之中，並不像在歐洲那般分作夏天和冬天一樣，不過也大概可以分作多雨的季候和乾燥的季候，這個時序的變遷，依我日常精密注意的結果，可作下列這樣的分析：

二月的月半，至四月的月半，共二個月，是：多雨，太陽那時候是在靠近赤道。

四月的月半，至八月的月半，共四個月，是：乾燥，太陽那時候是在經線的北面。

八月的月半，至十月的月半，共二個月，是：多雨，太陽那時候是同來了。

十月的月半，至二月的月半，共四個月，是：乾燥，太陽那時候是在經線的南面。

至於雨季，或長或短的完全是因風吹颳爲轉移；不過這是我大概的觀察，憑了這些經驗，我發覺了雨天出外的惡果以後，我就小心地預先防備着自己的食物；到了雨天，那末我不一定要出外，我也儘可以安然的坐在家中了，這個時候，我發覺着許多要做的事務，同時，對於時間上也是很合宜的，因爲我得到了很多製造生活用品的時機，而這些東西，都是非運用勞力和恒心，是無法做到的，特別是我試了許多的方法去製造一隻籃子，不過攏總所能得到的作爲此用的小樹枝，都是過於脆薄，以致沒有成功。

現在我回憶起這件事來，對於我是很有益處的，當我還是一個小孩子的時候，我常常喜歡站在製籃子人的店門口，看他們製造柳枝編製的器具，這家店是在我父親居住的地方，我也和別的小孩子習慣一樣，喜歡贊助與己無干的事情，當我看他們如何製造那些東西的時候，有時也幫助他們一臂之力，因此我對於編織法也知道得很多，只是缺少着材料罷了。這時我忽然想起我從樹林裏割下圍牆的椿木來，牠們現在抽出的細長樹枝或者能够和生在英國的楊柳條一般地堅硬，於是我遂決定前去斫些來，再嘗試一下。

爲了這件事，第二天我就到我的別墅裏去。——我以爲應該這樣稱呼我的村舍才對，——我割了些較小的樹枝來，用手曲着試一試，覺得牠們性質的堅固，正合我的所望。於是第二次去的時候，我預備了一把小斧，用牠想斫下很多的分量來。這個自然很容易的就完成了，因爲樹枝是非常的茂盛着呢。於是我把牠們都放在籬笆的中間使太陽晒乾，一到合用，我把牠們帶到我的寓所中去，到第二個雨季的時候臨了，我就盡力地製造了許多的籃子，用作盛泥土和放別的東西，尙不適用，雖然我做的不很巧妙，不過牠們已很够我的用場了。

後來我每逢出外，總小心謹愼地携帶着牠們，當我的柳器用壞的時候，我就再製造幾只特別堅固和深的籃子來放我存的穀子；因爲我有了若干分量的穀子收穫以後，已不能再把牠們放在布袋裏面去了。

但是我還沒有器具來裝那些流汁的東西，除去兩個從破船上拿回來的酒桶和幾隻玻璃瓶以外，我甚至連煮東西吃的罐頭都沒有；雖則我從船中找回一隻大的鍋，但是太大了，對於我只能用牠拿來煨湯，和炙一塊肉罷了，此外我還期望着能得一根煙筒，然而我是不能把牠製造出來；末了我費了許多心思，畢竟給我想出了一個計劃。

我忙着去種植我的第二排的椿木或是樹，爲了這些工作，都耗費了一個乾燥的夏天，雖然我同時在編製一些東西的上面，也費去我的時光不少，而且還有別的事務來麻煩着我，但這完全是不能猜料得到的。

21 愉快的旅行

對於勘察全島的意念，我是非常濃厚的；上次我曾跑到小溪的上流，尋到了一塊有花有果的快樂場，在這裏我還曾架了一座小亭子；在島的另一邊，還有一塊空地方，牠是朝着大海的，現在我決定要橫渡這海灣而跑到這塊空地上去，於是我預備了槍，小斧和狗，以及帶得比平時較多的火藥和彈丸，在我的衣袋裏，我還放着二塊餅干和一大紮葡萄乾，這樣，我就開始我的旅行。

當我走過自己所造的小亭子的谷口，我就望見海的西面一帶；這天的天氣異常的晴朗，所以我遠遠地望見那邊的陸地，這個是島或是大陸，我自然看不出來，不過牠的地位是很高很寬，直向西南方伸展過去，距離的遙遠，依我的猜想，總有五六十里，或許亦不止此數。

我不知這裏是世界上的那一部份，或許是美洲的一部，依我觀察的推斷，這裏必定是貼近西班牙領土的邊界，說不定這上面是被野人佔居着的，要是我這樣在那裏上岸，那末，我的境況一定會比現在更惡劣的。

因此，對於這事，我思想了好久，要是這塊陸地確是西班牙的海岸，我終究在那裏可以看見取徑不同的來往船隻；假使這個是錯的，那末，這陸地一定是西班牙和巴勒喜爾的中間荒野海岸了。在那裏有最兇蠻的野人，據說他們是會吃人的，人體一落到他們的手中，必無生望。

雖然我有了這些不祥的顧慮，但是未曾減少我旅行全島的意興，我於是繼續的旅程，不過倍增謹愼的緩緩前進。

我覺得海島的那邊，現在我所來到的地方，是比我那座原來的海島，格外生得使人適意，可愛的曠野和平原，滿地是花草繽紛，林木繁盛，而且我還看見很多的鸚哥，吱吱喳喳的叫着，非常好聽，要是能够的話，我極想捉住一隻來馴養牠，教牠和我說話。

於是我就用手杖來趕牠們；結果給我手杖打下一隻幼稚的鸚哥，待牠恢復了元氣，我就把牠帶到家中。

對於這次的旅程，我非常欣喜快樂的，在山窪的斜坡，我發現了野兎（我想大約不錯的）和狐狸；但是牠們的樣子和我以前曾經見過的顯然不很相像，牠們的肉眞好極了，我雖殺了幾隻，也不能滿足我的食慾，然而我也不必冒這險，專事獵取牠們，因爲我並不缺乏肉食，像那些山羊，鴿子，鼈和龜的肉，再加上葡萄乾，檸檬，佛手，就是倫敦城中的利登菜館，怕也做不出比我所做的較好的一桌筵席，雖然我所處的情境是這麼可憐，但慶幸自己並沒有被逐到絕食之境；我的糧食不特是富足，而且是樣樣鮮美。

我這次的旅程中，每天沒有走上二里的路途，因爲我每走一段路內，總往來巡逡着，看看能够發現些什麼値得的東西，等到自己來那所決定坐下過夜的地方，身體已經甚是疲乏了，於是我或者歇憩在樹上，或者是用木椿來圍住我所臥着的地方，這樣我可以免掉野獸意外的侵襲，而使自己在酣睡中得到休養了。

有一天，我隨心所欲的來到海邊，立刻使我非常驚奇，因爲這裏我發現無數的鼈類，然而我那邊的島上，經過一年有半的時候，還只捉到三隻，這裏還有無數的禽鳥，有些我曾見過，但是類別太複雜了，除了那些叫企鵝的，其餘我都不知道。

這裏禽鳥的多，心想要射多少就得多少，不過我對於子彈是非常節省的，假使可能的話，我極願射獲一隻母山羊，我就能吃得較好了，這裏山羊的數量比我那面島上的還要多，可惜很難靠近牠們，因爲這裏的山野平坦，所以當我走上小山的時候，牠們已經看見我了。

我承認這邊比起我那邊來，自然還要樂意，不過我對於搬家的念頭，一些也沒有；因爲我現已擇定了我的寓處，同時牠對我也是很自然的成爲習慣了。現在我到這裏來，好像我是出外旅行一樣。

我沿着海岸向東方走去，依我的推算，大概是走了十二里路的遠近，於是我在海岸上挿豎着一柱，當做我到過這裏的標記，我決定再行返家，下次的行程，我一定跑到這島的另一邊去，從我居處的東方，這樣兜轉一直再走到木柱爲止。

這次回家時，我是改走另一條路回家的，這樣我就可以很容易的觀察全島的景色，心境眞是無限的愉快。不過當我走了大約二三里路時，我自己已經走錯了，那是一個很大的山谷裏面，四面都圍着樹林叢密的小山，除了太陽可給我一點指示外，我一些都找不出我的歸路來。

然而不幸的事，竟接着來了，因爲我在山谷裏迷失了歸路的時候，天氣忽又起障霧了。一共三四天之久，甚至連太陽都看不見，我很不安的在裏面慢步亂走着。最後，我想必要找出海岸自己豎着的柱子標記，然後才可以回到我的來路上去。

於是我跑到一條很容易的路程，我就向家而行。天氣是非常地燥熱，而我身上帶着的槍，子彈，斧頭，以及其他各種東西，都又是異常笨重累贅的。

在這回家的途中，我的狗驚起一隻小山羊，牠並且還把小羊抓住，我就趕過去，從狗口裏救了出來。我是很歡喜的把牠帶回家中，假使辦得到的話，我是要把牠養成一羣大的馴羊，當我的子彈耗盡時，牠們可以當作供給我的食料。現在我替這小羊做了一個頸圈，我又繫上一根繩索，然後牽着牠走，雖然費了一些困難，然而我終究把牠牽到我的小亭子那裏，我就把牠設法圈住起來，使牠不能逃走；因爲我是急於要回家，我已離別我的寓所快將月餘了。

我不知道用什麼話才能形容我的滿意和高興，當我抵家看見舊屋和睡在吊床上的時候。在這次短促愉快的旅行中，使我感到不快的是沒有一個適意的住處供我過夜；現在我把這個舊居和牠比較起來，可說是最完善的寓所了。牠給我感到身心樣樣的東西都安適，都合意，因此使我以後去了一切遷移的念頭，決定不再離牠遠去，——我居住在這個島上，大概是我的命運使然的。

當長途跋涉以後，休息和享樂是必要的，在這期間，我停止那結籐編織的工作，大半的辰光，是耗磨在給鸚哥做籠兒，做好時，我忽然記起那隻被自己關閉在小圈裏面的小山羊來，我決定去把牠帶回家裏養，或是先給牠一點食物，可憐牠已餓了好多天了。

我到小亭那邊時，在我離開牠的小圈裏找到了牠，因爲我是用牠頸項的繩縛着木樁，牠實在是不能逃跑的。不過牠差不多因爲缺少食物將要餓死了。我連忙割些嫩枝葉放在牠的前面，等牠吃完以後，我照以前同樣的方法把牠牽走，牠因爲饑餓，對我是非常馴服的，牠跟我走，好像我的小狗，實在我眞可以不必用繩來繫住牠了。

我把牠帶回我的家後，我常常飼養牠，牠委實生得可愛，有一身雪白的軟毛，有一對靈活的眼睛，而牠的個性是非常的柔順，很是討人歡喜，從此以後，牠變成一個我的馴僕，永遠不離開我了。

現在我開始感覺到這種悲苦的情境，比了我以前所受過的卑鄙可惡可憎的生活，要快樂得多呢。因爲現在我把憂愁和快樂都改變過來，我的願望也轉變了，我的七情也頓改了，我的樂趣已走進新的途徑，比了我第一次上岸的辰光，兩年以前的樂趣，完全兩樣了。

以前當我走出去的時候，或者打獵，或者勘察地方情形，或者徘徊散步，在我那種情形之下，悲慘的念頭，便很快地發現；只要睜眼看到海洋，樹林，山，我所住的荒地，我就想着自己是怎樣受着牠們的禁錮，而成爲在這荒島上的拘囚，我的心就幾乎痛得要發狂；當我正在寧靜的時候，這個思想也要像突來的狂風向我心坎猛擊，因此不得不使我雙手緊握，和小孩子一般號啕大哭起來；有時當我工作的時候，這個念頭也要驀然的侵入，使我不得不停止工作，靜坐着嘆息，而眼睜睜地注視着地面，在一二個鐘頭內一動也不動。

這個對於我的身心都是受到極大的損害，所以在那個時期我的身體會病了起來，現在我已把新的樂觀的思想來訓練自己，我已覺得在這被棄而孤寂的環境之下，是可以得到比了世界上任何快樂更厲害，這裏充滿着愉快的草原，可愛的山禽走獸；有甜的葡萄，蜜的果子，豐富的饈珍，新鮮的空氣，曠闊的海洋，比那些自稱是自由快樂的世界裏面，自然更要樂意些啊。

22 艱苦的收穫

在這樣的情形之下，我的第三年開始了。

這一年中，我雖沒有値得特別記載下來的事，不過我對於工作自信是沒有偸懶的，依照了每日我面前的工作而論，我總按時光把牠們分派起來；例如我定下出外獵取的時刻，每天早上約費三個鐘頭；接着就在家醃製，烹調那些所獵獲的東西，拿來當做我的食物；當時辰正在日中，因爲太陽高掛天頂，熱度强烈已極，我就不能出外，以後到傍晚三四點鐘，那就是我編織製造各種工具的時間了，不過有些時候，我把工作和打獵的時間對調了做，那就是說，我在早上在家工作，下午才携着槍出外去。

關於工作的情形，那的確是頗費痲煩的，因爲我缺少着技能和工具的緣故，本來一件在最短時間裏可以完成的東西，爲了此，我却費去許多無謂的時間，例如我做一塊放在長架上的木板，誰也不相信的共耗去我四十二天的光陰，不過這東西，在我的洞穴裏是不可少的；假使這塊木板在兩個木匠手裏，用他的器具和鋸木坑來做的話，在半天的辰光，從同樣的樹中，就可以做好六塊。

我的工作過程是這樣：單斫一株大樹，就費了三天的時間，然後把枝葉削去，使成爲牠一根大樹頭，或是一塊大木料，我又消耗了兩天的時間，於是我每天用了非言語所能形容的斫砍工夫，才始把木頭的圓樹身削成兩邊平面的木片，直到牠的重量減輕，可以用手容易移動的程度才罷。

上面所說還不過是工作初步的工程，因爲我還得把木板的兩面弄得光滑和平坦，從頭至尾，像我們所見的木板一樣。於是我用砂石來磨擦，使牠的厚度減薄，只有二寸的尺度爲準。在這樣的工作上面，我的兩手的勞苦，那是誰也可以想見的。然而勞力和忍耐，牠使我不僅造成這塊木板，而且還使我完成一切我所需要的東西。

現在我的每年收穫期，是在十一月裏，到了這個時候，我就滿望着大麥和穀粒的豐盛收穫，不過我的墾植的土地和施肥料都不多，我的種子，只有少於半斗的數量，因爲當我在燥季裏播種時，已經把牠的收成犧牲了不少了。可是現在我看目前的收成是非常有望的。當我心裏正自欣喜的時候，想不到突然之間我發現了侵害我的收成的幾種敵人，因此，我的收成難免又要遭到全部損失的危險，這些敵人眞是不容易防備的呢。牠們——那些山羊和野兎——已經嘗到了葉子的甘味，等到葉子生長起來，牠們就日夜可以躺在葉兒裏，把葉片連嫩芽都吃掉，結果這些麥穀的禾莖都變成光光的梗子了。

這個我覺得沒有一些補救的辦法，除了做一個籬笆來圍繞之外。現在這個工作的需要，來得是非常的迫切，所以我把牠加力的趕做完成；雖則我的耕地可以得收穫的面積並不大，不過我把籬笆統統掩護好的時候，已費了我三禮拜的時光了。

此外，在日裏我就携着槍看守那些敵人，當牠們來時，我就用槍射擊；至於晚上，我就使我的狗代這看守的職務，我把牠用繩繫在籬笆的木樁上，牠就通宵達旦的站着狂吠了。

在這樣看護的情形下，那些敵人便只得捨棄了這塊耕地，於是穀子也就能長得很好，而且開始着迅速的成熟了。

可是新的困難總是連續的發生，在前，我的穀穗含苞在葉兒的時候，既有山羊野兎來侵害我；現在穀穗從包葉裏生長出來時，又有禽鳥來侵壞我了。當我每次去看我的禾穗，總見有許多禽鳥圍着我的穀子，牠們站在那裏，宛如候我動身一樣。我立刻向牠們掃射，因爲槍是我隨身帶着的。這一槍放過以後，一羣小鳥就馬上從穀子裏面飛出來，又折轉橫空飛去。起初我還未曾看見牠們呢。

這件事使我很焦急，我預料幾天工夫，牠們就會把我所有的收成完全吃光；這樣我的種植是白費了，我又要受餓了；這是個無限的損失，我無論如何得設法來防範的。假使可能的話，那末不論日夜都要坐着來看守牠了。

於是我跑到田裏細察穀子的損失，我發覺大部份已經弄壞了；不過假使把餘留的能够好好保存着，或者還可以得到一熟好收成。

我裝好彈，輕步的走到禾田邊，我很容易地看清那些偷穀的賊，已發覺我似的並不在禾穀裏，而是站在我身旁的四面樹枝上，好像是候我動身一般。於是我故意緩步走回去，宛如我往日離開牠一樣。

事實竟如我的所料，當我一經離開牠們的視線，牠們就都一隻隻的飛到穀田裏去了。我知道牠們多吃我一粒穀，就減少了我一點麵包啊。我眞憤怒極了，馬上我掩身重回到籬邊，放了槍，打死了牠們三隻鳥兒，我把牠們拾起來，我對待牠們好像英國人捉到强盜一樣，拿鐵鍊鎖起來，高掛在樹椏上，使其他看見的發生恐懼。

這種殘忍的擧動，在當時我不過是洩憤罷了，想不到所得的效果，是不能預料的呢。從此以後，牠們不僅不再飛到穀田裏來，並且這個島的各地方，也都不再見牠們的踪跡了。這件事自然使我很快樂，不再費我一些煩憂，就在十二月的下旬——還是我一年之中的第二次收穫期，我如願以償的收穫了穀麥。

當在收穫的工作裏，因爲我沒有割禾的鎌刀，又發生了很大的困難！我所能想出的補救辦法，就是要儘力從我的腰刀上面去製造一把來，腰刀是我從船中車器箱裏面保存下來的。不過第一次的收穫量不多，所以把牠們割下來倒不費事，其實我只割牠的穀頭，裝在大籃裏帶回來。

這次的收成，我差不多得着了兩斗穀米，兩斗的大麥；這是從我半斗不到的種子中發息出來的。這給我一個很好的鼓勵，在不久的將來，我要用麵包來養活我自己了。雖則這還不過是我目前的空想而已，因爲我既不知道怎樣把穀麥磨成粉，就是磨成粉了，我又不知道怎樣把牠做成麵包；卽使做成麵包，我又不知道怎樣去焙炙牠呢。

但我總想要一步一步來克服這些困難；同時我希望着下次的收穫量更增加起來，這樣就可供給我永遠的食糧。日前我決定不把這次收成拿去嘗試麵包，而是保存着做下季的用場。

23 用具的製造

在家中，當天下雨阻我不能出外去的時候，或當我工作後的疲乏的辰光，我時常凝視着那隻鸚哥——就是我上次旅行時帶同來的，或是我對着牠說話，或是我教牠自己說話，這個就是我的自娛工作。鸚哥，牠是異常地聰明伶俐，我很快地就教牠曉得自己的名字，於是牠用很高明的聲音叫了出來：

「姆爾！波爾！」

牠的聲音是那末清晰可聽，和討人歡喜。這句用嘴來說的話，在這島上，我還是第一次聽到，除了我自己的「張嘴巴說話外。這個給予我精神上無限大的安慰，只要聽牠這樣叫，我好像就重踏入歐洲大陸，聽見人類向我對話一樣。

不過，這不是我眞正的事務。牠只是給我工作中的一個幫助罷了。因為現在我正在研究各種方法去做成一種泥土的器具，這些瓶罐的東西，在我都是亟切需要的，不過我不澆得用什麼方法可以獲得牠們。

這事費了我很大的思考和籌劃，結果我想去山崖邊挖了很多含有黏性的泥來，我就把牠製成罐兒或瓶兒的模樣，放在太陽裏晒乾，待牠們漸漸地變硬了，變固了，就可以供給我貯藏溫的和必需保存的東西。這個對於我將來安放穀和粉屑也是必不可少的器具；假使可能的話，我還想製造幾隻更大的，豎起來像大口瓶一樣大的泥罐，那末什麼東西都可以裝進去了。

但是想起來容易，做起來就處處感到困難，既費了偌大的勞力把泥漿從山崖邊收集了來，我又因不熟悉製罐的技藝，致不能做成一個像樣的器具，所以雖做了一大堆，有很多都是白費心力沒有用的；有些是因為泥土不能凝結，難以盛重量的東西；也有些是因為受了太陽的猛烈的熱光而崩裂；更有些是在晒乾之前後因搬運而打碎的。總而言之，我常常用極大的勞力去山崖找尋泥土，然而掘出牠，調和牠，搬牠回家，把牠製造，所得的結果，我只有做成兩隻大的，模樣製得很惡劣——我不能叫牠瓶或稱牠罐，却已消磨我的近乎二個月的勞力了。

當這二隻僅得的東西給太陽晒乾得很堅固以後，我就把牠們輕輕地拿起來，放在兩隻柳條編織的籃子裏面，——這籃子是我特為牠們編製，專為這項用途的，這樣一來，牠們就不致打碎了。在罐兒和籃子的中間，所有空隙的地方，我完全用麥桿和稻草把牠們塞滿了。因此，這兩隻罐頭就得能時時堅硬的豎直着，我想牠們一定可以盛放我所要貯藏的東西，決不致再會傾覆的。

雖然我要造大罐的計劃是完全失敗，然而製造些較小的物件却是成功的；像那些圓的小罐，平碟子，瓦鍋，水盂以及我從事製造的其他零星東西。

不過，這些東西，終究不能達到我的目的，因為沒有一隻泥罐可以給我盛放流質的東西和不能熬得住火力，於是我想用以燉煮的希望，仍是無法達到。這樣過去了好些時日，在我燒煮食物把火熄滅之後，我偶然的發見在火裏有一片泥製器具的碎塊，牠已經燒得石頭一樣硬，和瓦片一樣紅了。當我看見了後，眞是又驚又喜，我想牠既能够燒成碎塊，那末牠也一定可以燒整個的。

這事使我去研究怎樣來安排火力，方能使它燒成幾隻完好的泥罐。我心裏一些沒有瓦窰的知識，自然沒有辦法像那陶工燒窰時用鉛來磨光陶器。我只拿三隻大的瓦鍋，和兩隻泥罐，一隻疊一隻的放在木樁裏面，四面圍着木柴，下面再放進些燃屑，於是我用火把木柴燒起來，直燒到裏面的罐頭十分透紅而不至炸裂爲止；在這樣的燒度裏，我使他們繼續着五六個鐘頭的辰光，我才把火勢漸漸減少，同時又爲了不使火勢減得太快，我就整夜廝守着注視牠們。

第二天，我得到了三隻非常好的（我不是說美觀）瓦釜和兩隻陶器，牠們燒得正如我的理想一樣堅固，但是其中有一隻因受不住劇烈的熱度，雖則沒有裂開，然而已經鎔化沒用了。

經過了這次試驗以後，不消說我已不缺少應用的陶器了；不過關於牠們的形式任何人都能想得出我是沒有方法能够做出式樣的；好像小孩子做泥包子，和沒有學過調粉漿的方法便來做包子的婦女們一樣。但是就這一點成就，我從牠們的身上已得到無法言說的快樂了。我簡直沒有等牠冷透，便把一隻盛了水，重放在火上拿來燒煮鼈蛋吃，那燒好後的滋味，不消說是比烘的更可口；於是我又拿了一塊山羊肉，煮着一些非常鮮味的湯，雖則及不到攙雜麥燕粉的味道，然而已够使我心滿意足了。

這事成功以後，使我更有勇氣來實踐我的第二個願望，那就是說我要得着一個石臼，將來可以搗碎我的穀子。不過，我向沒有石匠和任何工匠的資格，同時我也沒有一件器具可以從事於這方面的工作。

耗費了許多時間，我方才找到了一塊大石頭，這塊石頭剛巧可以鑿空當作石臼的用場。可是這島上的石頭實質不堅固，都有沙土混合在裏面，所以不能忍受那杵的重量，假使要用牠來碾碎穀子，不用沙土充實又是不行的。

於是我就放棄不做，決定要再尋出一大塊硬木來；這事我在島上所有的山林裏都找尋過，共費了約有一禮拜的工夫，我才找得了一塊適當的大木料，牠的分量我還够得上搬動，於是我先把牠削成圓形，然後依賴了火力和勞力的幫助，總算在牠的內部掘着一個空凹的如石臼的樣子——不，那是好像印第安人在布勒喜爾所造的木艇一般。這事做好以後，我又造了一隻重大的杵，是用鐵木製成的。我很高興的把牠收藏起來，等到我的第二季穀子收穫時，我就用得着牠們了。

造好木臼，又想再造一把篩子，因爲單把穀子椿碎而沒有篩子來篩米粉，那還是無法可以製作麵包的；可是我沒有製作一把篩子的必需物件；那又不是一樁艱難的工作嗎？

在這裏，我就停止了幾個月的工作；我也不知道怎樣去做這件事才好。做篩子用的廂布，除了有一些破爛的以外，其他的布料一點也沒有。我雖則有一些山羊毛，然而又不知道怎樣去編造和仿製——就使我知道了，也沒有器具可以從事於這種工作。爲了這件事我很苦悶着。

約過了些日子，天氣有些冷了，在我到箱子取衣服時，使我想起從船中保留下來的幾塊毛織的頸巾來，這樣東西正合我做篩子的材料——雖說這材料不過是沒辦法中才採用的。——不消幾天辰光，我已做好三隻小篩子，我的這個目的，總算也給我達到了。

此次要考慮的就是烘焙的一部份，對於那隻火爐是使我感到非常頭痛的，因爲那隻是三塊石頭架起來的，眞可說簡陋已極，然而，最後我也找到了一種試驗，情形是這樣：

我做了幾個直徑大約二尺，深約九尺的陶器，我放牠們在火裏燒，同我燒其他的陶器一樣；等到燒好了。我就把牠們藏起來，當我要烘焙什麼東西的辰光，我就在牠們的底下，生着一大堆的火——這火是炭火，是在燒木柴時留存下來的。——就把我的生麵包（那，是說將來我要這樣做，當我的第二季穀子收穫下來的時候。）放在牠們內部的四週靠壁，然後再把牠們的上口掩蓋着；若是還要增加熱力的話，我還可以用炭火來圍牠們外部的四週。這可以說是世界上最有價值的火爐。

這些事務，把我住在這裏三年的光陰耗去了一大半，那也是不足驚異的；不過還要注意的，就是在這些工作上面，我得着了不少新的收穫，並且還做了農務。我在穀子收穫的時候，就儘量帶牠回家，連穗放在籃子裏；直到我有時間了，我就拿了出來，摩擦下穀粒，因爲我既沒有板磨穀，也沒有打穀粒的工具。

現在，實在的，我的穀子的存儲是一季比一季增加起來了；爲了這我的穀倉非擴大重造不可。同時我也能够把牠自由化用了；或是做麵包，或是烘乾餅，或是煮飯，都可隨自己所欲。因爲我的每季收穫，照目前說來已足有二十斛的大麥，和比這更多的穀粒。但我還不知道自己每年裏應該多少糧食才可以生活，因此我想調查計算一下，如果一年內只要播種一次，那末，最好也沒有了。

24 欲望的滿足

現在我到這裏來已很久了，許多被我帶到岸上來備用的東西，或是失去，或是完全用盡了。在很早以前，我的墨水瓶的墨水已存下無幾，我用水攙入調和補湊，然而也越寫越淡，在紙上簡直很難看出墨迹來。

繼墨水用完以後，我的麵包也發生問題了，——我是指我從船裏帶出來的餅干。我對牠吃食甚是節省，大約一年光景，每天之中，我只吃一片，然而當我未曾自己做得麵包以前，差不多一年沒有吃牠了。

我的衣服也開始破損了。至於麻布並不多，只有幾件留下來印有棋盤花格的襯衫。因此，我除了穿襯衫就幾乎沒有別的衣服；我有牠，實在是一個大幫助。此外還有些船上水手守夜的氈衣服，可是穿起來，却嫌太燥了；因爲這裏的氣候是很燠熱的，其實是無須衣服穿；然而我不能不拿牠們來遮蔽身體。

在以前我曾說過，我有許多被我殺死的四脚動物的皮，我把這些皮用棒把牠們撑開，懸掛起來，曝晒在太陽光裏；有些因爲晒得太乾，以致太硬不合我的用場；不過其餘都是很好的。我第一次用牠們所製造的東西，是頭上的一頂大帽，毛氈放在外面，雨水就不能浸入了；後來我用牠們製造一套衣服，——一件背心，幾條短褲。做得很寬大，沒有一些樣子。不過穿起牠們，一則可以抵抗暴陽，再則也可以抵禦天雨，所以我穿起牠們，將就過日子。

這事做好以後，我費了許多時候而受着很大的勞苦去製一柄洋傘，因爲我實在需要着牠。在布勒喜爾我曾看見人們製作傘兒過，在那裏，天氣是很炎熱的，所以他們是需要着；現在我覺得這裏的炎熱，正和他們那裏相同，而且似乎更厲害些，因爲這是靠近赤道的緣故。而我又是不得不常常出外的，無論天雨或天熱，傘兒對我是一件很需要有用的東西。

雖然我要完成一件需要品都是逢着極大的困難，但我爲了滿足我的欲望，我總不計成敗和所費的勞苦去完成牠。就是爲了製造這柄傘兒，在起初我眞不知道自己應該如何着手，因爲我是沒有一樣材料不缺乏，沒有一樣工具可以助我達到製造的目的；但是我總抱着堅忍不折的態度，一步一步在克服製造過程的困難，終於我的傘兒又完成了，雖說是沒有做到理想的那樣。

當我在製造傘兒的時候，單是製造可握的傘柄以前，我就費了不少的時間。我覺着最主要的困難，就是不能使傘葉垂下來；因爲在我把牠張開後，旣不能使之收縮，除在頭上撑起來外，就沒有別的法子來携帶牠，於是我起初所造的這柄傘，無疑的是失敗了。

無論怎樣，我鼓着勇氣，最近，我終於重做了一柄合意的。傘的上面我是用獸皮蓋住的，皮的毛朝向外面，好像茅舍一般。像我以前做的大氈帽一樣可以禦雨，並且牠又極能遮住太陽的熱力，因此在天氣非常酷熱的時候，也能出外了；因爲天氣熱的利益，比了冷天要大些。當我無須用牠的時候，我就把牠摺起來，夾在臂的下面。

我的生活，覺得非常舒服；所以現在我的心是十分安靜了。這個單獨的生活，我開始覺得比了交際還要好些。當我開始悔恨沒有敍談的時候，我就走到山崖去聽海濤，或是和我的『波爾』鸚哥交談，這是比了世界上人類社會裏的最大的娛樂，還來得更愉快呢！

現在我是得了一個和從前完全不同的觀念；對於各種事物和各種事情，我的見解亦兩樣了。現在我看世界上，像一個不值得注意的東西，牠和我絕不相關，對牠我也沒有希望；實在，我也不需要牠了。總而言之，我和牠絕無相關，就是到將來我也不希望和牠發生什麼關係。

我在這裏，世界上的惡習一點也染不到我。我既沒有肉慾，目慾，同時也沒有人生榮華之心。我一無貪求的東西，因爲我現在所有的貨物，已足够享受的了。我是整個領地的諸侯；假使我喜歡這樣說，我就可以自稱爲我所佔領的土地的王或皇帝。這裏沒有敵人，既沒有和我爭勝的人，也沒有和我爭權利的人。

現在我可以收穫滿一船的穀子，我却用不着許多；所以我不讓穀子多繁殖，只要能够維持我的不時之需就够了。我有很多的龜和鼈，但我日常祇要一只就够我的胃口了。我有不少的木料，就是造一隻船也不會缺少。我有葡萄可以製酒，或把牠晒乾做成葡萄乾。這些東西；只要待船一造好，我就可以裝載到船上去。

我所有採用的東西，樣樣都是非常有價值的；我所有生活的食糧，又都是種種豐富的。這樣，我還有什麼不滿足呢？假使我殺了一個人吃不完的肉，那末狗一定把牠吃掉，甚至還會生出蟲來，假使我種一人吃不掉的穀子，那末牠一定要給山老鼠吃光，再不然，就只好隨牠自生自滅了。那些從前砍下來的樹，現在倒在地上都腐爛發霉，除去把牠們當作薪柴，用來烹煮食物外，眞也一無所用呢。

總之，事物的本性和經驗，在我囘憶牠們的時候，牠們指示着我說：「世界上的一切東西，除了對於所適用的以外，其餘都是無價值的。」的確，這話是不易的眞理。無論人家積聚多少東西送給我們，我們只能享受適合於我們可用的東西罷了。世界上最貪婪的人，假使他處在我的地位，那末他的貪婪病，或者能得到救治的：因為我有無量的貨物，弄得我不知用什麼方法來處置他們，我從前說過，我有一袋子的錢幣，金銀都有，大約總有三十餘磅的分量。可惜牠落在這荒島上，就毫無價值；要是牠在巴西國或在歐洲大陸，我可以去換二十打煙袋和二打磨麥磨；不僅如此，我還可以把所有的錢幣去換由英國出產的價值六辨士的蘿蔔乾，和A字高等牛奶，蛋糕，麵包，牛肉，或是長鞋，襯衫，高帽，……總之一切貨物。但是，現在呢？我從牠們的身上得不到半點益處和利益。可憐那些號稱萬能的錢幣，牠們都放在我的抽斗裏，似乎都已發霉了。

現在我已毫無欲望，一點都不要什麼，除了幾件我所缺的東西以外，這些東西雖則瑣屑不足道，然而對於我確是非常有用的呢！

25 急湍的夾流

每當工作閑暇無事的時候，我就常常想到島的那一面去旅行：雖然前次旅行的歸途中，我曾在山谷裏因天雨幾乎迷失了方向，但這並不使我喪氣。我反而想着那小谷的美麗，引起我不少的戀念。要是我能作一次全島航行的計劃，說不定會給我發見比這更適合我居住的所在，把自己帶到那更愉快更遙遠的地方去。

爲要能使自己實行這個幻想，航海的艇是必需的。於是我到海灘上去看我們大船的小艇。這隻艇我曾經說過，是被暴風雨吹到很遠的海岸上去了，當我們先前被浪花冲襲的時候。現在牠差不多仍舊在從前擱着的地方，不過經過風浪猛力攻擊後，已翻過來了。幾乎全身顚倒過來靠在粗沙亂石的高脊上，四面却沒有水。倘使我能修理牠，放牠入水，艇兒必甚是合用。但是我預料自己恐不能翻轉牠的底面使牠豎立起來。但我的勇氣鼓勵我到林木中去，割下槓杆和轉木來，把牠們拿到艇旁邊去，決定儘我的能力試試看；倘使能够把牠翻下來，我可以把牠的破壞處修理好，牠就成爲一隻完好的艇，我很可以乘着牠到海裡去了。

的確，我對於這件無結果的工作，是不辭勞瘁的，我足足有三禮拜的光陰費在這上面。後來覺着自己細微的力量是不能把牠舉起來，我於是從事掘牠下面的泥沙，想使牠墜落；又放些木塊在旁邊，以便讓牠落下來的時候，把牠弄正。

但是掘土的事做完以後，我仍不能把牠弄起來，又不能把牠弄下去，更難以推牠入水，這工作無疑是失敗了。我只得放棄這個企圖——雖然我想到大海去旅行的希望是有增無減的。

最後，使我想起只有自己造一隻木艇，或是獨木舟，像印第安人所造的那樣。我雖沒有工具，但材料倒是現成的，只要到森林裏跑一趟就好了。這是可能而且容易的事。並且我自己還商量着，如果造起木艇來，一定要比印第安人的還要大，還要便利些呢。

這個造小艇的思想使我很欣快，於是我遂進行這個工作，在山林裏，我砍下的是棵大柏樹，在靠樹枝較下的一部份，直徑是五尺十寸，在二十二尺的末端，直徑是四尺十一寸；以下漸漸減少，分成枝椏。我將牠砍下的時候，單斫樹脚根的部份，就費去我二十日的光陰；又費去十四日的工夫；用大小斧和非語言所能形容的勞力，方把樹枝小椏削去；又費了一月餘的光陰，把牠斫成船的模形，接着又把內部弄得光滑和清潔；我又做了帆杆，槳，舵，到全部完畢的時候，已是在三月光陰以上了。

當我完畢這個工程以後，我高興得手舞足蹈起來。這隻船實在是比我有生以來所見的從樹木造成的木艇或獨木舟來得大。倘使我把牠放下水去，那麼我就要一心一意來開始我那久已在心頭衝動着的瘋狂的行程了。

但是各種弄牠下水的計劃，都完全使我失望；雖則我耗費了極大的勞力，也是無濟於事。牠是躺在離水面約有一百碼遠的地面上；第一件不便的事，就是要使牠斜上，方能抵達河邊。假使要打破這個難關，那末，我就不得不掘去地土，使他形成一個斜坡。

這個工作的艱苦，是誰也可以想見的，牠是否可以成功，我也不暇顧及，於是，我就開始了，我受到極大的痛苦，雖則我已把這件工作完成，困難已經克服，然而牠的地位仍舊是這樣，因爲我沒有方法來移動這隻木艇，像我不能移動別的船隻一樣。

爲了不能把我的木艇送到水裏去，於是我就丈量着牠的距離，並且決定掘一個船塢或者一條水道，把海裏的水，引進我的木艇地方來。

好，我鼓起勇氣，開始這個工作。但是不久，這工程的艱巨，使我實在無法繼續了；因爲當我考慮着進行這件工程時，想到須掘得如何深，如何濶，以及怎樣把泥沙搬到岸上去，假使是我一個人動手，要完成這件工程，那沒非要耗費我十年或十二年的長期勞動不可，因爲海岸是異常高聳着的，離海水至少有二十尺深。這樣，到後來使我感到自身力量的薄弱。不得不停止工作；雖非所願，我也不得不放棄這個企圖了。

這事實在使我悔恨不已，現在我才明白——雖說太晚了——在未計算海岸以前，在未曾正確的估計自己的力量能否完成這件工程以前，就着手開始工作，是怎樣的愚笨了。

但是，我的航海之念一日不忘，那我對於怎樣使那木艇入海的思想也一日不斷。在無可奈何中，我計劃了一個補救的辦法，就是我再重造一隻較小的獨木舟，來實踐我的願望。雖然這計劃中的小獨木舟是只能沿海航行，是不能到大洋中去的。

用先前一樣的毅力和勇氣，再來做這個重複的工作，但我沒有半些怨恨或頹喪的心思，於是我就很快的把這個工作完成了。

因爲小獨木舟載重量很小，使我從前要冒險駛行到陸上去的計劃，也只得根本改變了；因爲牠那裏的海面，足有四十里以外的濶度，小獨木舟是決計不能駛行的。於是我的航海計劃只得縮小範圍，專在沿海巡邏一週罷了。

計劃既定，我必須用周密顧慮的態度來做每種船上預備的東西。我用了一根堅硬的直木做船上的桅，我又用從前破船上取囘的許多小帆布縫攏做了一張帆；做好後放在小船一試，果然駛行得很好。於是我又製造了籐條箱，小木匣，放着滿滿的食糧，必需品，軍火，以及其他的東西，我把牠們裝在船的兩頭甲板底下，使牠們能保存乾燥，而不致受着浪花的侵襲。

同時我把一柄傘張在我的船尾，好像天幔一般的遮蓋我的頭，使太陽的熱光直接不能射到我的身上來。這樣我時常到海裏去做一個極短的旅行；不過不行得十分遠，同時也不遠離那條小河。最後，我因爲要勘察我全島的四周，我就決定去做那巡查海岸的工作；於是我準備遠行了。

爲了這個旅程，我特地把兩打麥粉做的麵包，——我實在該叫牠爲餅干，因爲我沒有酵母的原料，烘焙牠使牠發起來和麵包一樣。——大罐子盛着我常吃的乾米，和一小瓶葡萄酒。半隻山羊，及可以射擊更多山羊的火藥和子彈，二件水手守夜的大衣服，——我把牠一件當褥子，一件做蓋被，——都佈置在船裏，既有這豐富的必需品，我盡可不必顧慮長期的旅程了。

這天是我在島上六年後的九月六日，我就實行我的行程了。我覺得旅行的時候，比了我所預計的要來得長久些，因爲島的面積雖不十分大，不過當我行到東邊的辰光，我發現着一塊大石礁，牠橫在海裏，差不多有二里遠近，有的石頭浮出水面，有些却暗埋在水底裏，此外還有一堆長約半里的淺沙，牠很乾燥的伸在海裏；因此，我就不得不儘遠的繞出來繞牠的角航駛。

當我初次發覺這個困難的時候，我很想放棄這個企圖，再回到家裏去，因爲我不知道我應該離海多少遠，尤其是，我疑慮着怎樣我才可以囘到我的原處，我立刻放了錨，——這個錨是我從破船裏拿出來的碎鐵做成的。——把船停妥了，我便携槍上岸，攀登一座可以俯臨小地角的小山，在這裏，我能看見牠的全部面積，所以，我這樣的決定去冒一個險。

在我站立的小山上面，觀察海裏，我看見有强烈的急湍，向東方流去，牠並且一直流到靠近這地角的旁邊，我對於這個地方，非常注意，因爲我覺得那邊一定有危險發生，要是我航到那裏，我或者要被牠冲到海裏，甚至不能再回到島上了。的確，假使我不這樣的登山觀看，那末，我無疑的要遭遇這種危險。

我在小山上觀察了甚久，後來我又發現島的另一邊，也流着同樣的急流，不過牠流出的地方稍爲遠些罷了。我並且發覺在海岸的下面，還有一條非常猛烈的渦流。我現在却正處在這急水之中呢！

於是我想出力駛出這急流，但是前兩天，因爲風從正東偏東南方向吹來，却剛和這急流的方向相反，因此在地角上激成了非常洶湧的波浪，我的小獨木舟決不能應付這個難關，因此，我在小山上停息無事了兩天。

第三天的早上，風勢於昨夜已經消滅了，天氣很晴朗，海面也很平靜，我於是冒險了。當我一經到了海島，離岸已是很近，我覺得我是在海水極深的地方，同時那水流的急烈，也好像水閘放出的急流一樣。牠用極猛烈的力量，把我的小船帶去，儘我的力量，我還是不能使牠離開浪頭，一時眞是危險極了。

幸好這急流的動力是把我小船推出渦流的外面，於是我儘力用槳搖着，然而沒有用，我以爲生命一定要失去了；因爲我知道急流有兩方面，在不多遠的海面距離中，牠們將要合併起來，那末，我是無可挽救了！

26 脫險回家

誰也想像不出我現在的驚慌失措的態度是到怎樣的程度！我想要避去急流也是一件不可能的事情；那末，在我面前的只有死，別的可以說是一無希望。

但幸海面是異常的平靜，我好不容易總算脫離了急流的險境而到這平靜的海面上。然而惡運並沒有離開我，我知道這裏既沒有陸地和海島，我是已經被逐到大海中，距離我原來的地方，至少有一千里路遠，這樣我雖不死於平靜的海中，也要死於饑餓中了。

不論我是否仍能回到我那原來的可愛的島上（我覺得牠是可愛的，）我總是拼命的搖着槳，用我生平所有的力量；同時我使我的小船一徑保持着北向的地位，——就是向着渦流打擊的急流的一邊，當中午的辰光，太陽歪過子午線，我覺得從南偏東南吹來一陣微風，這個助我小船推進力不少；我於是更鼓起勇氣來，儘可能的加速了小船的前進。

這時候，我離開這個島已經很遠了，幸天氣繼續晴朗，因此，我就豎起桅，張着帆，儘力地向着北駛行，務必使這隻小船，脫離那危險的急流。

剛剛我把桅帆裝好，船開始前進的時候，在清澈的海水裏，我看見強烈的汚濁的急流已改變方向。我快要靠近了。不過細察海水還非常清澈，因此我預想定是急流在漸漸的退落了；我立刻發覺在東方半里路的地方，在石上有海水的斷流處。這些石頭，牠們又把急流分別開來，急流的大勢傾向南面而去；到東北方面離開了石頭，於是另一個急流被石頭撞了回來，形成一個劇烈的渦流，這渦流又向西北流轉，帶强烈的急湍。

這時的我，好像那些在刑場上得赦令的犯人，或是在盜賊的殺害裏而被拯救的人，才能推想到我現在又驚又喜的程度是怎樣了，我是多麼快活的對着風張帆，我是多麼高興的使船行到渦流的流水裏面，——我的船得着水流，風向，動力三方面的推進，自然是航得異常地輕快了。

在我回去的歸途中，渦水把我帶走近乎一里路遠，直向着島的北邊駛去，比了第一次帶我的急流多行了兩里路；因此當靠近島面的時候，我發覺我是到了島的北面海島了，——那就是說，島的別一面的末端，是我脫險離開的方面的對向。

起初因爲有急流的幫助，我毫不費力的航了一里路遠；而現在我覺得牠好像是用盡力一樣，不能再助我前進了。雖則目前我覺得身處在兩大急流中——就是把冲出的南面急流，和躺在一里路遠的北面急流，——但我看出在牠們的中間，緊隨着島的後面的水，至少是平靜和不流動的；我就向這條水身前進，不過路程沒有從前的順利了。

在傍晚四點鐘光景，我離海島上有一里路程了。我駛過另一層渦流的海水以後，就向偏斜西北航行。大約在一點鐘內，我航進海岸的一里路以內，這裏海水是平靜了。我決定把舟靠攏了岸，將船在一個小灣裏面泊住，自己就躺在大樹下睡覺，因爲這危險的旅程，把我已弄得精疲力竭了。

現在我有些覺得茫然，不知道乘船從那條路回去好；我冒險過好多次，我想最穩當還是從我出發的那條路回家。至於島西邊是怎樣的情形，我再也無心去冒險了。所以第二天清早，我僅僅決心沿岸向西再航些路，看看有沒有可以停泊的小河，等到我再要用牠的時候，我就乘着牠前進。

我沿着岸大約行了三里不滿的路，我就到了一個很好的海灣裏面。牠大約有一里路長，從闊變狹漸變成了一條小溪爲止。在這裏我找着一個很好的泊船港，我很高興的把小船泊在那裏，就好像牠停在一個特爲牠設造的一所小船塢裏一樣。

安放好我的船，我就上岸去觀望，看看自己是在何處。我立刻察覺，我不過是離開從前所住的地方一點點遠，當我跑到岸上去的時候。這樣，我僅在船中拿出一枝槍和一柄傘出來，因爲天氣異常的酷熱，我就開始前往。

在我經過這次的旅行後，我覺得島上的路是很安穩的，我跑到以前所造的小亭子裡，天已經晚了。在那裏，我看見各樣我所佈置着的東西一些都沒有變動，像我從前所說的一樣，這裏就是我的村居了。

我走過籬笆在樹蔭之下躺了下來，休息着我的身體，我確是過分乏力，所以就呼呼入睡了。但是我怎樣地驚異，當我睡眠中彷彿有這樣的聲音呼喚我：

「魯濱，魯濱，魯濱克路索；——可憐的魯濱克路索！你在那裏，你曾到過那裏？」

起初我睡得很熟，因爲上半天走了許多路而疲乏了，我並沒有立刻就醒過來；但是迷糊裏似乎好像看見有人對我說話，聲音重複地叫着我：「魯濱克路索！魯濱克路索！」

等我完全醒來時，不覺大驚，因爲我眞確的聽清了這句話，但我實在奇怪着，在這島上有誰會叫我的名字呢？我慌忙地跳了起來，睜眼向四面一看，我立刻看見我的「波爾」鸚哥正站在身旁的籬笆頂上，馬上我就知道適才發出的聲音，是牠對我說的；因爲我時常用這種悲哀的語調教牠和我說話的。牠學習得很純熟，並且平時歇在我的手指上時，就把牠的嘴貼近我的臉上這樣叫了起來。

雖然我知道這個是「波爾」說話無疑，實在沒有旁人，然而我是很奇怪牠爲什麼跑到這裏來；後來我又更詫異的，牠爲什麼老是等在這裏，而並不飛到別處去。我心裏一面詫異着，一面却是滿意的微笑了。

「波爾！誠實可愛的朋友！」我這樣叫牠，同時又伸出手來招牠；這個懂得交際的生物馬上飛到我的面前，蹲在我的大姆指上，照例繼續不斷的對我說話；牠像是不勝欣喜似的看見了我，我於是把牠帶到家裏去。

從此我有許多日子靜靜地坐在家中：回想自己曾經經歷過的種種危險，每每使我的心立刻就要碎裂，而我的血液也冰冷了。我很明白那有急流的一帶地方，是不能再到那裏冒險的了；雖說島的別一方面，我還不知道是怎樣的情形。

從此，我的一切慾念都消滅；並且我極力自己約束自己，又把我的好奇好動的天性也改變過來，這樣足有一年的時光，我過着安靜適意的生活。

27 我是島上的國王

現在是我居住在島上的第十年了。

我曾經說過，我因爲居住的日久，在有限的所得來的軍火桶中，我的彈藥已一天比一天減少了。於是我爲了這個原故，開始研究捉羊的方法，看看我能不能捉住幾隻活的山羊。

起初我是做了幾個絆絡來引誘牠們，我相信，牠們踏進機關不止一次，然而我的機關還欠靈活，並且因爲沒有金屬線的緣故，常常眼看牠們逃走了，然而引誘牠們的食餌，每次却總是給牠們吃去的。

於是我想了另一個方法——造一個陷阱來試試，在山羊常來吃草的地方，我掘了幾個大洞穴，穴上放上我用枝木做的柵欄，欄上又舖上重量的石頭。有幾次散着麥粒或穀粒在上面，我很容易地看見山羊們跑進來尋着吃掉了，可是我埋藏着的機器，仍是一些沒有動，這是很使我懊喪的事。結果對於這陷阱，我只得用腦筋來改良牠。於是我在某一天的早上，走去檢查陷阱的時候，我發現一個陷阱裏面有一隻老雄羊跌落在那裡；還有三隻小山羊陷在另一個陷阱裏；可見我的改良過的陷阱已是很靈活了。

當時對於這隻老雄羊，我不知道應該怎樣處置牠才好；因爲牠是特別地凶猛，使我不敢到陷阱裏去捉牠。但我本是要活着把牠捉出來蓄養牠，要是我把牠打死，那我又何必多費麻煩設這陷阱呢。於是我只好讓牠自己竄出來，像驚呆般地逃走了。

這事我後來才知道，原來饑餓是可使一切的動物都能馴服的。假使我當時讓牠在陷阱裏，把機關裝好，接連三四天使他饑餓着；以後我再帶些水給牠喝，又再給牠一些穀子，牠是一定可以同那些小山羊一樣馴服。因爲在牠們慣常的地方，牠們是聰慧而又容易教養的。

可是在當時我並不知道，於是我只得讓牠逃走了，這眞是很可惜的事。不過那三隻小山羊，却很容易的把牠們一隻一隻捉出來；用繩子把牠們縛在一起，帶回家去。

過了許多時候，牠們方才吃食，大概牠們是餓了；我又撒給牠們很多的穀子，於是牠受着穀子的引誘而馴服了。現在我覺着要是不費一粒子彈取得牠們的肉吃，那末馴養幾隻，就是唯一的辦法呢。在將來，我的馴羊也許像羊羣一般的會環繞我的屋子了。

不過，對於這事，我後來想起應把馴服的羊和野的羊分開；假使不這樣做時，當牠們長大了，牠們必定要完全變野了。因此我設法用籬笆來圍住牠，很嚴密的保守着，使牠們在裏面的不能衝出來，在外面的衝不進去。

只有一雙手來從事這種工作，艱難困苦是不消說的。然這工程在我是萬不能缺少的。首先我要找出一塊合宜的土地來，在那裏一定要有蔬菜和清水，才可以維持牠們的生活，此外，還需要一個遮蓋陽光的東西。

當我開始計劃造這個籬笆的時候，人們看見了我的築造計劃，也許一定會笑我的幼稚呢。我給這些生物選定了一塊合宜的地點——是一座平坦開曠的大草原，在牠的中間，有二三條清水的小溪，一面的末段，森林是茂密的繁植着。面積足十里路的周圍，我極希望自己有力量和時光來把牠造成；但是我未曾注意到山羊們在這樣大的區域中，將要會變野的，像他們生活在島上的一樣。那末，我又得四處去追逐牠們，很難以捉住牠們了。

這個思想，在我繼續着已造好足有五十碼光景的籬笆的時候，我的頭腦才突然注意到牠了。毫不遲疑的我馬上縮小籬笆圍地的面積，在目前我決定只造長約一百五十碼，寬約一百碼的圍地；這塊土地，在合理的時間裏生長的山羊，牠一定能够容納的，不過以後山羊數量增加了，那末，我就可以再來擴大牠的面積。

我小心謹愼的來從事這個工作，同時還以無限的勇氣來使這個工作很快的完成。三個月後，籬笆造好了，用木樁把他圍了起來，我將這三隻小羊，就繫在一邊最好的地方，每天我使牠們慣常地靠近我身旁來吃食，於是牠們對於我已很溫馴而相熟了，這時我已無須再用繩子把牠們繫住，我釋放牠們，讓牠們在籬笆裏自由地生活着。

這事達到了我的願望，只一年半的時間裏，大羊生小羊，小羊連大羊有二十隻的數目了。再過去了二年的期間，我除去殺了做餐的幾隻山羊以外，我已得了四十三隻的羊羣。因此，我又擴大了五塊的土地來飼養牠們。不過這新闢的欄和從前的欄都互相有門可通，我可以依牠們馴猛的分別，把牠們這個欄裏的掉到別個欄裏去。

現在我不但常常有鮮味的山羊吃——這是不消耗我半點火藥的——而且更有滋補的山羊乳呢！這樣東西，在起初我還未曾想到，當我想到的時候，的確是一樁可令人驚喜的發現。現在我已造了一間擠乳房，每天將可以擠乳的老母羊牽到裏面去，於是我很容易的就可得到一天有一二加侖上好的白乳。

其實我是毫沒有擠乳的知識，更沒有將乳做乳油或乳蛋的經驗；不過，現在我已很伶巧敏捷地可以製作這些東西了，雖然製作出的東西，不能跟技師製作的相比，可是牠也費了我許多心血的思維和無數次的失敗才獲成功的。此外我還製造了乳鹽——這是我藉太陽的熱力在海石上晒成的，——從此以後，我就永不會缺少牠了。

現在我才知道造物待人是何等的慈善，那時我身處在海灘的荒野中，除餓死以外，一點都找不到東西吃，誰意想現在的我，非但沒有餓死，而且竟會有這樣永遠吃不盡的食品在我的面前！

要是有人看見我和我的小家庭坐下來聚餐時，誰也會發出一個無苦樂的微笑吧！在全島上，我有王孫公爵般的威儀，我掌握我的人民的生殺之權；我能絞殺人，牽引人；可以贈人予自由，也可以收回人的自由。在我的臣民裏面，沒有一個是叛逆的。看看當我用膳的時候，山珍海味，獨自一人享用，竟像國王一般。在我身旁守候着我的，還有誠實可愛的忠僕！「波爾，」牠是我的幸臣，我允許牠對我有說話的權柄，我的狗，牠跟隨我多年，已經衰老了，我賜牠在我的右面坐着；此外，還有二隻貓，各自分開蹲在桌子上。牠們都時時希望着從我手中得着一點剩餘的食物，好像特恩曠典的標幟一般。

有了這些護從，我自然過着異常安適富裕的生活。這些雖則足以够使人驚訝不止的；但是如果有人在英國碰到我這樣的人，看着我的全身裝束，更要使他始而吃驚，接着大笑不已了！

現在我把我的形狀，描寫在下面吧：

我有一頂山羊皮製的又高又大的毫無形式的皮帽，後面懸掛着一根垂下的輭皮，用牠避去強烈的陽光和雨水；我還有一件羊皮製的寬大小衫，衣幅直垂到膝；下身穿着一條露膝的短褲，因爲牠是用老雄羊的皮製成，所以牠外面面子的毛很長，懸下來竟像長褲一樣。

我沒有褲和鞋，不過我也做了一套相像的東西；可是我無從稱呼牠們，因爲牠們的樣子既不像鞋，又不像靴，垂蓋我的腿脛，眞是拙劣得很，其實，我其餘底衣服的式樣，又何嘗不像這樣呢！

我的腰間上，縛着一條寬的山羊皮帶，拿來當作我的扣子；在腰身兩旁我又做了兩個鈕扣一樣的東西，用來掛我的小鋸和小斧，一柄一邊，代替我的刀和匕首。我另外有一條帶，不甚寬，斜掛在肩上，下面繫着一隻袋，裏面放着藥粉和子彈。我的背上還肩着籃子，又肩了槍；在頭上撑了一把大的粗拙的山羊皮做的傘，當我要出外的時候。

講到我的臉色，既不像白人，又不像黑人，或人會說我是雜種人，住在赤道九度或十度之間的那種人吧。我的鬍子從沒有去修剪過，讓牠自己去生長。後來生長到一碼四分之一的長度；不過我有從破船獲得的剪子和剃刀，於是我就把牠們割得很短很齊，除生在上唇當中的一些以外；這好像和回教人的鬚一樣。我在沙利地方，看見土耳其人留着這樣的鬍鬚，然而摩爾人却不是這樣的。這些鬍鬚的長度，雖說不可以懸掛我的帽子，不過牠們的形式已够使人可驚，在英國，一定以爲我是可怖的怪物了。

我有時站在清澈的水邊，靜立着觀看自己，這使我非特認不出水中的影子是誰，而且我亦爲這可怕的樣子受着大大的吃驚了。

28 赤脚的足印

我在以前說過，我是極力在約束自己放浪的行爲，使自己不再想去冒險；可是江山好改，本性難移，現在我的對於想出外去駕駛那隻泊在海灣裏的小船的心，又覺得有些癢癢的按捺不住了。因此，有些時候，我坐着計劃怎樣去把那隻船弄到岸上來；我雖則一面又極力在抑制自己；然而這樣做時，我又感到異常的不舒服了。

什麼可怕的渦流，都已不再存在着我的腦子裏，於是我想到海島角那裏，——在我以前說過的，在我前次的旅行裏面，——我爬上山去看海岸的地位，看那急流的出處，那末，我就可以知道自己該怎樣做了。這個傾向每日在我心中增加起來；後來我決定沿着海岸，從陸上跑到那裏。

一切束裝定當，我就進行我的新旅程了。

我起初沿岸走去，直跑到我從前把船靠在石上停泊着的那個地方。現在我已不需要去掛心船了，我經過陸地，擇了一條較近的路，走到我以前踏過的高山上面，向前看看那塊伸入海裏的石角，——這塊石角，就是我以前說過船不得不繞行的地方，——我覺得非常地驚喜，當我看着那光滑而平靜的海水的時候。

這驚喜的發現，的確有些使我莫名其妙；於是我再細察海水，實在的，海水確是沒有波紋，也沒有急流；那末，我私自斷定，這定是潮流轉換方向才會如此。不過我立刻想到自己這個預斷的不對，因爲我已察出這裏從前急流的成因，是由從西方流來的退潮，和大河邊的急湍互相對撞而成的，假使有劇烈的西北風吹來，那末這個急流一定會靠近岸邊，或者離開海岸很遠的流去。

到了晚上，我又跑到石上去看，這時潮水剛正退落，於是我又很明顯的又看見了從前看見過的急流；但是牠現在流的比較遠些，差不多離岸有半里路遠。現在我才知道了，當我前次在這裏的時候，急流衝擊海岸，正是非常緊密的，所以會把我和我的船，一齊冲去；要是在別一個時候裏，急流，大概是沒有這個能力的。

這個觀察，完全消解了我的所有的疑惑，使我明白只要除去注意潮水的漲落以外，沒有別的事情可做；不過，我已知道乘船遊行全島，那是並不危險的，而是很容易實行的。可是當我眞想要這樣實行時，奇怪，我的心突然的驚駭起來，好像前次危險的情境突然觸着我的心弦一樣，我甚至於不能再有忍耐去想牠了。

這天當我回家去時，我在岸上發見一個赤脚的足印，我恐懼了，因爲在沙上這個赤脚足印是顯得非常的淸楚，我呆立着好像給雷打過的一般。我靜聽着，並且望望我的四周，然而一些都聽不出什麼。

我於是跑到高原上去，看看究竟是什麼一回事。我又走下來，在岸上和岸下細細的檢察着，然而除去那個僅存的足印外，別的什麼地方都沒有，也發現不見什麼可疑的痕迹。眞奇怪了？這眞奇了！

我又跑去看那個赤脚的足印，伏下身細細的驗察着，然而這是毫無疑義的，確確實實是一個人的一隻脚印——上面可以辨別出那部份是脚趾，那部份是脚踵，以及一隻所有的各部份都很完全。可是這裏怎樣有這奇怪的足印呢？我莫名其妙，我亦無從推測。

我的思想經過了無數的騷動以後，我竟弄得像一個無知覺的人一般，我不知所措起來；我只呆木似的向回家的歸途走回去。可是我的心魂已是驚嚇到了極點，我向前走了二步，必定要回過頭來向後望望。那時，我幾乎把路旁的每根樹枝，每塊岩石都當做了人。無數紛亂的恐怖意念都盤旋在我的腦裏，因此許多奇形怪像的幻想，宛如在我眼底跳動了。

當我跑到我的住所的時候，我立刻奔進裏面，好像我被什麼東西追趕着的一樣，那天夜裏，我就完全沒有睡着。我離開我的恐懼的機會愈遠，我的思慮也就更大。這是相反那些事物的天性的東西，尤其是在恐怖中對於生物的通常的狀態。不過我對於成爲自己可怕的意念的，除去造成憂悶的幻想以外，別的東西一些也沒有。一個人怎樣會到那裏去？載他的船是在什麼地方？還有沒有別的足跡呢？

當我的思想發着這樣的疑問時，我馬上自作結論，這個必定是富有危險性的動物的脚跡！——就是那對面陸上的野人的足跡。也許他們是乘着木艇出遊大海，或被急流，或被逆風的追逐，才會到了這個島上；上了岸，但是又回到木艇上去；大概他們也因嫌這個島的孤寂不願居留，好像我從前剛到這島時也曾經有了這個念頭一樣。

當這些回想盤旋在我的心裏時，我是深自慶幸着，因爲我那時沒有碰見他們，而他們也沒有發見我的船；要是不幸被他們發見的話，他們一定會想到在這裏有人居住着，那末，他們跟踪着，竟要老遠的來搜尋我了。倘然不幸的推想竟成了事實，自然，他們不久會成羣結隊的到這裏來，把我活活吃掉；假使他們找不到我，也會找到了我的田園，毀壞我的禾稻，找到了我的木欄，帶走我的羊羣，結果我還是要因缺乏食物而餓死！

這些混亂可怖的思想，整整折磨了我好幾天的時間。忽有一天，在這同樣的情境中，我心裏突然的想到，這些東西都是由於自己的幻覺所致，這個脚印必定是自己從船上到岸上時所留下的足跡。這樣使我立刻得到一些安慰；同時我開始相信自己定是因一時神經過敏才如此的；這脚印除了我自己的以外，完全沒有別的東西。爲什麼我不可以從船上到那條路上去？那末，我爲什麼還要疑心這足印呢，我簡直是在白天做夢了。好像那些會創作妖怪出現故事的呆人，自己却比了別人還要來得害怕一樣。

這樣我才敢壯着膽，再走到外面去；因爲我已整整三日夜沒有出門口一步，再下去，那末我也許會餓死在這堡壘裏，在家中我僅備着一些大麥餠和淸水，牠們現在都已給我吃喝用完，而山羊乳也得趕緊要擠了，於是我自己鼓勵着自己，相信那個脚印一定是我自己的足跡，這樣我才大着膽走了出來，到我的村舍那裏去做我擠乳的工作。

但是，無論任我如何譬解，我總不能去除我的恐怖，當我朝前走着的時候，幾乎一步一回頭，觀察我背後的情形；有時我眞會丟掉籃子去逃命。咦！我實在被那個東西恐嚇太甚了！

不過，一連二三天來，始終沒有發現什麼；因此我的恐懼心已稍稍減少，而勇氣也增加起來了。同時我又極力故意譬解，說那個足印，只是我自己的幻想而已，但是我總不能使自己心神安貼，如未發現牠前一樣，現在我已決定再跑到那個岸地上，去看那個赤脚足印，用我的脚來測量牠，看看樣子是否大致相似，大小是否一樣，那末，我便可以確信那是不是自己的脚印了。

不過當我剛想到這裏的時候，第一，我已顯然的覺得，當我停船的時候，我是不可能的到那岸上左近地方去的；第二，當我去用足來測量那個脚印時，我覺着自己的脚遠不如他的大。這兩個眞確的事實，使我腦中立刻充滿了許多新幻想，恐怖和憂慮又接着向我襲來，我渾身抖戰着，竟像發了猛性瘧疾一樣。

我再趕回家裏，心潮不停的起伏着；我可以肯定的說，必定有人曾到過那岸上的。總而言之，那島上在我未曾知道以前，已經有人居住着無疑，現在我將要被他們攻擊了，可是我一些不知道該取怎樣方法來護衞自己。我只想把我的圍地木欄完全推毀，使我馴服的畜生到山林裏去變野，因爲假使敵人找到了牠們，那末，敵人就會時常跑到這裏來，希望再得些同樣的掠獲物；後來，我又想把我的兩塊穀田掘掉，因爲恐怕他們在這裏尋出穀子，那末，他們更高興常到這島了；最後，我又想把我的小亭子和帳篷拆掉，那末，可使他們看不出有人居住的痕跡，不至於馬上就要搜查全島，想找出島上的居民來了。

然而這是一個多麼幼稚可笑的主意！可憐當我的心整個給恐怖之念佔有時，理性給予我的援助，也都給恐怖的惡魔奪去了！

29

可怕的骷髏

混亂縱橫的思想，使我一夜沒有閉眼；但是到了早晨，我却睡着了，因爲精神的疲乏，所以睡得很熟，醒來以後，覺得比睡前爽快了許多。現在我開始沉思着，想這個島牠是這樣令人喜悅，牠的出產是那麼豐富；在以前我還以爲牠是從沒有給人發現過，可是現在，我可以斷定，離我所見的陸地不甚遠的地方，早已有人的足跡到過那裏了。雖則我不能說他們是那裏的固定居民；不過依我推想起來，大概他們有時乘船從他們的住處出發，向海航行或者是受了逆風的驅逐，或是被急流所冲出，才會航行到這個地方來。

不過，我現在住在這裏已有十五年了，還從沒有遇着一個人的影子；我想假使在任何時間裏有人到這裏，他們大概是看出這裏並不合於他們要停船的條件，因此他們就離去了；我預測他們即使上岸過，也不會在島上住宿一夜的，因爲他們是怕失去潮水和日光的幫助，使他們不能重回故地。所以現在我什麼東西都不需要做，只要尋一塊安全避身的地方，假使發現再有野人到來，我只要躲藏在這裏就沒有什麼危險了。

現在我深悔自己從前不該把穴洞掘得太大了。以致容易引起人的注意。於是我決定要再去尋一個堡壘，牠的式樣是平圓形的，剛巧是在我洞牆外面，山石旁大約十二年前自己種植兩行列樹的地方。在現在，這些列樹長得已經非常厚密；不過有些地方缺了幾根樹木，還有些看得出的孔隙。爲此我把木片，舊船索，木樁又築了一層牆垣，建築得十分堅固。牆的當中，我留着七個和手臂一般大小的小洞，我準備着七枝短槍，（這些槍都是我從船上帶上岸來的），把牠們豎着像大炮差不多，再用架子配上去，簡直像一座車子；這樣一來在兩分鐘裏，七枝槍我都可一齊放射了。

我費好幾個月的辛苦，才始把這個工程完成；我又在牆外的土地上，揷着很多的柳木和木樁，這種樹我知道他極易生長和耐久的；甚至我想種牠二萬根。當我開始種牠們時，使牠們和垣牆的中間，留下稍寬的地位，我可以就從這裏，憑樹葉縫中去看敵人了。

這計劃我自信設計得很好；我的原有洞穴旣得了這座大樹林做衞護，無論什麼人都推測不出裏面還有一所住所般的東西在着；同時這樹林又長得那麼茂密，實在不能使人可以通過。至於我自己進出，因爲沒有留下小路，我是用兩條梯子來代替的，一條放在一塊低的石塊的一邊，於是凹進去，留出一個空處來放我的第二條梯子。這樣當我把二條梯子拿去的時候，假使有人想要走到我的地方，那末，他們一定要受傷害的；就使他們下來了，然而他們仍舊是在我外牆的外面。

當我做這些工作的時候，對於其他的事務，我也沒有忽略過，因爲我對我的山羊是非常關心的。牠們不但供給我源源不斷的羊肉和羊乳，而且還不必耗我一粒子彈和獵獲時的勞力。我是極不願失去牠們對我的供給，於是我不得不再把牠們飼養起來。

爲了這個緣故，經過不少的深思籌劃以後，我決定用二個方法來保留牠們。首先我去找一個別的地方。在牠底下掘一個地洞，到每天晚上，我就趕牠們到裏面過夜。此外我還要找三二塊小地圍起來，彼此隔着，非常穩秘的，不容易使人發覺；這樣我在每塊地上就可養着半打以上的小羊。假如果眞羊羣給人發現了，也不致於使所有的山羊都遇到災難，我仍可再費些勞力來飼蓄牠們。

我想這就是個最合理的計劃，卽使要費我如何大的勞力來完成牠，我也是在所不計的。於是我就開始在島上找尋合宜的地方，大約耗去三天的時光，我才找到了一處僻靜的上好地點，牠是一塊狹小而潮濕的土地，坐落在深邃而厚密的樹林當中；依我的記憶，以前在這裏，我似乎迷失過路，我費了極大的心力，才始找到一條路回到島的東半部。此外，我又尋着一塊近一方畝的空地，牠的四周都圍繞着樹木，好像是一塊天然的包圍地。所以，牠是不必要我耗費極大的工程，像其他地方我所費的勞力那樣。

在這塊土地上，我立刻開始工作了，大約工作着一個月的辰光，我已經把我的羊羣很周密的圍在裏面。這座籬笆，雖則不像以前我所設計的那麼大，然而牠們在裏面，已是很安全的了。

在這種不安的情形之下，我已經過了兩年。這種狀態，的確使我的生活不像以前一樣的舒服，雖然我並沒有再發現其他的足印或別的生人來到這個島上。

有一天，當我把我的牲畜完全安置好了以後，我就去巡查全島，爲的還要再找尋一個別的隱僻地方，來做我的存儲場所。當我跑到島的西部——比平常不過走了遠些，——在海面上，我似乎隱隱地看見了一隻船，但是牠離開海島是很遙遠的，就是我竭眼力的看牠，結果也看不出牠是怎樣的式樣來。牠究竟是不是船，我也無從猜測；不過，這海面上的影子不久就隱滅了。因此，我也只得拋棄了這個思想，同時私自決定，凡要出外，身邊必須帶着一隻望遠鏡，以備應用。

當我從小山上跑下來，走到海岸上的時候——我已說過，就是海島的西南角，——我突然發現許多人類的可怕的骷髏，我異常地惶駭。我嚇極，差不多叫出聲來，這些骷髏有手脚，頭顱，尤其是在一塊地方，還有柴火燃燒着；地上有一個圓圈，掘得像鬪雞場一樣。我猜想着這裏，一定是那些野人們坐着享受他們的野蠻之宴，吃食自己同類的肉體的地方。

看見了這些東西，我呆若木雞的站在那裏，許久才能透出一口氣來，一時對於自己站在那裏有沒有危險，都不顧到了。我所有的思想，完全給野蠻無人性的恐怖籠罩了，雖則我也曾常常聽到過這種事情，然而我從來未親眼看到過。因此，我的惶駭愈甚，我幾乎完全昏暈了過去！

那時，其實我是立刻病了。我只覺得肚子非凡的難過，渾身寒顫不停，直到氣體把我腹中的東西排泄出來，我才稍見清醒；於是我舉足就跑，竭我速力的連跑帶滾的奔下了山，向着自己的住所奔去。

爬過了梯子，鑽進了洞門，橫身倒在吊床上，足足有兩個鐘頭以後，我才恢復常態了。現在我已淸楚地看出，這些野人們來到這個島上，已不知多少次數，但他們的來意，似乎並不是爲了搜索他們所需要的物件；或者他們竟從未需要，從未搜索過。因此我斷定他們雖已經到過島上的掩蓋的部份和樹木茂盛的地方，不過他們從未找到適合他們應用的東西，我知道自己住在島上將近十八年了，以前我一向沒有看見過人類的足跡；不，除掉我近來所發現的那個赤脚足印以外，這就因爲這些野人們沒有感到需要，要到島的一邊——我所住的地方——來的緣故。這不能不說是我畢生的天大幸運了。

現在我才覺悟，當我起初發現那個足印時所感到的疑惑或恐怖，其實是沒有別的什麼，只有那些時常從大陸過海來的木艇，牠們到海裏偶然行了過遠了，牠們立刻向島的對岸駛去，因爲牠們要尋覓港口去停船的緣故。還有，野人們在木艇裏互相碰到的時候，總是要鬪的，得勝的人，就把幾個俘囚帶到岸上，在那裏，依着他們殘忍可怕的習慣，就把那些俘囚殺死和呑食，因爲他們是吃人肉的野蠻人，到後來，那種習慣在這裏發現得更多了。

為此，我對於自身的行踪，更隱秘起來，幸好，現在環境的安全，比了以前當然要好得多，我或者再要深密的隱居十八年，像我現在的狀況一樣；假使我不把我的身體顯露在他們的面前，我想他們是永遠不會來發現我的，於是我決定如果我找不着比較吃人肉的野人稍好的種類生物之前，我是無論如何不使任何東西知道我的行踪的。

30 我要射擊他們

在不安的恐懼的生活裏，我閉門簡出的隱居了二年；這二年中正如我的理想推測一樣，我不發見什麼，我也不為任何東西所發見。我的堡壘、我的村莊，（我稱牠是我的亭子，）和我的樹林中新闢的園地和地穴，都很安然的存在着，也沒有受到絲毫的損害，至此，我對於他們的不安逸的心思，開始漸漸的鬆懈了，依我的觀測，各方面的推想，或是在時間上說來，我斷定自己，卽使被野人發見的時候，也已毫無危險的了。因此，我泰然自若的住着，像以前的情形一般。

不過，當我有事出外時，我就隨時隨地注視着觀察周圍的動靜，否則，我想或給任何一個人所看見，那末，我就非常謹愼的放我的槍，不然，他們裏面的那一個，為聽見槍聲就號召他們的一隊人都到這裏來，與我厮殺；這個我是時刻提記在心的。不過我已有極好的食糧準備着，在我的圍地裏有馴羊，毋須要我再出外到樹林裏去打獵，——就是我以後所捕的山羊，也完全是用絆絡和陷阱捉的，——在這兩年裏，於是我從未放過一聲槍；雖則，我每次出外，是帶着槍的，同時，我還磨快了一柄大刀，我做了一條皮帶，把刀繫在帶上，然後掛在我的腰間，所以我現在每次的出外，都是刀槍在身，看來是一個異常可怕的人物。

一切事情，都很安然的過去，所以我有時拋棄謹愼之心，恢復了我以前自由不羈的行動，過着恬靜的生活。

說到我眼前的環境，我的確不需要什麼東西，所以，我對於創造自用物品的銳氣，和如何保存生命的一切有關的事情，完全的消滅了。

從前我曾有過試着是否能够將麥做麥酒，再試着去做啤酒的計劃；這計劃確是很完善的，不過我現已經把牠拋棄了。因爲我看出這事物對於自己，眞是一個幻想而已，因爲，卽使酒眞個給我製成了，我需要大罐瓶來裝牠，外面還要木箱保護着，這個事情，我早已觀察到了，雖然我費着很多的時日勞力來試驗着，結果因爲缺少材料和工具，是萬難成功的，何況在製酒，我沒有酵花，沒有蒸桶，沒有鐵鍋呢！但是對於這個計劃，我縱使缺少這許多東西，倘使沒有野人的恐怖來煩擾着我，我確信，自己要是試辦了，或許竟可以把牠做成；因爲當我腦中想到一個計劃足以實行的時候，我不把牠完成是決不肯拋棄的。

不過，現在我的設想的計劃，又另尋一條路徑了。因爲我整日夜的想着，除了用如何法子來把那些野蠻動物的殘暴行爲和流血的宴飲破壞以外，假如可能的話，事實只要我能辦得到，我總要把那些野人們帶到這裏預備殺害的遇難者，救了出來。

有時我想計劃掘一個洞穴，就在他們生火宴飲的地下，我放進了五、六磅的火藥；當他們燃火的時候，火藥立刻着火，就把地上的他們和他們的東西一齊轟炸了。不過，我爲了不願在他們的身上多耗火藥，因爲我現在所藏僅有的火藥，只有一桶上下了；同時我又不能確定火彈究在什麼時候會爆炸，才會驚嚇他們，其實我要是眞這樣辦，也不過是比在他們耳邊吹火的驚嚇，較爲厲害些罷了。自然是不會使他們離開這裏到別的地方去的，於是我就把這個設想的辦法拋棄了。

雖說我放棄了起初設想的辦法，不過我將於再用別的什麼方法來實行的思想，仍是在我的腦海中籌劃着，因此，當我經過許多深思熟慮之後，我計劃着在一塊合宜避身的地方，去埋伏着，把我隨身携帶的三枝槍都裝滿彈藥，當他們做那殘忍陵夷的行動的時候，我就對準他們射擊，或是受傷了，或是倒下地去了，我從腰間拔出大刀、小斧，直向他們砍殺，我相信，卽使他們有十人或二十人，我毫無疑義也可把他們殺盡的。

這個設計的幻想，使我的精神興奮了好幾個禮拜；竟至常常地夢見去實行，我拿着槍刀在和他們厮殺，因此我很是愉快的進行這件事，我經過幾天的工夫，走了許多記不淸的路徑，我方才尋到了一個合於理想最穩當的地點，使我可以埋伏在那裏，像我以前說過的一樣，等候着他們。

因爲我的心中是充滿了報復的念頭，和誓與他們血花相搏的熱情，所以我每天總跑到那裏，隱身埋伏着；什麼生命的危險，敵人的可怖，我都不放在心上。我可以這樣說，當我只要想着他們殘忍無人性的行爲時，把我的怨恨的憤火，就突然激發了。

後來我又在山側的茂林高處找到了一個更合意的地點，在那裏有一個不會被人發現的地洞，剛可藏匿我的身體；我就匿在那裏，安靜地看着他們的船來，直至上了岸，做他們殘忍野蠻的舉動，假如他們眞聚在一處宴飲的時候，一經我的手槍射擊，他們是沒有一人可能倖免的。

我決定實行我的計劃，立刻頂備了二枝手銃，和一柄打鳥槍，每枝軍器裏，我裝着雙彈，以及四、五粒小彈；在這種情形下，彈實充足，可作連次的射擊，使他們不至有隙可乘，雖使我打不過他們，也無問題的了。

在我把思想的計劃實現以後，我就預備出征野人。每天早上，我不停地到山頂上去巡査，看看有沒有船由海上行來，在島的山涯停下。那個山林離我的堡壘大約有三里路遠，我是不辭勞瘁的天天實行着。可是經過二、三個月時光，還是絲毫沒有發見動靜；這就使我不由得開始厭倦，而感到失望了。

不過，我仍能始終保守自己的計劃和不做的精神，我還是每日做那巡視山頭的工作；因爲我這樣做的時候，總覺自己是在一種合宜的情境裏面，在創造一個豪勇的事業。我從未去想一下這事情意義的另一面，像自己這樣計劃着去殺害二、三十個與己無干的人，究竟是不是罪過，我是不會考慮及的。現在我因爲厭倦這件事以後，我就時時會用較冷靜的思想，想起這另一方面的意義來。

——我把他們當作犯罪者一樣，去充僞司法官和行刑者來裁判他們，我究竟有什麼權力，有什麼職位呢？

——或許在野人們裏，視爲這是正常的事情，他們旣沒有侵犯我，我又有什麼權利去干涉他們的殘暴行爲呢？

於是我用這些話來自相辯駁：

——他們不知道做這種事以爲是一種過失，因此他們就不顧人道而從事於這種行爲了。在他們的國度裏，把一個戰爭得來的俘囚加以殺害，或許以爲不是一種罪惡；就同我們殺一隻牛羊一樣，不過他們吃的是人肉，我們吃的是羊肉罷了。

——他們雖則彼此間是這麼殘暴，然而對於我却一些都沒有關係，並且他們也沒有加害我。假使他們企圖着我，那末，我射擊他們，是我爲着保存自己生命的一種必要的正當舉動。可是我還沒有被他們發現，他們其實也不知道有我這樣的一個人，所以他們對我沒有一些圖害的心思。

當我這樣考慮以後，我顯然發覺，是自己有錯誤了。於是我對於這事的旣定計劃，也開始改變方針了。

3 1

可愛的洞穴

在這種情形裏，我繼續着過了一年的辰光；我不想找一個機會來攻打那些野人。我未曾到山上去巡查一次，看看他們究竟有多少人，曾否有在那邊上岸的踪跡。

不過爲了自衞上的緣故，我把以前停在那邊的一隻小船，移開到了島的東邊的海岸旁，將牠泊在一個小灣內，這個小灣是在高石下面找到的，在那裏，因爲海水急湍的緣故，野人是不敢駛他們的船進來，同時我把在那裏曾經留下的船上工具，——一根桅，一張布帆，和一個鐵錨都帶回家來；那末，以後沒有什麼疑迹可以給他們發現，而懷疑島上有人居住的現象了。

對於自己，我隱藏得比前更爲秘密；日常除擠山羊乳，在樹林裏處理羊羣一點事外，我也是不大出外的。樹林是在島的別一個部份，所以很是安穩。不過我可以斷定，這些野人們是時常來往這島的，只是他們從未想在這裏找到什麼東西，所以也就沒有從海邊跑上島來到各處遊玩過；不過，我可以推斷說，在我對他們發生恐懼而加倍小心以後，他們是和以前一樣到過海岸幾次的，只是沒有給我發現罷了。

的確的，我是非常恐懼的；假使在以前，當我空手未備軍械，除了常裝小彈的一枝槍外，散步各處，窺探島上的一切出產，搜索我所能得到的東西的時候，我突然的遇見他們，或被他們看見了，那末，我的情境，不知道又要變到怎樣的地步！假使，當我不是發見了人的脚印，而是發現十五或二十個野人，靠着他們敏捷的脚力追趕我，使我甚至不能逃避他們時，我……我又將成什麼樣的結果！

我一想到這裏，我的心膽都裂，手脚發冷，誠同身受着的一樣，許久不能恢復原狀。想想自己已經做了些什麼，我為何非但不能抵抗他們，而且還不曾有膽識來做我應該做的事情；說到目前自己所應該做的事是怎樣，我更加不知道了。

有了這些嚴重的思想以後，我眞要憂悶起來，有時竟使我呆想了許多辰光。假使我承認了這些身處的危險，使我的一切工程和發明製造的東西，都將消滅殆盡，使得我對將來為膳宿上方便的各種計劃都一齊摧毀的時候，我是將怎樣的痛心！——這痛心的程度，我覺得生受陵夷也不過如此！

目前我手頭上所有為安全設計的焦慮，是比食物的獲取更為要緊。我不敢去放槍，和削砍樹枝，恐怕我弄出的聲音會給他們所聽見；為了同樣的緣故，我尤其不願生火，恐火煙在白天老遠地可以給人望見，使我的秘密行踪洩漏了，因此我把那需要生火的事務，都搬到樹林中我的新屋裏去做。在那裏住了些時以後，我却異常喜悅地，在土地中，我意外的得了一個天然的洞穴。

那個洞是非常寬長的，裏面很黝黑，粗瞧起來，沒有冒險直入膽量的人是決計不會發現牠的。所以我敢說，在那裏，野人是一個都沒有；不過，只有像我這個急欲找得一個安全的退避之所，而無別處可找的人，才敢跑進去的。

說到我發現這個洞穴，眞也可說是偶然僥倖所至。那時我因為生火要避免冒煙，確是很難辦到的事；我的生活當中，旣然不能不焙麵包，不能不燒食物，於是我打算在這裏燃燒些樹木，像我從前在英國所做的一般，在草泥底燃起，直燒到樹木變為焦炭或乾炭才止；於是我熄滅了火，保存着木炭帶到家裏去。

當我砍削樹椏的時候，在一根矮叢林的樹枝後面，我發見一塊凹進去的地方。我覺得非常地奇怪，因此就向牠的裏面看一會；但是使我非常地吃驚，使我馬上急退了出來，因爲我在黑暗裏看見了兩隻大的，爍着像火一般的眼睛，是動物呢？是鬼怪呢？我也不及細看，我也來不及思索，惟恐遭難似的返身就跑。

不過，我跑出洞口，我就恢復常態了。心想自己這樣膽小，還算是獨宿荒島二十年的人嗎？我眞笨！在這洞裏決無可怕的東西：我應該跑進去看看究竟是怎樣！怕？又怕的什麼來？

因此，我就放大了膽，拿了一根點着火的火棍，向着裏面跑去。當我還沒有比上次再走進三步的辰光，我突然的驚懼起來，因爲我淸楚的聽到，一種像人在痛苦中所發出一樣的很高的嘆氣，而且還夾着一種斷斷續續的聲音，好像半說話一般，後來又來了一個長的嘆息。我立刻向後退，因爲我是被這種恐嚇打擊了，我全身都出着冷汗，不過，我仍盡量的提起精神，鼓勵着自己的勇氣，不顧身家性命的向前再行挺進。

我把火炬擧過我的頭，憑了牠的助力，在地上我發見一隻巨大可怖的老雄羊，牠躺着極力地喘氣，實在是因爲年紀太大，將要死了。這才使我寬心。我用手動了牠一下，試試我是否可以帶着牠出去，牠立刻想站起來，可是又不能站起。我自己想，還是讓牠最好仍舊躺在那裏；現在牠旣能够使我驚嚇，那末，牠一定也可驚嚇那些野人，當牠活着的時候。

我現在已經從驚訝中囘復了常態，開始向四面望了一望，覺得這個洞的面積是很小的，只不過十二尺的大小，旣不圓，又不方，一點形式都沒有，自然是未經人工修造的天然石洞罷了。距離牠稍遠的地方，還有一個很小而低的洞，洞口是很小的，我必須匍匐着走，方可以到裏面，但牠直通到什麼地方，洞有多少長，我當時因火棍盡了，沒有探身走去，自然不能知道。

第二天，我帶了六根自己用羊油製的大燭，仍到那石洞去。其實那眞是非常的冒險舉動，我既不知道牠裏面有多少遠，又不知道牠究竟通到什麼地方，而那個地方又是怎樣的。但我完全沒有把這些顧慮擺在心上，只曲身用手貼地，爬進那低下的洞口，大約過了十碼路的光景，我覺得洞頂突然的升高了，依我估計，就有二十尺的高度，在這島上，我眞從沒有看見過這種光榮的景象，牠眞好像是洞的兩邊和洞頂的圍繞物一般。同時四壁由我燭火的反射，發出千萬道輝煌的光芒了。

我看呆了，我簡直懷疑自己是在夢中了！那石壁上，塡嵌着的是什麼東西，——是鑽石？是金塊？這些我雖沒懸想着，也不是我所想企圖的東西，然而牠够使我高興了！够使我滿意了！牠有平坦而乾燥的石板，又有碎末般的細砂，平舖在地上；既沒有猛獸毒蛇在裏面，又沒有潮濕發霉的地方在牠的兩側和洞頂。這眞是我的一個天生地造的避難所，也是我的一個最適宜安居的地方。

我非常愉快的決定，把我的一切最需要的東西搬到這裏來，尤其是把我貯藏火藥庫所餘下的兵器搬來。在我遷移的時候，我偶然地把我從前船中取上岸來的一桶火藥打開，牠是濕了，我看見水曾經透進去，火蘇凝結得一塊塊好像果核一樣。不過還可以應用，於是我也就完全的搬到那裏去。

我自己幻想着，現在我好像古代的巨人一般，他們住在山洞和山穴裏而，以及岩石的當中，據說是沒有一個人能够及得他們的。至於我現在，當我在這裏的時候，倘使有五百個野人來追索我，我可以斷定，他們永遠不會尋着我的；縱使我給他們搜着了，他們也決計不敢在這裏來襲擊我。

住在這個島上，我現在已寓居了第二十三年了。對於這個地方的習慣和生活的情形，我覺得都非常的自然；假使我斷定在這裏永遠沒有野人來使我煩惱，那末，我一定可以很滿意的排列着一個規定的時刻表，藉以消耗餘生，直到我躺下身來死去的時候，像那隻老雄羊後來死時我用泥土將牠埋葬了一樣。

現在我也做些消遣和娛樂的事情，使自己對於生活過得比從前更爲愉快了，第一、我教我的「波爾」更複雜些的話，使牠可以和我對談，牠使我十分欣慰，因爲牠的說話是說得非常的純熟，非常清晰可聽，而且牠陪伴我已二十六年了，我的狗，對於我的確是一個欣快和可愛的伴侶，十六年後，牠就死了，至於我的那些貓，因爲牠們增加發展得太快，使我不得不把牠們打死幾隻，爲的不使牠們把我的所有食物吃完；不過，當我後來帶到這裏來的兩隻老貓死去時，我就把牠們驅逐到山野裏，除去兩三隻我所喜歡的以外。

此外，我時常豢養着二三隻家居的小羊，這些小羊，我總是餵飼牠們，訓練牠們的；牠們對我已很相熟，只要我一跑到牠們身邊，牠們就會哱哱地叫着，像招呼我一樣，此外我還有兩隻鸚鵡，說話說得很不錯，不過沒有像第一隻「波爾」；其實我在牠們身上所費的工夫，也並不像在牠身上所費的來得多，我還有些馴的海禽，牠們的名兒我不知道，牠們的翅膀已經被我完全割掉，當我在海岩邊捕獲牠們的時候。我的堡壘前面的小木樁，現在已經長得很大了，枝葉非常厚密，簡直像樹林一樣，我的海禽就住在那裏，生育在那裏，這個對於我的確是十分合意的。

我開始度着這愉快的生活，倘使我能從野人的恐怖裏得到安全，我就心滿意足了。

32 恐怖悽慘的遺痕

現在是第二十三年的十月的多日（我不能叫牠做多天）到了，這是我收穫的特別時季，因此我要常常的跑到田裏去。有一天早晨，天還未發亮的時候，我就出去；我却驚訝起來了，在岩上發見有火光，距離我差不多有兩里路遠，——就在我以前看見來過幾個野人的地方，並不是在島的另一部份。——不過，我覺得很奇怪，因爲是在島上的我的這一邊。

看了這種景象，的確使我異常驚訝，在樹林裏面，我突然中止了前進，並且也不敢跑出去，恐怕我會遇着他們襲擊的危險，然而我的心緒是多麼的不安，假使這些野人們，出巡這島的四週，他們一定會尋着我的田裏，看見我未完全割好的穀子，以及看到了我的工程和我所改良的事物；這樣他們立刻就會斷定這地方是有人居住的，那末，他們非把我找到不會罷手了。

在這種逆境之下，我極力摒除驚惶，使自己平日一般的鎭定；同時我就依照預定的辦法，立刻趕回到我的防衞的堡壘中去，我拔掉進出的梯子，又把外部的各種東西，佈置得像原來的荒野一樣，使沒有疑跡可以給人發覺而決不疑這裏是有人住居着的。

到了裏面，我把我的銃槍完全架在新的堡壘上面，決心盡力來自衞。在這樣緊張的情境裏，約過了兩個鐘頭，未見動靜；我要想探探外面的消息到底這樣，但我沒有探子可以打發出去，於是我只靜待着。

約過去了又半個鐘頭，仍未見有什麼聲響，我開始覺得在這樣的情境下，我總不能毫無計劃地老是這樣的坐着；這樣想了後，我便又將梯子放在小山旁邊，在那裏有一塊平坦的地方，我爬上梯子，又拖起放在牠的上面，我又爬了上去，這樣我就到了山頂，拿出我的望遠鏡，俯伏在樹林裏，開始向那個地方看去。

我立刻看見有八、九個野人；不錯，一點不含糊，他們赤身裸體的坐着，圍着他們所生的火堆，我斷定不是他們在取暖，因爲這裏的氣候是很熱的；那末，他們一定……是在燒烤人肉的野蠻食品。依照我的推斷，那是一定的。

我又看見了他們乘來的兩隻木艇，已經拖到岩上，因爲這時剛正是落潮，我想他們一定要等到潮漲時，才開始行動罷。看到這種情境，我不知道自己是墜到一種怎樣紛亂的狀態裏，尤其是看見他們跑到島上的這一邊，並且還是這樣貼近着我。

不過我已預斷到了一點，他們來往這島，都是隨潮水漲落爲轉移。要是我這推想不錯，那末在潮水漲的時候，無論何時，我都可以安然在外，倘使他們沒有留在岩上的話。於是我就安心的坐下來，靜觀他們的行動。

我的預斷，果然如願以償；因爲等到潮水來時，他們就都一齊上船，駛着木艇回去了。當他們將去的一個時辰之前，他們還跳着舞，藉我的望遠鏡的助力，我很容易地辨別出他們的姿態和手勢來。

一經他們上船去了以後，我忙掮上兩枝槍，在腰間我整理一下大刀和手槍，就盡我速力的向他們聚宴的那個地方跑去。可是我不能跑得快，因爲身上繫着的武器太笨重：我差不多跑了將近一個鐘頭，才到了那裏。

在那裏我看還有三隻裝載野人的木艇在着。我再向較遠的海面看去時，他們的船向着大陸的方向行去了。這對於我是一個可怖的景象，尤其是當我下山上岸來的時候，看見了那些恐怖悽慘的遺痕，什麼血和骨頭，人身上的肉，都被那些野人們用快樂和遊戲的方法吃掉了。

我全身充滿着怒火，現在我堅決預備去擊殺他們；不論他們是誰，或者他們有多少人。但我馬上想到了他們來到這個島上，並不是常常的事；因爲他們離開到他們再來的時候，已經是十五月份了，——這就是說，在那許多時間裏面，我既沒有看到他們，又沒有發見他們的足印或者暗號，恐怕他們在多雨的季候，是絕對不到外面去的，至少出去也不很遠，然而這就够使我的精神不舒服了，因爲我已經充滿了他們襲擊的恐怖，這樣我覺得災禍的希望比了災禍的忍受要來得更是痛苦，尤其是在我時時不能拋却那個希望和恐怖的時候。

現在我心意迷亂的生活着，預料着總有一天我陷落那些殘忍無情的野蠻的生物手裏，所以無論何時，當我冒險出外的時候，我總是加意地謹愼，用非常小心的態度來觀察四週。

在夜裏，我總不能如前一樣安然的入睡，因爲常常夢見可怕的惡夢，因此我也常常會驚醒起來。所以我睡覺非常地不舒服。而在白天又有極大的困惱來煩擾我，使我的精神更是不安。

不過，值得安慰我的是我曾養了一羣馴羊；有了牠們，我可以不需要放一槍，所以不至會驚動那些野人；假如他們中有人在這裏發見了我而逃回去的時候，我相信他一定會報告他們，在幾天裏面，他們就會駕了許多木艇來，那末，我未來的遭遇就不可預料了。

33　一隻難船

這是五月中旬的一日，狂風颳得特別的厲害，而且還雷電交作，到了夜間，大雨來臨了，於是狂風暴雨雙管齊下，甚是厲害。我突然的被一種砲聲驚訝了，那砲聲，我想是從海裏發出來的。但我的這種驚訝，的確和以前不同，因為我思想中的觀念完全是另外的一種。我迅速的站起，頃刻之間把我的梯子搬到石頭的中間，爬了上去，又把梯子拖起，第二次我又爬上了梯，立刻跑到山頂，我看見一陣火光，使我感覺到或有第二砲開來，眞的，過了半分鐘的工大，我就聽到牠的聲音了。

我細聽了一下，覺到這砲聲是從海裏的一邊開來的，（那邊就是我以前乘着船被急流冲出去的地方。）我立刻想到，一定有船遇難了！他們或者有同伴，或者有同行的船，開放這些在困難中的警砲，完全是希望着得到些救助，這事很是使我欣慰，在那時我雖則不能救助他們，但想他們或者能援助我。這樣，我便把在近邊所能得到的乾木枝和野草聚集成很高大的堆，就在山上燃燒起來。因為乾柴木是最好的燃料，所以火光燒得很通紅，我相信，倘使那邊眞有船隻的話，他們是一定可以看見的。

「啊，啊，他們是看見了！看見了！」約過了不久的時候，我就聽到一聲砲響，我高興得幾乎跳了起來；我是一點都不疑惑的，因為我後來又聽到了幾聲同樣的砲響，而且都是從一個地方發出來的。於是我繼續收集乾木，使火炬通夜的燃燒着。然而，很是使我失望，以後——直至天亮，我就沒有再聽到什麼的聲音，和發見什麼的動靜來。

當白天來了，天氣很是晴朗，在距離很遠的海裏，是島的極東邊，我看見有一種東西浮漂着；那是一張帆或是一隻船，我却不能把牠分別出來，因爲距離是這樣的遠，而且天氣仍是煙霧朦朧，即使用望遠鏡也不能辨別出來。

爲了這個，我整天注視着；突然間看清楚那是一隻抛錨的船，我非常切望地，拿着槍，向着島的南邊走去，直跑到有塊石頭的地方，在那裏，我以前曾經被急流冲到過。這時天氣很清明，所以我不但看見那隻船，而且還清楚地看清那隻船是破損的。想來當牠在夜裏，一定是給那些隱滅的岩石擊碎了。

這些岩石，就是我從前在航海中發見的，他們抵住急流，也就是我終身絕望中使我回復過來的一個機遇。所以一個人的安全，可說就是別個人的損害；因爲那些人，無論是誰，對於深伏在水下的岩石，撞擊他們是不曉得的，當那很猛烈的風向着東偏東北吹的時候。

現在天氣很安靜，我想冒險出外，乘着船到那破船的地方去；在那裏，我或者可以尋着些對我有用的東西，但是這個欲望並不十分迫着我去做；因爲我最注意的是看看那船上是否有生物存在着，這樣我不但可以救了他們或牠們的生命，同時或許藉了他們的活命，能救我從這荒島裏脫離了出來，這個想念使我得到極度的安慰。

因此，我決定了，一定要乘着船，冒一次險，到那隻破船上去；不管我的前途是否會遭遇着危險的不幸。於是我非常迅速的回到我的堡壘裏，準備着各種在航行中所必需的東西。我帶了麵包、清水、葡萄乾、甜酒，和一個用以駕駛的羅盤，我走到船裏，把牠裏面的水都弄了出來，使牠浮起在水面，把我所帶去的東西裝進去以後，我就再回到家裏，在我第二次搬上船的東西，還有一大袋白米，一頂撐在我頭上當作遮陽的大傘，另外又加一大瓶淸水，兩打小麵包，或是大麥餅，一瓶羊乳和一塊乳酪。

這樣，我就出發了，搖着木艇，向前駛航，我就到了島的東北方面的盡頭處。現在我預備着冒險駛進大海。我注視兩側的急流，牠們在相當的距離中，繼續不斷地奔流着，想着上次所經歷的危險，我的勇氣又消滅了——假使我被迫到這些急流的任何一個漩渦裏，那末，我一定會給牠們衝到大海裏，從此我就永遠不能再到或再見這島了；況且我的木艇是非常小的，要是來了一陣大風，那末我難免溺死了！

我的心中雖則是這麼不祥的預測着，使我躊躕不決起來；不過，結果我還是把生死置於腦外，向目的駛行，起初我是朝海中正北方前進的，駛行得並不十分遠，直到了急流的地帶。我的木艇，受着牠的推動，突然加速起來，可幸並不像以前南邊的急流所推動的一樣，使我無法駕駛我的木船。我逃出了這個難關，我的精神更興奮起來了，於是極力的搖着船，直向着那破船停靠的地方駛去。

只費了大約兩個鐘頭的工夫，我就達到了那裏。看那船破損的景況，的確是很悲慘的。細察牠的構造形式大概是西班牙的一種，現在牠是擱得很牢，緊緊擠在兩塊岩石的中間。

當我將船搖近牠時，我陡的聽得一聲狗吠聲，我忙走過船來，只見船艙上有一條狗，跪坐那裏，一見我跑進來，就狂吠個不止，然而牠差不多是要饑餓死了。我忙丟給牠一塊麵包，牠吞吃得好像是在雪中餓了兩禮拜的餓狼一樣。於是我把牠先放入自己的木船裏，然後又回到那隻破船上去。

這一次，第一個景象觸在我的眼簾的是兩個溺死的人，彼此用手臂緊抱着，就在船中廚房的前部。我斷定，這隻船撞擊的時候，定是在狂風暴雨裏面，因此海浪騰空，不斷地冒上船艙來，於是船裏的人，自然不能支持下去，這樣，他們就給冲入船中的水窒塞死了。

除了那隻狗以外，在船上沒有別的有生命的東西了；也沒有一些貨物，我所能找得到的，都已給海水損壞了，我看見有兩只水手用的箱子，我沒有查看裏面所藏的是什麼東西，就把牠帶過自己的船上。

我找到，除了這些箱子以外，還有一隻小桶，裏面盛滿的都是些流質，約有二十加侖的重量，我費了很大的勞力，才搬到我的船上去；我又拿了一隻火爐和一把火鉗，以及兩隻銅鍋，一隻銅罐，這些東西都是正合我的需要。帶了這些貨物和狗就離開了這裏，那時潮水正在退落，航行上未免感到了一些困難，到午夜一點鐘光景，我才平安的回到了原島，然而身心的疲憊已達於極點了。

那天的夜裏我就在船上過夜，到天明時，我就把船中所得的貨物運到我的新造的山洞中，當我揭開箱子看時，我找到了幾樣對於我很有用的東西，在一只箱子裏面，有一只精美的裝滿瓶子的大盒，樣子很是特別；瓶裏貯藏的有補血藥水，約有三品脫的容量，用銀鑲頂，很是好看，此外我還找着兩罐很味美的蜜餞，因爲罐口封得很牢固，海水也不能損壞牠們，最後我又找到了幾件很好的襯衫，約有一打半的洋布手巾。

當我找到了箱子裏的小篋時，我尋看裏面有三只大袋，袋裏裝滿了價值八分的銀塊，差不多共有一千塊以上的數目，其中一只袋裏，包在紙裏的有六個金的「都不龍」（金幣名）以及許多的金條和金塊，我想把牠們攏總秤起來，至少有一磅以上的分量。

可是對於這些金銀，我沒有用牠的機會，像第一次我在破船上所得來的一樣。我眞願把所有的銀錢來換取三四雙英國的鞋襪，這些都是我最需要的東西，可是許多年來，却是空無所有！

我把所有的東西都藏好以後，我仍回到船上，沿着岸直駛到原來的小灣裏碇泊。我卸去了船載，就由捷徑回到我的舊住所來。

34 虎口逃生

是在多雨季候的三月中的一個晚上，我躺在吊床上，身體是很舒服，不過我總是閉不起眼睛，連一刻都不想睡。只是回憶着自己到這絕島以來的大大小小的事，把我的腦子都翻騰了起來。的確我來這孤寂的海島，已是第二十四週年了。在過去的二十三年中，生活的艱辛，危難，痛苦，或欣慰，愉悅，安適，酸甜苦辣，五味雜陳，都在我有限的生命史上留下深刻不滅的痕迹。現在我愈想起來，就愈是睡不着；而那些事迹却更加一點點的擴大起來，在我的眼底活躍着了。

在我從上岸以來所處境況的情形回想裏面，我總是把我頭幾年住在這裏的愉快的情形，和我經發見脚印後的憂慮的，恐懼的，以及小心防範的生活比較着，自然那是大非昔比了。雖然我相信那些野人們是時常來往這島的，有時或者竟齊集了幾百人上岸來；但我不知道他們是住在世界上的什麼部份；他們所來的地方距離這裏究竟有多遠；他們離家出外冒險，到底是爲的什麼，這些我不知道，也無從推測。於是我想自己，爲什麼我不可以整理一切跑到那邊去，像他們到我這裏來一樣。這樣我在海洋中或許會遇着別的歐洲船隻，那末，我就可以得救了，假使從不幸中再遭到不幸，那末我只有一死罷了，我的一切苦難，也一下子就可以消滅了。我又爲什麼遲疑不前呢？

當這個意念激起了我的思潮時，牠是來得這樣的激烈，以致鼓動了我的熱血，脈息的起伏，跳起來像發抖的一般。這個完全是由於我心中的特別的熱誠弄到這樣的，所以經過精神的一度興奮以後，我便感到困乏疲倦，於是我就酣然睡着了。

迷濛裏，我和平日一般的早上從堡壘裏面出去，我在岸邊走着，忽然看見兩隻木艇，共有十一個野人；他們另外還帶着一個野人，他們預備着在陸地上把他殺死，可是突然之間，那個將要被害而未殺的野人，跳起來立刻就逃走了。我看得很是清楚的，他是向着我的堡壘跑來，然後轉入一個小而密的樹林裏去，預備躲避他自己的身體。我看見他只有單獨的人，並沒有別的野人們追趕上來，於是我就走到他的面前，笑着的態度去撫慰他。他立刻對着我跪在地上，好像是要求我拯救一樣。我就把我的梯子指給他看，使他越過梯子他就到了我的洞裏；變成了我的僕人。

我自從得了這個人以後，我眞是萬分的得意，我常常自己對自己說：

「現有了這一個助手，我毫無疑惑地，可到大陸上冒險了。他一定會對我說，我應該做些什麼事，在什麼地方可以尋找食物；什麼地方是應該去的，因爲那裏是有吃人的野人；什麼地方可以冒險直入，以及什麼地方是應該趨避的。」

我一時快樂極了，差點喊出聲來；然而我是馬上清醒了，原來這是一個夢。不錯，這的確是一個空幻的夢影罷了，牠同別的東西一樣荒謬，這樣，我又深深感到失望，心神愈是愁悶了。

不過我自有了這個幻夢以來，我的思想開始有了一個決定；我想離開這裏的唯一方法，非得要去找着一個野人不可，倘使可能的話，那麼這個野人一定是被他們已經判定吞食而帶到這裏來殺戮的那些野人的俘囚，於是我從那些殘酷的野人手中救出來。

我的思想中有了這些決定，我就隨時偵查着，每日差不多要到島的西南角去一趟，去探望他們的木艇，不過始終不能夠發見一隻，他們愈是延緩不來，我愈是渴望着他們。在以前我總是小心謹愼，去趨避他們，使他們不得看見我；現在我却非常渴望着和他們碰頭了。我幻想着，我自己可以管理一個野人，卽使二個或三個，也沒有關係。假使我有了他們的話，那末，便使他們做我指示着他們所做的事，我就開始感化他們，和敎育他們，而使他們做我的忠實奴僕。

我是那樣熱切的希望着，幻想着，然而野人始終沒有靠近過，我的希望和幻想，都不過是徒然使人失望罷了。

這樣忽忽的過去一年又三五個月了。一天很早的淸晨，我忽的驚訝起來，因爲我看見了五隻木艇，一齊擱在島的我這一邊的海岸上，艇裏是看不見人的影迹，究竟是到什麼地方去，我又推測不出。但看着那艇的數目，就使我吃嚇了。在平時，我知道在一只小船中，他同來的只有四人或五人，有時還要多些，現在木艇有了五隻，該是怎樣大的人的數目！這事顯然不能使我的計劃實行，我只得深藏在堡壘裏，心裏是感到萬分的不安。

不過，無論怎樣，我總得預備着從前所擬定的攻擊的計劃，倘使任何事件一旦發生，那末，我就立刻出戰，我這樣預備着等候了許久，留心着去聽他們是否有發出聲音來。後來，我實在耐不住了，我把槍放在梯脚下，然後用兩個木架，像平常一樣爬登山頂，我這樣立着，使我的頭並不露出山巓，因此，無論怎樣，他們是看不見我的。

在這裏，我用望遠鏡向他們觀望，我發見他們的數目，不下三十餘人；他們正架着火，燒煮他們所帶來的東西，他們用什麼方法來燒肉，我却不得而知；但是他們是用多麼野蠻的姿勢和樣子，圍着火，一齊跳起舞來。

當我注視他們的時候，我又看見了兩個不幸的人被他們從船中拖曳出來，在船裏他們是好像被深藏着的，現在却被他們牽出預備給人屠殺了，我淸楚的看見，他們之中，一人立卽倒地，照我的推想，他是給木棍還是木刀所打倒的，這就是野人們用以屠殺的方法；別的兩三個野人卽行要開膛破肚，拿他的肉到火堆邊調烹了。那個另外的被害者，獨自立在那裏，直至他們預備好了再動手。

就在這個時期，這個可憐的不幸者，他看見自己已在自由和無束縛的當中，自然之神鼓勵他有恢復生命的希望，他立刻就從他們的死路手裏衝出來了。他是運用着全身的脚力，異常迅速地沿着沙土直向我的住所逃來——就是向我的海濱堡壘——我一時驚愕失措，尤其是當我見他背後被野人全體所追逐着的時候，我簡直不知道應該怎樣是好！

我希望我的夢的第二個部份馬上應驗，那末，他一定要逃到我的森林中來躲避的；於是我的精神振足了。當我看見祇有三個人跟着他後面追時，我覺得他的脚力比他們快捷了許多，佔他們的上風；要是他再支持着半點鐘的話，我斷定他可以安全的逃出他們的掌握了。

不過在他們和我的堡壘之間，隔着有一條小河，是我從前剛來這裏時用以卸貨的地方，我知道他必須渡過這條小河；不然，這個可憐的不幸者，將要在那裏給人捉住了。可是當他逃到這裏時，小河裏正是潮水高漲的時候，於是他躊躇着，一時不知所措；不過他過後就立刻跳入水中，游泳經過了大約三十划速力的樣子，他上了岸，依舊是盡他最後的力量用快步跑着。

當那三個人追到小河旁邊時，我看見他們之中只有二人能泅水，那個不會游泳的，立在對岸，看着旁人；接着就慢步向原路走回去。至於在水裏游過追來的那二個，實在不及逃走前面的那個不幸的人來得快，於是他二人就遠遠的落在後頭了。

這時，我的思潮陡然熱烈起來，實在是不能抗拒了。現在正是我要得着用人的時候了，或者是一個同伴或一個助手。我立刻盡我的速力，把梯子放下來；拿了兩枝槍，用了同樣的急速，跑到小山頂上去。我橫過了山巔，向着海的一邊前進。

這裏有一個傾斜的捷徑，我就站在他們追者和被追者之間，我對着那個逃走的人狂呼大喊。他，回轉他的頭，向後望了一望，起先怕我或者和怕他們一般，不過我用手對他做手勢，叫他回來；在這個時候，我就慢慢的前進，向着追趕的那二個人的面前跑去。只幾秒鐘的中間，我一下子就衝到最前的一個人的面前，我用我的槍柄，把他打倒在地上了。

我把這個人擊倒以後，我看見後面和他一起追來的那個人就立刻停了步，好像他吃驚的一般。我向着他非常迅速的跑上去；不過我跑近他的辰光，我看見他立刻拿起他的弓箭，向着我裝作射擊的姿勢。這樣，我就只得先下手爲强了，我瞄準了我的槍，於是他就應聲倒地了。

現在，那個在逃走的野人，已停了步，雖則他看見的兩個仆地和被殺的敵人，然而他對於我的槍聲和火花，是非常恐怖的。因此他呆立在那裏，不向前也不退後，雖則他似乎有與其前來，還不如逃走的態度。

我再用很高的聲音對他呼喊，做我的手勢，催促他到我的面前來，總算他明白了，對着我走來；不過只走幾步，他就停了下來；後來又走前幾步，但是又停步了。他站着，我可以看見他發抖。好像他是恐懼着被虜再做俘囚，將要和他的兩個敵人同樣被殺一般。

我再用手勢招他，把我所能想像得到的一切各種的鼓勵手勢都應用了。於是他才振膽的一步步慢慢地走近，相隔二十步的距離，便跪了下來，大概是他心中感謝我救他性命的表示吧。

我向他微笑着，做出很和善的樣子，我用手勢叫他再走近些。最後，他來到我的面前，於是他重又跪下去，和土地接吻，放他的頭在地上，拿我的一只脚放在他的頭上。這個看起來，一定是表示他永遠作我的奴隸的誓約記號。

我帶着重視的態度，扶他起來，並且盡量的安慰他。不過，此外我還有一件事要做，因此我看見那個被我用槍打倒的野人，還沒有死去；起初不過因我的一擊而暈倒，現在他開始着蘇醒了。於是我向他指示着，那個野人還未曾死去。因此他就向我說話，雖然我不懂他所說的是什麼，不過，在我聽來，那語聲是歡喜的；因爲這是我自到荒島以來，第一次才聽見的一個人說話聲音啊。

正在這個時候，那個被打倒的野人復原了，竟爬起來坐在地上；我看見我的野人立刻吃驚起來。於是我拿一枝槍對着他，好像要射擊他一樣。因此我的野人，（現在我是這樣叫着他了，）向我做手勢，叫我把刀借給他。刀是出着鞘，掛在我的腰旁皮帶上面；我拿出來給他以後，他立刻很敏捷地把他的頭割下了。

這事在當時很使我納罕，因爲他手續的快捷，在德國的劊子手中，實在沒有比這更快更好的，後來我才知道他們是連鐵打的刀那沒有的，用慣管木和利石的，難怪拿起利刀，就能劊肉如泥了。

當他做完這事時，他走到我的面前來微笑着，表示出他的勝利。同時就把我的刀獻還我，做出種種的手勢，我一些也不懂。他放下刀，把他所殺的野人的頭，剛剛放在我的面前。

但是最使他吃嚇的，就是他要明白我怎樣地能老遠的把那個野人打死。他用手指着他，似乎向我示意，求我讓他到那死的野人那裏去。我允許他，當他走到那裏時，他是非常吃驚的，起初用手翻過一面去瞧，後來又翻過來細看。最後，他注視那胸口上槍彈的傷口，在那裏，血流不多，然而那野人早已死去了。

他拿起了弓和箭，走回我的面前來。我轉身向前去，做手勢叫他跟來。一面我又做記號說，或者還有許多野人隨他們之後跑來。因此，他向我做手勢說，他用泥沙把他們埋藏起來，要是眞有人追上來的話也不會發覺了。

我懂得他這個意思，而且覺得很對，於是我做手勢就叫他這樣做。他用手在沙土中挖了一個洞，不消幾分鐘的時間；於是他把野人拖進洞去，把他們用泥沙掩蓋好了。另外的一個，他也照樣的做好。手續眞靈快已極哩。

我於是叫他隨着我走，但我不把他帶到堡壘中去，因爲我不使我的夢，在那個部份眞見諸實現——就是他逃到林中來躲避。——因此，我就把他帶到離此不遠的山洞裏。

到那裏後，我給他一塊麵包和一束葡萄吃，此外又給了他一瓶清水，這些東西，他是實在需要着的，因爲他跑路跑得太多了。過後，我又指示他一個地方，做手勢叫他臥下來睡覺。這樣，這個可憐幾乎被難的不幸者，就在我給他鋪好稻草和氈子的床上睡着了。

35

我的野人星期五

我的野人，是一個身體强壯，修短合度的人，並不過分魁偉，根據我的推測，他的年齡大約是二十六歲。他的面貌，一些沒有可怕猙獰的樣子，而是非常端正清秀的，但隱隱之間，有一種大丈夫的氣概流露着。從他全身的態度視察起來，有歐洲人同樣的溫柔和儀表，尤其是當他在微笑的時候。

說到他的頭髮，是很好看的，又黑又長，不過並不鬈曲。他的額角濶而高，他的目光銳得像流星一般。他的皮色一些都不黑，却有點棕黃；不過並不像布勒喜爾人，浮及尼亞人，和美洲土人那麼醜陋的，因爲在他棕黃的橄欖色裏面，似乎存在着一種可以使人悅目賞心的東西，雖則我不能把這種東西去描寫出來。

他差不多睡了半個鐘頭以後，他就醒過來了，跑出洞口，立刻走到我的面前。這時我正在擠山羊乳，這些山羊就是我養在近處的圍地裏的，當他看見我的時候，他就迅速地奔到我的身邊來，再在地上躺臥着，同時，便表現着許多的古怪離奇的手勢，來顯示他對我的謙下和感謝的心向；末了，他在地上靠近我的脚平放着他的頭，然後像以前一樣的再把我的脚放上他的頭。在這個以後，他對我做了很多的，可以猜想得到的自願歸降而甘爲奴隸的手勢，使我知道他是怎樣的順從我。

我自然看出這手勢動作的意思，於是我也使他知道我對於他是很歡喜的。

過了不多時，我對他開始說話，並教他對我談話。第一我使他知道他的名字是叫「禮拜五」——這個就是我救他生命的一日。我所以要這樣叫他，完全是爲了要紀念這個日子的意思。我同樣的教他叫出「主人」這個字，使他曉得那個字就是我的名字。此外我又教他說「是」和「不是」的二個字，使他明瞭這二個字的完全意義。

我從一隻泥罐裏拿出山羊乳來，放在他的面前給他吃，一面使他看見我是用怎樣方法吃的；我拿起麵包放進乳裏，同時給他一塊麵包，使他照我同樣的去辦。他立刻遵從我的手勢拿來吃，於是他做出很多的手勢來顯出他對於那些食物是非常歡喜的。

那天晚上，我和他都住在那裏。不過，到了天亮，我做手勢叫他隨我走，並且使他知道我要給他衣服穿。在我們走過他埋葬着的那兩個人的地方時，他準確的指出那個地方，來向我表示着應當把那二個人掘了出來，把他們吃掉。我對於這事很是發怒，我向他表示我厭惡這種舉動，好像一經想到，就立刻要嘔吐一樣。我做手勢叫他走開，他立刻用極順從的態度跟我走了。

爲了想瞧瞧他的敵人們走了沒有，我就順便的帶他到小山頂上去觀望。我拿出我的望遠鏡來，很清楚地不見他們所在的地方，木艇和人都沒有了。不消說，想他們都已離岸囘去，那二個留下來的伴侶，大概他們也不去搜索了。

不過對於這個發見，我還不滿足，反而激起我更多的勇氣和好奇心，我帶着我的禮拜五就望他們的所在走去。我把刀遞給他手裏，弓和箭掛在他的背上，我知道他使用這些東西是很純熟的。此外我要他給我負一支鳥槍，我自已身邊也帶了兩支。

當我們到了那裏，我一見那種驚駭可怖的景像，我的血管，一時都冰冷起來，我的勇氣也完全消沉了。——雖然在禮拜五並不以爲意。這裏佈滿人的骨，人的血，火堆，骷髏，狼藉已極，使看見的人，够是怵目驚心了。

禮拜五做着手勢，使我知道他們帶來了四個囚虜來飲宴；三個是被吃掉，他——指着他自己——是第四個人。在他們和他們的國王之中曾有一場大戰，看起來，他好像是那個國王的臣民，他們在戰爭中獲得許多囚虜，都被他們帶到各處，當作宴飲中的食品，好像那些殘暴的野人跑到這裡來屠殺那些囚虜的情形一樣。

我打發禮拜五把所有的骷髏，骨，肉，以及所剩下的東西，都聚集起來，點起火，就把牠們完全的燒掉了。我發見禮拜五在肉堆的後面，似乎仍舊保持着愛吃人肉的天性；關於這點，我時常顯示着厭惡的態度，當我把這種厭惡的態度現露出來的時候，他就不敢貿然的表示他的本來面目；因爲我無論怎樣，總使他知道他再要提起這件事，那末，我一定會把他殺害的。

這事做完以後，我就領他到我的堡壘裏，首先我就給禮拜五一條洋布褲——這是我從船上那個可憐的炮手的箱子裏找出來的，——穿了起來，長短恰是合式；後來我又替他用羊皮做了一件短外衣，用兎皮做了一頂帽子給他。他這樣穿戴起來，和原來赤裸時的樣子已大大的不同了。當然的，禮拜五是覺得非常的快樂，當他看見他所穿戴的東西，和他主人一樣好的時候。

不過，那是實在的，在起初，他因爲不慣的緣故，所以行走起來，便感到拘束和不便，因此，不免醜態百露了。褲子穿得非常不雅觀，背心的補釘把他的兩隻肩膀都擦傷了。於是我就把他所說的不適意的地方略加放寬些，他就非常喜歡的穿着牠了。

第二日，在我和他回家到了茅舍以後，我開始想着給他居住的地方。在那裏，我必須弄得使他很舒服，同時我也要使自己得到非常的安適，我就在我的兩座堡壘中間——那是我的第一堡壘之外和第二堡壘之內——的一塊空地上，我替他造了一個小的帳幕。爲預防起見，我在我的洞裏，原來的一個出入口處，給牠做了一個門框，同時裝了一扇木板的門，是在出入口的裏面，使他向裏面開，到夜裏我就可以把牠門起來，而且還可以把我的梯子拿到裏面去。這樣，那末禮拜五就沒有辦法跑到我的內牆來了。

現在我還是很擔心，恐他會越過牆來，因此，我在我的牆垣上架起一個用長柱做的屋頂，屋頂上面遮蓋的東西，完全是我的那些蓬帳。牠是斜上直靠在山邊的；橫放在牠的上面的，都是些小的棍子，然後再用堅硬的稻草來掩蓋着，牠是一種非常堅固的東西，和蘆葦的性質差不多。在我的洞穴出入口和用梯子上下的地方，我又做了一扇活板門，假使在那面有人推門的話，那末他決計不能把牠推開，卽使弄開了，然而也要發生一種極大的聲響來。每到夜間，我的軍械也總是隨身携帶着的。

其實，我是無需這些預防的，因爲無論何人沒有像我禮拜五對我是這樣的一個忠心的、可愛的、誠實的人。他沒有情欲，也沒有慓悍之性，和害他人的陰謀。他對我的依依親熱的情感，宛如小孩子對於父親一般。我敢說，他願意犧牲他的生命來救我，在我無論何時用得着他的時候。關於這個，他所給我的許多證據，使我不必再發生什麼疑惑了。這樣，我就立刻的覺悟到關於我的生命的安全上，是無須爲他而做許多的預防工作。

我對於他，是非常喜歡的。我覺得去敎他對於各種有用的，便利的，和有助的事情，認爲是我自己目前最重要的事務；尤其是使他能够說話，使他能够明白我的言語。

36 對他的教育

在我回到堡壘中以後，我就常常想要把禮拜五的用可怖的吃食方法，和愛好吃人肉的胃口來戒掉；那末我應當設法來教化他，同時應當讓他吃別種的肉類，這事，我以爲是要用上面的二方面的辦法同時並行的。

這樣，在某一天的早晨，我把他帶到我的樹林中去，想殺一只小山羊，帶回家去烹調來吃。當我們到那裏的時候，看見我的一隻母山羊躺在樹蔭下面，兩隻小山羊在他的身旁。我握住禮拜五，說：

「止步，——立定！」

他已很懂得我說話的意思，立刻靜立着不動。於是我拿出我的槍，對着牠射擊，立刻一隻小羊被我打死了。

本來，這個可憐的禮拜五，他曾在遠處，看見我殺死了他的敵人，但是他不知道，也不能夠猜想，是怎樣做的；現在他聽見了我的槍聲，更大大的驚懼着。他渾身顫抖起來，我想，他或者竟會傾跌下去了。

過了許久，他的神智，才從惶駭的狀態中回復過來，他解開他的背心，檢查有沒有受傷；我立刻想到，他或許沒有看見我射到一隻山羊，或者看到我把牠殺死，他以爲我決心要殺掉他。他就同到我的面前，對我跪着，把我的雙膝抱住，並且還說了很多的話，不過我是不懂；然而他說話裏的意想，我是極容易明瞭的，就是他懇求我，不要殺掉他。

我馬上尋着一個法子，來使他明白我並沒有加害他的意思。我用手扶他起來，帶笑的指示着我殺死的小羊。我向他做手勢，叫他跑去把牠取來，於是他馬上跑過去照辦了。

當他正在驚疑着這隻動物怎樣會被殺的辰光，我就把槍再裝進子彈。待我看見了一隻大的禽鳥，躲在一棵樹上，剛及我槍彈所及的地方；我爲了讓禮拜五明白我將做些什麼，於是我又把他叫到我的面前來，用槍指着那隻禽鳥，使他明白我將要把他打下來，同時使他知道我將要怎樣射擊和殺死那隻鳥兒。

我立卽發槍，叫他看，他馬上看見那隻鳥兒從樹上跌下來。他見着，好像吃驚的人一般，雖然他已明白我所說的話。我察覺他現在變得特別的驚惶了，因爲他沒有看見我把什麼東西放在槍內；現在他一定以爲奇怪的，無論遠近的，可以致命的東西在槍的當中，那些東西是能够把人，獸，鳥，以及各種生物來殺死的。因此，他所受的驚惶和疑惑，許久都沒有消滅。

我相信，假使我隨便的讓他做去，他一定會崇拜我和我的鳥槍，像他們所崇拜的神物一樣，因爲他對於我的鳥槍，過了好幾天以後，他才敢觸動牠一下；要是當他一人和鳥槍同在一塊時，他就向牠說話，好像牠能同答他的一般。這事我後來詢問過他，他說，他是希望鳥槍不來殺死他。

當時，在山林裏我沒有發現什麼可槍殺的生物，我就叫禮拜五把小羊和禽鳥都帶同家去。當晚他把山羊皮剝掉，盡力把肉割成碎塊；我把他煮了起來，我給些他吃。他吃得很高興，對於我的給予表示無限的謝意。

第二天，我決心烤一塊山羊肉，再給他嘗嘗。因此我把羊肉用繩懸掛起來，在火爐的上面，盡火力來蒸熟牠。禮拜五他是很驚異這件事；但是我給了他一塊肉來嘗時，他就用種種的手勢來告訴我，他是怎樣地喜好牠。這我當然懂得他的意思。最後他對我說，他已經儘量遏制他的慾念，永遠不再吃人肉了，這句話，我聽明白了，是非常覺得快樂的。

第二天，我叫他去打些穀子，並且教他依照我平常所用的方法來篩牠——這個他能做得和我自己一樣好，尤其是在他知道這個工作的意義和用穀子能做麵包之後。——等到把這事完畢以後，我又讓他來看我製造麵包和烘焙應有的步驟。隔不多時，這些工作，禮拜五也可以替我做了，他做得同我自己所做的差不多。

現在我開始考慮着，我已經不是一張嘴巴要吃了，所以我一定要多備些土地來供給我的收穫，同時我也得比從前多種些穀子。因此我揀定了一大塊土地，像從前一樣去造籬笆，把他圍了起來。禮拜五對於這件工作，非但很刻苦很情願的去做，而且他做得非常快樂。

至於這件事爲什麼要這樣做的理由，我也對他說明的，爲的是需要很多的穀子來做麵包；因爲他現在和我住在一起，所以我們必定要很多的穀子，才能維持我們兩人的生活。他對於這點，覺得非常的明白，同時他還使我知道，他以爲我在他身上所費去的勞力比了我爲我自己所費的還要多；他極願肯替我做較難的事務，假使我需要他怎樣去做的時候。

這是我住在這個地方生活的最快樂的第一年。禮拜五談的話，講得很是流利，我有時需用的東西的名稱，他都能懂得，至於我聽他去過的各地方的名字和我時常說的許多話，他也全部可以領悟到，總之，我的舌頭，現在又有用處了，但在以前，的確我是沒有機會去用牠的。

除了同他對話所得到的快活以外，我對於他的爲人也是非常滿意的：他的純粹的一無欺騙的誠實的態度，每天對着我逐漸的顯露出來，不消說，我對他已發生很好的情感，開始眞實地去愛好這個生物了。至於在他的一方面看來，我可以確信，他愛我比了他在從前所愛的事還要厲害。

37 兩張嘴的談話

現在我的嘴巴已有用場了；不但如此，我又敎會了一張會說話的嘴，這在我是無限的喜悅的。因爲我的禮拜五眞是聰敏得很，他的英語已被我敎得非常的流利，因此我對他所談的各種話，所發問的各種問題，他差不多都能够回答我。有一次，我有意去試試他是否依然保持傾向祖國的思想，於是我去問他，他所隸屬的國家有沒有打過勝仗，他對於這個問題，立卽笑着說：「是的，是的，我們常常打勝仗。」他的意思就是指着打仗時時佔着上風的意思。這樣，我們就開始下面的談話：

「你們旣時常打勝仗，那末，你爲什麼會被俘而爲囚呢，禮拜五？」

「無論是怎樣，主人！我國總是常常打勝他們的。」

「怎樣打法呢？要是你的國家打敗他們，你爲甚麼現在還要被俘呢？」

「在我所在的那個地方，他們的人比我們多，因此，他們捉去了我國一人，二人，三人，和我。我的國家在別方面打敗他們，可惜不在那裏，我的國家捉到了一人，二人，數千人。」

「那末，你的一邊爲何不把你從敵人手中奪回呢？」

「他們奔，一，二，三，和我，用木艇駛着走；那個時候，我的祖國並沒有一隻船。」

「好，禮拜五，那末你國家捉獲了他們用什麼方法去處理的呢？他們是不是把他帶走，呑吃着，像這些人所做的一樣嗎？」

「是的，我的國家也要吃人；把他們完全的吃掉。」

「他們把俘虜帶到什麼地方去的？」

「到別的地方去，在那裏他們所想着的。」

「他們來到這裏麼？」

「是，是，他們來到這裏，不過也到別的地方去。」

「你和他們一同來過這裏麼？」

「是的，我到過這裏。（指着島的西北面，那個似乎是靠他們的一邊。）」

根據了這個，我才始明白，從前禮拜五也是在那些野人裏面的，他們時常來到這個島的較遠的地方的岸邊，在這同樣的吃人的機會裏，他現在被帶來了。在許多時候之後，爲我振作勇氣帶他跑到那裏的辰光，這是我以前講過的同一地方，他立刻認出這個地方，並且對我說，他有一次曾經到過這裏，他們呑吃二十個男人，二個女子，和一個小孩子。他沒有方法講出英語的二十，不過他把石子排列着叫我自己計算。

我問他，一共有多遠，從我們的海岸到他們的岸上，木艇是否時常要失掉。他對我說，木艇是沒有危險的，牠從來不曾失去過；不過，去海稍遠有風和急流了，牠們的方面，早上和下午是完全不同的。因此我就曉得這不過是出去或回來的潮流方向罷了。然而到後來，我才始完全明瞭，這事是由於俄里羅哥大河的潮水之漲落而發生的，在這條河的口上，躺着的一塊大陸，就是我們的海島，這個我是在以後發見的；我以前所看見的陸地，就是西比方的特立里得特大島，牠是橫臥在河口的高角上。

我有很多的關於城市，人民，海洋，海濱，以及靠近他們的是什麼國家等等的問題來問他；他把他所曉得的都完全告訴我，他爽直的態度，是可以猜想到的。此外我還問他同種的名稱，不過我別的聽不出，只聽到加里卜人這個名字。我立刻明白這是加里卜人了，在我們的地圖上，可以找到他是美洲的一部份，從俄里羅哥河口到格伊耶那，溯上直到聖瑪爾達。他對我說，那個地方，離距月亮非常遠的，——這就是，在月落之外的外邊，那裏一定是他們的國家的西方。——那裏住的是白色的有鬚的像我一樣的人。——同時他指着我的鬍子，鬍鬚在以前我已經說過了。——他們曾經殺過「很多的人，」——這是他的語調。

這許多說話，我都懂得他的意思，就是指那般巴利亞達人，他們的殘忍殺戮的消息，早已傳遍到美洲的全國，從父到子，每郡的人民，沒有一個記不着的。

我問他，能不能告訴我用什麼方法可以脫離此島，而跑到那些白人的裏頭去；他對我說：

「可以的，可以的，你可以乘了兩隻木艇去。」

我不知道他所說的是什麼意義，同時也不能使他描寫出所說的兩隻木艇的意思，直到最後，用了非常困難的方法，我才明白他的意思是指一隻木艇一樣大的大船而說的。

當他說到這一部份，我是覺到異常的喜歡，我從這個時候起，時時懷抱着許多希望，在將來，總有一天，我可找着一個機會，脫離這個荒島，到那時，這個可憐的野人，將要變爲幫助我的重要工具了。

38 不應有的猜忌

在我的野人——禮拜五和我更加熟識了以後，我就時常和他談說着，他差不多是能够懂得我所有對他說的話；至於他的英語，雖是還不完全的，但所能說的確已說得很流利。因此，我和他之間，就時時說着各種說話，藉以消遣。

我曾將我的生平的歷史告訴他，他聽了很是感奮；我又把歐洲各國的情形描寫給他聽，尤其是從那處來，我們怎樣生活，我們怎樣彼此交際，以及我們怎樣在船上和世界各部通商貿易。

後來我又將那些在他認爲非常奧妙的槍和彈的射擊說給他聽；他非常地感到興趣，雖然他所瞭解的還是一知半解，我又給他一把小刀，他非常奇怪地喜歡牠；我有一根有大鈕扣的皮帶，這條皮帶，好像我們英國用以懸掛腰刀的一般；在鈕扣的當中，代替腰刀的東西，就是我給他的一把小斧，這把小斧不僅在某種情形之下是一件好武器，就是在別的遭遇中也是非常有用的。

有一天，我告訴他我的破船的損壞狀況；於是我同他到海灘上去，我儘量的指示，我的船遇難的較近的地方，和那船現在殘留所在的場所。

「牠是被風濤海浪的襲擊而失掉的，」，我指着船的殘留痕迹對他說：「當我們逃走的時候，我們就把牠拋棄了，當時我用平生的力量也不能把牠略爲推動，可是現在，牠是差不多成爲碎片了。」

看見了這隻船以後，禮拜五呆站着默想了許多辰光，甚至一句話也不說，我詢問他默想些什麼？最後他才說：

「我看見這樣的船，主人！好像到過我的國家裏面的。」

起初我對於他這句話，始終不能明瞭牠的意思；不過到後來，經過我詳細的加以研究之後，我於是明白了。他的意思就是說，有一隻像這隻一樣的船，曾經到過他所住的國家的海岸邊，那個就是像他所說明的，給狂風大浪驅逐到那邊去的。

我立刻猜想到，一定有幾只歐洲的船，沉沒在他們的海灘上，船必定擊成碎片，而被冲到海岸上去了；不過我是這樣地愚蠢，連一次都沒有想到從那隻破船裏逃走出來的人們，同時也沒有想到他們是從什麼地方來的。

禮拜五對我說那隻船的情形很詳細；不過，使我加倍的明白他，當他這樣懇切的對我說着「我們曾救了『白色』的人們，使他們不致於溺斃」的時候，於是我馬上問他在船裏有沒有「白色人，」像他叫他們的一樣。

「是的，」他說；「船中滿載着『白色人。』」

我問他一共有多少人，他用手指表示着他們是十七人。

「後來怎樣呢？」我又這樣詢問他。

「他們都活着，」他回答說；「他們是住在我的國土裏。」

這個在我的腦子裏面，完全是一種新思想；我立刻猜想到，這些一定是那隻沉沒在我的島邊的船上的那些人，他們在船觸礁和發見一定會沉沒之後，就從船裏逃走出來，登上了野人的荒蕪的海岸，我更詳細的問他，他們到後來，究竟是怎麼樣。

「主人！他們依舊住在那裏；」禮拜五確信的說，「他們住得差不多有四年了。我們那裏的人，把他們拋在一邊，使他們孤獨的居住着，給他們生活上所需要的食糧。」

「那末，你們國裏的人爲什麼不把他們吃掉呢？」

「主人，那是不會的；我們國裏的人，和他們結了兄弟；」禮拜五這樣回答我。至於他的意思，我知道是一種休戰之約。於是他又繼續的說：「我們不隨便的吃人，除了打仗的時候。」那就是說，他們從不吃一個人，除了和他們打仗的，和在打仗裏捉到的人。

在這件事以後，又過了相當的辰光，我站在島的東邊的小山上，在那裏，我早已說過我曾經在天晴氣爽的日子裏，發見了大洋或美洲的大陸；今天的天氣也是非常的晴朗；我很仔細的注視着那個大陸，禮拜五突然帶着一種驚奇的態度跳舞起來了，同時他又高聲的喊着我，因爲我是站在他較遠的地方。

「禮拜五！發生了什麼事？」我覺得好生怪異的叫他。

「哦！快樂喲！」他異常興奮的說：「主人！那裏，哦，我看見我的家鄉了；那裏就是！你看，——就是我的國土哩。」

我看見他的臉部表現着非常愉快的態度，他的閃爍的目光，殷切焦望的面色，似乎在他的心裏充滿了回國的意思。

這個觀察，使我發生了很多的思想，這些思想弄得我疑惑我的忠誠樸實的禮拜五來。倘使他眞能够重返本國，那末，他對於我教育的全部思想，和他對於我所有感謝之心，也要忘掉了。並且，他一定要把我的故事供諸國人，或者竟會帶着一二百人同到這裏，把我當作他們的食品，他們吞吃我，將要同他們吞食這些在戰爭中虜來的敵人的快樂一樣。

這一個思想在我的腦子發生影響後，我對於禮拜五已感到不像以前那麼欣慰了；非但如此，我還着實的怕他，恨他。因此我的猜忌心每日增加起來，我總是小心的謹防着；現在我對於他親熱和寬厚的態度，也不像以前了。

不過我却看差了這個可憐而誠實的生物；他對於這事一點都沒有想到，然而他的內心，却同了一個感恩的朋友一樣，非常的光明正大，後來當我把這個發現的時候，我是覺得十分滿意而深深內疚的。

39 最深湛的愛情

你們一定可以相信，當我對於禮拜五猜忌心還沒有消滅的時候，我總是每天向他探詢着，看看能否在他的身上，找到些從猜忌上所發生的新消息，因此，有一天，我跑到那個從前曾經跑過的小山，帶着禮拜五同去。

那天，天氣有些陰沉，海面上是濛濛的像有烟霧籠罩着；所以我們不能够看淸那個大陸。我面對着禮拜五，故意向他說道：

「禮拜五！你不希望你自己囘到家鄉，囘到你的國裏去嗎？」

「是的，」，他囘答我說，「我很高興能够囘到我的國裏去。」

「你在那裏將做些什麼事？」我說：「你是否會再變野人，再會吃人肉，再要變成野人，和你從前一樣嗎？」

「不是，不是，」他很正經的搖着頭說，「禮拜五將叫他們過一種好的生活；叫他們種植，吃麵包，獸肉，乳漿；再不要去吃人肉。」

「那末，」我說，「他們或者會把你殺死。」

當他聽到了我這句話後，他的態度變得更正經起來，於是他就接着說道：「不對，不對，他們不會殺我，他們自願喜歡學習，因爲他們從多鬚的人方面學到了許多的東西，那些人是乘着船來到那邊的。」

「那末，」我於是詢問他說，「你要不要回到他們那邊去呢？」

「我不會這樣遠的在水裏游泳啊。」他說着這話的時候，一壁還笑了起來。

因此，我對他說，我將要替他造一隻木船；他就告訴我，徜使我同他一起去那末他是非常願意去的。

「同我一起去？——唉！他們一定會把我完全吃掉，假使我眞跑到那裏，是不是？」我對他這樣說。

「不會的！不會的！」禮拜五叫出聲來。「主人！我叫他們不吃你：不，我要使他們歡喜你。」

他這句話的意思，就是他一定要告訴他們，我是怎樣的把他的敵人殺死了，又同時把他的生命怎樣拯救了；我又怎樣敎他種植和畜牧，有麵包，有羊肉吃，還有衣服，……所以他一定可以使他們非但不敢加害我，而且還會崇拜我的。

從這時以來，我的心中有了冒險航海的思想，看看我是否能不能去和那些多鬚的人結合；他們，我推測起來，定是斯巴里耶達人，和葡萄牙人；假使我能去，我們大家可以商量出一個從那裏逃走的計劃來。這比我一個人遠離海岸四十英里的一座孤島上，沒有一個人援助的逃走出來，當然要方便得多呢。

這樣過了幾天後，我就叫禮拜五工作了。和我談話的時候，我告訴他，我將要給他一隻船，使他回到他的本國去。於是，我就帶他到我的三枝桅船的那裏去，船是躺在島的別一面，時常沉在水底裏；現在我把牠弄起來，把船內的水用手指乾，指示禮拜五看看，於是我們兩人同走到船艙去。

我覺得禮拜五對於航駛一道，確是個非常伶俐能幹的人；他的行船技術，差不多能够和我駛得一樣的迅速。當他走進船裏來時，我和他說：

「好，現在，禮拜五！我們是不是要行到你國家去呢？」

他聽了我的話，面上突然現出冷淡的樣子；好像他是因爲這隻船太小了，不能行駛過遠。我於是告訴他，我還有一隻較大的木船。

第二天，我領禮拜五到我第一次製造的那隻船的所在的地方，這隻船我沒有辦法能够下過水，但是，自從我未曾照顧牠以來，棄置在那邊已經二十二三年了，太陽晒得牠已經乾枯和破碎，並且已經朽爛了。

「像這樣大的船隻，」禮拜五對我說，「對於航海是很好的，可以裝載很多食糧，飯料，麵包；」——這就是他說話的口氣。

總而言之，在這個時間裏，我對於和他同到大陸去的計劃是很堅決的。我對他說，我們需要去造那隻一樣大的一只船，這樣，他就可以坐在牠的裏面回到他的家裏去。但他一句話都不回答我，同時他的臉上，却露着一種莊重而憂悶，我詢問他，他爲什麼要這樣，他立刻問我說：

「你對禮拜五爲什麼要發大怒：我做了什麼事？」

我問他，他說的話是什麼意思；同時我對他說，我並沒有發怒過。

「沒有發怒！」他幾次把這句話重複着；「爲什麼要送禮拜五回到家鄉去？」

「什麼？」我說，「禮拜五！你不是說過你希望回到那裏去嗎？」

「是的，是的，」他回答着說，「希望兩人一同到那裏去；不希望禮拜五一人到那裏，而主人却不到那裏。」

總之，他並不想回去，除非我同他一起走：他的意想就是這樣。

「我去那裏！禮拜五，」我說，「我在那邊將要做些什麼？」

「你要做很多的事情！」禮拜五非常迅速地回答我，「你要教訓野人，使他們變成好的，清醒的，和順的人，你使他們知道着新的生活。」

「唉，禮拜五，」我說，「你不知道你說的是什麼；我也不過是一個無知無識的人。」

「是的，是的，」他說，「你教訓我，你教訓他們也好。」

「不，不，禮拜五，你將不要和我一起去：讓我一人在這裏生活着吧，像我以前的一樣。」

他聽了我這句話以後，他似乎茫茫然了。他很匆促的，跑到他常帶那把小斧的地方去，立刻把牠拿來送到我的手裏。

「你拿給我這把小斧做什麼呢？」我覺得有些莫名其妙起來。

「你殺了禮拜五吧。」他說。

「我爲了什麼原故要殺你？」

他非常直接爽快的回答：「你爲什麼要叫禮拜五遠離你？殺了禮拜五罷；不要再叫禮拜五回去。」

他說這些話的時候，態度非常眞誠和懇切，我看見他的眼淚，已經他的眼眶中滾出了。這是非常顯然的，最深湛的感情的流露，同時也是他的異常堅決的志向的表示。因此，我就對他說，以後永遠是如此，我將再不送他離我而回去，假使他情願同我住在一起的話。

總之，我在他所有的談話裏面，却發見了他對於我的堅定的愛情，這種愛情可以說是沒有一件東西足以使他和我分離的，現在我已明白，他的所有的同國之欲望的基礎，完全是建築在他的愛慕同種的熱心，和我替他做好事的希望。我對於這件事，一些觀念都沒有，所以我也沒有至少的思想，傾向，或者是願望去實行牠。

40 又發生了

爲了禮拜五對我談及有十七個多鬚的人，曾在他們的國土裏的消息，我就有了冒險過海，圖逃脫荒島的思想，現在這思想更强有力的鼓動着我，使我的安靜已久的心，又熾烈的興奮起來，因此，再有許多延遲，我和禮拜五就開始預定的工作了。

我們主要的事，去尋出一株大樹，斫伐成一只合宜的獨木舟，或是木艇，以便從事於旅行，在這島上的森林裏，是有很多足够極大船隻的木材，但是我們所最注意的木材是造一只靠水的船，當我們製好便可讓牠下水，不致再犯上次的過失。

我和禮拜五在森林裏，找尋了很多的辰光；最後是禮拜五擇定了一株大樹，因爲我覺得他比我知道的多，那種樹木造船是最合宜的，於是我就由他去辦理。

禮拜五是想把樹燒得一個洞，或一個穴來造一隻船，因此，我指示着他怎樣用器具來把牠斫下來，後來等到我教他採用器具來工作後，他已工作得很輕巧了。大約在一個月的困苦的工作中，我們把船已經完成；牠是造得十分美好的，尤其是當我指示他怎樣去利用斧頭斫割樹的外部，使牠形成一隻船的式樣的時候。

這事完工以後，我們又費了大約二禮拜的時間，去把牠放在大的轉木上，使牠逐漸的捱近水去；不過當牠到了水裏，牠却可以很容易的搭乘十二個人。

我覺得非常驚奇的，當我看見了禮拜五把這木艇駕駛得、掉轉得、搖划得這樣伶巧和這樣輕快的時候。因此，我就問他；他願不願和我在船裏一起向前冒險。

「主人！當然願意的。」他說：「我們很可以在船裏冒險前進，雖然是颳着大風。」

然而我的心中，還存着別的工作計劃，在他是不知道的。這就是去製造一根船桅，一張篷帆，和用錨纜繩來配置起來。

說到船桅，那是很容易得着的，只要擇定一株筆直而小的柑樹就好了，好在這島上這類樹木多着，我就指示禮拜五去工作。把牠斫下來，再教他用各種方法去削成桅竿的形式，但是船帆那樣的東西，却是不容易辦好的。

我記得在二十六年前，自己曾保存着一些船帆的破塊，但未曾猜想到我將要把牠們做這種用場，所以沒有好好的保存着牠們，想牠們到現在，大概完全是朽爛了。

於是我把儲藏牠們的大桶和藤籃都打開來，的確，牠們之中，有很多是朽爛的。不過，我找得了兩塊，看起來還很可派用場，於是我就把牠們開始做帆的工作。

因為沒有鐵針幫助我縫補的緣故，我雖用了極大的勞力，結果只算造成了一個醜陋的像在英國我們所叫做三角帆一樣的東西，在牠的下面，用着一根帆牆的橫木，在上頂是一根較短的橫扛，牠行駛起來，和我們時常在長舢板上所用的一樣，我既於駕駛的方法是非常熟練的，因為牠和我們從巴巴利人逃走出來的那樣的船差不多。

我從事於裝備錨索和配置帆桅的工作，近乎耗去了二個月的時間；因為我把牠們製造得非常的完好，一根桅索，一張篷帆，這些都是幫助我迎風而駛的必需用具，所以我是一點不肯馬虎，而是十分小心謹慎製造牠們的。

比了這些東西尤其要緊的，就是我在船的後面，裝置了一把便於行駛的船舵，我雖則是一個拙劣的船匠，然而我却知道這東西的功用；所以我就盡力用着自己的勞力，把牠們完成，但在這個工作上，我爲許多愚笨計劃所費去的時間和勞力，比造錨、纜、帆那些攏總所費的還要多。

這些事務完全佈置好了以後，我就把駕駛帆船的方法敎給禮拜五，他雖則對於搖船的技術是非常明瞭的，然而他却不知道帆和舵的功用，他是覺得非常的驚奇，當他看見我去駕駛這隻船，用了舵把船駛入海中，牽帆使船轉移，或前或後，或左或右，依照我行駛的路程而改變的時候。起初他吃驚得像木人樣的只呆看着我在駕駛；後來我就用詳細的解釋，敎他實地來練習：經過我幾次敎授的結果，除了羅盤的使用，難以使他瞭解外，其餘他是完全的明白的，他於是就變成了一個經驗豐富的水手了。

現在我囚居在這島上，已經是第二十七週年了。我自有了這冒險航海的計劃後，自己知道不會再在這裏多住下去；不過在還未離去這裏以前，我仍不停地從事農事，掘地，種植，牧畜的工作，和以前沒有兩樣。

不久，雨季就來了，在那個時期裏，我困守在家的時候，比較任何的季候來得長。不過我們把新造的船舶，竭力使牠安全的保藏起來。我們是帶牠到一條小溪裏面，在那裏，就是我從前把木排拿上岸去的地方。把牠在潮水最高點的岸上，同時叫禮拜五去掘了一個大足以使牠容放，深足以使牠上浮的船塢。當海潮退落的時候，我們又築了一座橫在船端上的土壩，這樣使他在潮漲的辰光，就可以很乾燥地躺在裏面了。

爲了避免風雨的襲擊起見，我們放了許多樹枝在牠的上面，繁密的掩蓋着，好像茅屋的一般。這樣，我們專等着十一月和十二月到來，在那時，我就可以打算冒險的旅程了。

當那風和日暖的天氣到來時，我那圖謀旅行的念頭，也一日濃厚一日了，每天我總是籌備着這事的實行。我貯藏了很多量的麥，米，穀作我們遠行時糧食；在這一兩個禮拜之中，我就要把那個船塢開放，領出我的船了。

一天的早晨，我是非常忙碌，我就叫禮拜五到海邊去，看看能不能找到一二隻龜或鼈來做餐；但他走得還沒有十分遠，忽然的跑了回來，跳過我的籬笆和外牆，輕捷的好像沒有把脚落地一樣。在我未曾有暇詢問他前，他已向我連聲大叫起來。

「哦，主人！哦，主人，哦，不好！哦，壞了！」

「什麼事？禮拜五！」

「哦在那邊，那面——」他說，「一，二，三，三只木艇；一，二，三！」

依禮拜五習慣說話的方法，我判斷那裏是有六只木艇，不過，經我查問之下，我才始明白一共只有三只罷了。於是我說：

「好，禮拜五，別害怕！」我是竭力的去壯他的膽量。

然而這個可憐的人，仍舊是異常驚惶的，因爲在他的腦子中沒有別的思想，只是以爲他們是來找他的，所以他充滿着他們要把他切成碎塊來吃他的恐怖，他面色蒼白的戰慄着，我竟不知道用什麼方法來處置他，我只有竭力的安慰他，告訴他，我是和他處在同一的危險之中，他們或者要吃我，和他們要吃他是沒有兩樣的。

「但是，」我說，「我們必須要決心和他們一戰，你能不能打仗呢？禮拜五！」

「好，我開槍，」；他回答我說，「但是那邊來了很多的人。」

「那是沒有關係，——那是沒有關係的。」我再三的對他說，「我們的槍將使他們驚懼，我們可以不殺死他們。」

於是我就問他，倘使我決意保護他，那末他是否可以能够來保護我，幫助我，做我吩咐他應做的事。

「就死，我也願意，當你吩咐我得死的時候；主人！」禮拜五非常堅定的回答我。

於是，我叫他拿二把打鳥槍，用大子彈裝着，同小手槍內裝的子彈一般，同時我自己拿了把小手槍，每把槍的裏面裝滿了兩顆斜形彈和五顆小子彈，在另外的二把手槍裏，每把裝滿了小彈丸，我的大刀，口出鞘的照平常一樣掛在我的腰間，把那把小手斧，我給了禮拜五。

我們這樣預備好了之後，我就拿着望遠鏡走上山的那一邊，看看我能發現些什麼，憑藉了望遠鏡的力量我馬上看見了有二十一個野人，三個囚虜，三只木艇，他們似乎又是專爲那三個人的肉體來開勝利的宴會的，——不，那是一個怎樣殘暴毫無人道的宴飲啊！

不過，在他們，對於這種事是很覺尋常的，這時我很注意着他們上岸的地方，不過，並不是禮拜五逃走的那邊，却是我泊船的小溪的那面，海岸是低下的，還有一座非常深密的樹林，伸展下去，和海沿相近。

這個立刻激起我無限的憤怒，我於是再跑下山去，到禮拜五站着的地方，同時對他說，我是決意跑到他們那裏去，把他們完全殺掉；並且問他願不願幫助我，他現在是一些不害怕了，他告訴我，像以前一樣，他情願死，當我吩咐他，要他死的時候。

41

一場劇戰

在這憤怒之下，我把以前我們常帶的兵器分配一下，我給禮拜五一只手槍，揷在他的腰帶上，又把三把長槍，放在他的肩上；此外我更給他一大袋的火藥和子彈，我自己呢，拿了一把手槍，和其他的三把槍，同時我吩咐禮拜五緊隨着我走，不要自由移動一步，或是用槍射擊；如要有什麼動作時，他須待我的吩咐後，方才可以，並且在這個辰光裏，是不可發任何聲音和言語的。

在這樣的情勢之下，於是我們出發了，我沿着樹林向右繞行了約有一里多路的圈子，這個完全是爲着過小溪，入樹林的便利；那末，在未被他們發見以前，我們就可以用彈丸來對牠們射擊了。我用望遠鏡來看了一看覺得這個是很容易辨的。

我到了樹林裏面，用了非常小心和鎭靜的態度，向前進行；禮拜五緊隨着我的身後。我走到了靠近他們的樹林的一邊，不過，在我和他們之間，還有樹林的一角隔開着，在這裏，我輕輕地叫禮拜五，指示他一棵樹，吩咐他爬了上去，能不能明顯地看見他們，和他們在那裏做些什麼。

禮拜五刻依我的話做了，不久就由樹上揉下，跑到我面前來，告訴我說：

「主人！在樹上我很淸楚的看見他們；他們在火的旁邊圍繞着，嘴裏都吃着囚虜的肉；還有一個，綁在沙灘上，主人！他們第二次就要把他殺掉了。」

這報告，使我更加憤怒了！並且禮拜五又對我說，那個囚虜不是他同國的人，而是一個多鬚國裏的一人，這種人就是他在上次所告訴我的，乘着船來到他國的那些人，我一聽到說是白色人，我立刻就恐怖起來了，於是我也爬到樹上去，我取出望遠鏡觀望着，這一望，我幾乎叫出聲來，因爲我很明顯地眞看見一個白色人，他的手足被旗幟或是像蘆葦一般的東西縛着，橫躺在海灘的上面，他的確是一個歐洲人，在他的身上，還穿着衣服呢。

在一座小森林的外邊，還有一棵樹木，他比了我所站着的地方，大約要近了他們五十碼，我跑了幾步，我看出，我可以到那裏去，並且不被他們發見；這樣，我和他們所距離的遠近，只有一粒子彈射程的一半了。

我極力把我的情感壓制着，因爲我是怒不可遏了，我退後二十步，跑到一個叢林的後面，這些叢林是沿着路生長的，我走過去，直到我走到別一棵樹的地方；在這裏，我找到了一塊高聳的土地，牠使我在距離八十碼的地方，能够完全把他們看到。

這眞是一個最好的時機，因爲圍坐在地上的有十九個野人，剛却是打發其他二人去殺害那個多鬚的人，叫他們把他一肢一肢的帶同火旁，現在他們正在屈着身解放他足上的細紮，我就回轉身來，輕聲的對禮拜五說；

「現在，禮拜五，你做我吩咐你做的事。」

「好，」他說；「主人，你說吧。」

「那麽，禮拜五，」我鄭重其事的說，「確實的做，看我所做的事，不可失事，記着。」這樣，我把一枝槍和打鳥槍放在地上，拿着別的一枝槍，就向野人們瞄準，同時又吩咐禮拜五依我的樣子做着，我問他預備好了沒有，他說：

「好了。」

「那末射擊他們罷，」我說；同時我就要放射起來。

禮拜五用槍的準確比我還要好些，在他放槍的那一邊，他打死了二人，打傷了二人；在我的這邊，我只殺一人，打傷二人，他們受着這意外的襲擊，嚇得什麼似的，沒有受傷的人，於是都跳將起來，但是他們不知道應該向那一條路逃走好，因為他們不明白殺傷他們同伴的東西，究竟是從那裏來的。

禮拜五向我注意着，像我吩咐他一樣，他可以注意我隨時變換的行動，一經第一排槍放過以後，我立刻放下我的槍，再拿起打鳥槍來，禮拜五也這樣做着，他看見我眤目斜視對準了槍口，他又照樣的從事。

「你預備好了嗎，禮拜五！」我說。

「好了，」他說。

「放罷，」我說完後，我又連放了數槍，禮拜五也照樣地放着。

我們只看見二人跌仆下來；但是許多受了傷，他們跑着。手足無措的喊叫起來，像瘋子的狂性發作起來一般，接着，他們都出血了，他們之中有許多重傷了；後來還有三個人立即仆下來，雖然未曾完全的死去。

「現在，禮拜五，」我說，「把放過了的槍放下來，再把已經裝置好了的槍拿起；隨我來吧。」

他用了很快的手續做好這件事；因此我衝出林去，現出身來，禮拜五緊隨着我，我看他們瞧見了我，我就竭力地大叫起來，吩咐禮拜五也這樣做；同時我竭力的跑，我直向那個被害人的地方跑去。

那個多鬚的白種人，我曾說過，他是躺在海灘上，在那些野人和大海的中間，那兩個正要來動手的屠夫，因爲聽見了他們第一次所發的槍聲，驚駭得早已離開了他，而很惶急地跑到海岸的一面去，跳入一只木艇裏；此外還有三個人也這樣的做着，我吩咐禮拜五立刻追上去，開槍射擊他們，他卽時明白了我的意思，追跑了大約有四十碼，在已靠近他們的地方，他就實行射擊了，我想他已把他們殺完了，因爲我看見他們在船中跌成一團，雖然我後來看見他們之中有二人曾馬上又立起來，他畢竟殺死了二人；第三人因爲受了傷，所以他們臥着，好像死去的一樣。

當禮拜五開槍射擊他們的時候，我就拔出刀來，割掉縛着那個可憐的被難人的繩子，鬆開了他手足的細縛，同時我又扶他起來；一面我用了葡萄牙語詢問他是什麼人。

大約他是受到驚駭了，他陷於神智昏迷的狀態，一時還沒有清醒過來，停了一會，他似乎聽清我的話了，才吶吶地說道：

「我……我……」

因爲他太悃倦，竟不能說下去。但我從他的發音裏，已知道他是用拉丁話說的。我於是再問他是那一國人。

「我我是西班牙，……」他說着，同時他又用他所能做的種種手勢，表示他有我的救助，實在感激得了不得。

「先生；」我竭力地用我所能說的西班牙話來說，「以後我們再談罷；目前我們必須戰鬪，假使你還有餘力的話，你就把這個手槍和刀拿去亂打罷。」

他很感激地把牠們拿着了；一經武器在手，好像給了他新的膂力一般，他就憤激起來，立刻追殺那些殘害他的屠夫，頃刻之間，便把他們殺死了二人，砍成數塊。

不消說，這些事變，對於他們是出其不意的，所以那些可憐的生物，聽了我們的槍聲是這樣地害怕，竟會使他們僅因驚恐，便跌倒了下去，再沒有能力去試圖逃走，好像他們的肉體沒有能力去和槍彈抵禦一樣，這就是禮拜五射擊那逃在船中的五個野人的情形：事實上他們並沒有死，三個是受傷而倒下，其餘二個是因恐懼而跌翻了。

我拿在手裏的槍，始終沒有放射過，因為我正在預備着我所需要的彈丸；我於是叫禮拜五過來，吩咐他爬上那棵我們第一次開槍的樹上去，把放在那裏的開過的空槍都拿來，這事禮拜五很敏捷的辦妥；我就把他們都裝上子彈，把一支交給禮拜五，我重又把自己的槍也把彈丸裝好，以便隨時的應用。

當我剛把槍裝入彈丸的辰光，禮拜五告訴我一個消息，說西班牙人和野人裏面的一個人發生劇烈的戰鬪了，野人用來攻打西班牙人的東西，是一把木大刀，這就是以前他利用來殺他而被我阻止的武器，西班牙人的冒險和勇敢的氣概是可以推想到的；他雖則疲乏，然而和那個野人還對打了很多的時間，在他的頭上，還割破着兩條極大的傷痕，不過那個野人是非常强壯的，他反把他打得暈過去了，同時又把他手裏我給他的刀也奪去了，這時西班牙人是倒在他的下面，然而他是非常機警的，他立刻丟掉了刀，馬上又在腰帶上摸出我給他的槍來，就對着野人射擊的霎時間，他已打穿了野人的胸膛，當場把他的性命結果了。

現在禮拜五是擎着一把小斧，追趕着那些逃命的野人，他先把那三個受傷的野人殺死了，至於其餘的，他都能够趕得上他們，西班牙人走到我的面前，向我要一支槍，我就把我的鳥槍給他了，於是他就向那兩個野人追去；用了這個，他把他們打傷了；但是他不便於奔跑，所以他們兩人就從他的身旁逃進到樹林裏去；在那裏，禮拜五接着追逐他們，結果他們裏的一人又給他殺死了。

但是，其他的一人比了他却總是跑得敏捷些，他雖則是帶着傷，然而他還能跳入海中，拚命的向着那隻有兩個人的木艇方面游去，於是在木艇之中，有了三個人了，其中一人是受着傷，這些就是在所有二十一個的野人裏面，僅從我們手裏逃走的人。

42 骨肉之情

在木艇裏面的那些野人，他們拼命的把艇划出我們槍彈所及的地帶，雖然禮拜五還對他們開槍掃射，也不能够再把他們打中了，當時禮拜五非常心急的要把他們的一只留在海岸上的木艇取來，去追趕着他們；實在，我對於他的逃走，也是十分憂慮的，因爲恐怕他們帶信息去報告其他的野人，那麼他們一定會捲土重來，帶着二三百隻的木艇來也難以預料，僅賴他們人數衆多一端，便也可以把我們呑噬了。

這樣，我就答應他在海上去追趕他們，同時我就奔走到他們的一隻木艇旁，立刻跳了下去，並且吩咐禮拜五跟着我，不過當我走入木艇裏的辰光，我是覺得非常吃驚，因爲在那裏我發見了一個手足被綑，和西班牙人相似的生物，他——這個可憐的被害者，因爲飽受驚嚇，差不多像死人的一般；所以他現在是不知道在發生的是什麼事情，因爲他是自頂至踵都被嚴密的綑綁着，就是要向船外探察一下，也是不能够；他是被綑得很久的時候了，所以他現在只有一口氣存在着。

我立刻割斷了那些他們用來綑綁他的繩子和蘆葦，同時把他扶了起來，不過他是不能起立或說話，只是不住呻吟和嘆息，眞是非常地可憐；在他始終以爲他的被解放，不過就是把他殺害罷了，當禮拜五跑到他的面前來時，我就吩咐他向他說話，並且告訴他說，他是被拯救了。他才夢驚似的蘇醒過來，立刻在船裏坐起來了。

不過，這時的禮拜五的神情，突然的改變了，舉動也瘋狂了起來：他是怎樣地去吻他，摟他，抱他；同時又怎樣的叫喊，嘻笑，吶喊，左右跳着，舞着，唱着歌曲；接着他人叫喊起來，絞他的手，打他自己的臉和頭，於是他又唱着歌，跳着像一個癲痴的生物一般。

看了這瘋狂的人性至誠的動物，誰看見了，誰也感動得會下淚的，隔了很多的時間，我才始使他向他談話，或者對我說，他是在做些什麼；當他稍爲清醒以後告訴我，那個就是他的父親。

我是受到怎樣的感動，當我看到了這個野人是怎樣地歡忻，和怎樣的孝思。在他發見他的父親在死中得到拯救的時候。這種感動的程度，我實在不能把牠表明出來；其實我也不能把他所表示的濃厚的愛情描寫出來。因爲現在他還是老在船裏走進走出，走了無數的次數。當他跑進船艙，到他父親面前的時候，他就在他的身旁坐下來，同時打開他自己的胸部，把父親的頭緊靠着許多時候；他才始去撫摸牠。後來他又拿起他父親的因緊綑而痲木僵硬的臂膀和脚踝摩擦着。

這事把我們追趕那些野人的舉動停止了；他們現在走得差不多看不見了。沒有做這件事，說來那還是幸運呢，因爲在兩小時後，就颸起大風，而且整夜的颸着；風向剛却迎着他們，因此我不能猜想他們的船是否還生存着，或許當他們還沒有行到四分之一的路時，船連人早已捲入海波了。

可憐的禮拜五他爲他的父親是這樣地忙碌，我總是不能在我的心裏尋出這些方法來把他和他分離着多少時間。不過，我想到在他能够離開他一些時候以後我就叫他到我的面前來，他跑來時跳笑的態度，可以說快樂到極點了，我問他，他有沒有拿些麵包給他父親吃，他搖着他的頭說道：

「一些沒有，我自己的麵包已經給醜陋的狗完全吃掉了。」

於是，我在我有意帶出來的小袋裏面，拿出一塊餅干送給他吃；同時我又在帶來的三束葡萄乾中分一束給他，叫他送到他父親的面前去。

他從我的手中接過葡萄乾交給他父親以後，我立刻看見他從船中跳了出來，飛奔遠去，好像是被送的人一樣，他是跑得那麼的快捷，頃刻間，已看不見他了，雖則我在他的後面大聲叫他，他好像沒有聽見，也沒有一言回答我。——他是去了，很遠的跑去了。

只過去了一刻鐘的樣子，我已看見他跑了回來，不過，他已跑的比以前較緩，因爲我發覺在他手裏，却已拿着很多的東西，當他跑到我的面前的時候，我知道他已經回家過，因爲他是去拿一罐清水來給他的父親喝，此外，還拿了幾塊麵包和餅干。

當他的父親喝了水以後，我就叫他看看還有沒有餘剩下來的水，因爲我也是非常的口渴。

「有的，主人！」他回答我說，同時就拿罐子送到我的面前來；我稍爲喝了一些，又叫他把牠給與那個西班牙人喝，我知道他對於水的需要，正和他的父親的情形一樣，我又叫禮拜五再拿些麵包給他，可憐他這時身心都已非常疲乏，所以他在樹蔭下的草地上躺下來休息了。

當我看見禮拜五拿了水跑到他的面前時，他就立刻坐起來，把牠喝着，一面又把那些餅干吞吃，這時我又跑到他的面前，再給他一束葡萄乾，他用了所有感激之情，來向我觀望，不過他是非常疲倦的，雖則他對於因鬪爭而使他困乏的事並不以爲意，然而他始終不能站起來，他試站了二三次，總是沒有成功，因爲他那被粗帶縛綑的脚踝，發生腫漲，這對於他是異常的痛苦的；因此，我就叫他靜坐着不要動，同時我命令禮拜五去摩擦他的脚踝，和他以前他替他父親所擦一樣。

但是，我發覺這個可憐而又忠孝的禮拜五，他雖聽我的話坐在草地上摩擦那個西班牙人的脚踝，可是在他的內心，我斷定他是甚爲不安；因爲他是每隔二三分鐘的時間，就回過頭去，看看他的父親的坐位和情狀有沒有發現變動，最後，他發覺他的父親不能够被他看見了；他就突然的立起來，一聲不響的用了他非常敏捷輕快的脚步，奔跑到了他的父親那裏，但是在那裏，他只看見他父親躺下身來舒伸手脚；於是禮拜五立刻回到我的面前來，我就向西班牙人說。

「假使先生，你願意的話，讓禮拜五來扶你起來吧；從船上回到我的住所去，在那裏，我就可以照應你了。」

西班牙人聽懂了我的說話，馬上非常感謝似的回答我說：「好的——那是最好沒有了。」他，我的禮拜五，的確是一個很强健的人，立刻把西班牙人駝在背上，又輕脚輕手的把他在木艇旁邊放下了；然後再把他的脚放進艙內，同時抱起他的身體放在他父親的身旁，他立刻再走出來，坐在船頭，駕駛牠前進；雖然天颳着大風，但他駕駛的速力着實比我跑路還要快哩。這樣，他就把這二人很安穩的帶到我的小溪中了。他離別了他們，跳出木艇來，當他經過我的身旁時，我詢問他道：

「到什麼地方去呢？禮拜五！」

「哦，我再去取一隻木艇來。」他說着，就旋風一般的奔去了。

不久，他已搖着別的一隻木艇來了，我剛巧從陸上也跑到那裏，於是他就划過船來渡我過溪，然後再去把船裏的新客人扶起來；但是二人之中沒有一個能够走路的，弄得禮拜五一無辦法。

爲了這事，我很快地想到了一個補救的辦法，我喊禮拜五叫他們坐在溪邊的岸上，當他走到我的面前的時候，我馬上動手造一座簡單的手車，把他們載在上面，禮拜五和我就把他們帶了回去。

但是把他們帶到我的外牆時，我覺得比前更沒有辦法了，因爲要把他們越過牆去，無論如何是辦不到的事情，同時我也不能就把這牆拆掉。可是怎麼辦呢？

最後我又不得不開始工作，差不多只費兩個鐘頭的時光，我和禮拜五已把一個美好的篷帆完成了。牠的上面是蓋着舊船帆，又把樹枝稻草蓋在帆的上面。牠是就建築在我的外牆外面，在我以前所種的幼木的樹林和我的籬笆中間。

在篷帆裏面，我們還替他們造了兩隻床，床的原料完全的用很好的稻草舖成。在稻草上面再舖上山羊皮，當作睡臥用的；同時我又給他們各人一條氈子，蓋在他們的身上。於是他們都得到很舒服的安適了。

43 生死關頭

現在我的島上已有人類居住了，我覺得我的人民是非常繁盛的。這是一個我時常想起的快樂的回憶，我看起來，簡直同皇帝一樣。因爲整個國家完全是我的私產，所以我有統轄全境的眞實努力，同時，我的所有人民，對於我是絕對服從的，所以我又是全權主宰和制定法律的立法者。他們的生命完全是我給他們的，他們無時不在預備着生命的犧牲，假使我有機會去用他們的時候。

當我安定了我的兩個疲乏的得救的俘囚，替他們造了一個住所和一塊休息的地方之後，我開始爲他們製造些食物的工作，首先叫禮拜五到我指定的羊羣裏面去捉一隻介於小羊和大羊之間一年養大的山羊來把牠殺掉，割下後部的腿來，切成許多的肉塊，用火炙烘着，做成一道滋味很鮮的燒肉；我就把麵包同着帶到新的篷帳裏面去在那裏，我替他們佈置了一張桌子，我坐下來，和他們一同吃着我的午餐，同時我更說些興奮的話來使他們快樂和振作，禮拜五做了我的翻譯，不但是對於他的父親，其實他對於西班牙人也是一樣；因爲那個西班牙人對於野人的言語，說得是非常流利的。

在我午餐——也可說是晚餐，完畢以後，我就吩咐禮拜五坐了一隻木艇，去把那些軍器收回來，因爲在我們臨走的時候，覺得搬運牠們有許多不便，所以就留在戰場上了。第二天，我又吩咐禮拜五去把那些野人的屍首埋葬起來，因爲他們都是曝露在天亮的地面上的，我又要把他們那些殘忍的飲宴留下來的可怖的骸骨血肉埋妥；這些事，我想自己是無論如何不能做的，——不，我不忍去看見牠們，當我走到那邊的時候。

這些事，禮拜五很快的做好了；並且在那裡所有的野人的跡象，也都完全抹去，這樣，我假使再到那裏，那末我是很不容易辨別出牠是在什麼地方了，險非禮拜五站在樹林的一角，指出那些地方來。

我於是開始和我的兩個新人民說些很簡短的談話，首先我叫禮拜五去詢問他的父親，他對於那些野人，乘艇逃遁的事，有什麼意見，我們是否要疑慮着他們帶着極大的力量來和我們對抗。他的意見是這樣：那些坐在艇裏面的野人，一定不能逃出他們走後那晚的大風所生的危險，他們也許是當場溺死了，或者竟給那些大風浪驅逐到南方的海岸上，在那裏，他們會被吃掉，這和如果在海裏溺斃是一樣的。

「倘使，」我說，「他們已經平安的上了岸，那末，他們將會做些什麼事呢？」

「我也不得而知的。」他這樣回答我，接着他說起另一個意見，根據禮拜五的翻譯是這樣：他們對於那些用以攻擊他們的方式，火藥，響聲，覺得是異常恐怖的，他深信，他們一定會說他們的同伴被雷電打死，而並沒有經過人手的話去告訴他們的國人。同時，他們一定會以爲那二個被他們看見的人，（我和禮拜五，）當做是兩位天仙，或是報仇的神道，特降落下來殺害他們的，因爲他們始終不能見到的一個人發着火，聲如雷響，可以不擧手，在老遠就能殺人的像現在所做的一樣。

這個老野人說的話是非常對的，事實確是如此，在我以後的時日裏面，從來沒有看見過野人再跑到這個島上來，然而在當時我總保守着恐怖的心理，時刻防備着我的軍器，以備他們的侵襲。現在我是有四個人了，我確信可以冒險去對抗他們一百個的野人，無論是在什麼地方上。什麼時候裏，都可得到極大的勝利。

隔了許多日子以後，我的謹防的心理，因爲再看不見什麼木艇的形迹，已漸漸地淡忘了；怕他們再來的恐怖，也漸漸消滅了。從這個時候起，我又恢復以前想要旅行大洋的思想，並且考慮着怎樣進行的步驟。加以禮拜五的父親對我確定着，假使我願意去的話，那末，在他們的國裏，一定能够得到優渥的待遇。於是我對於這事的興趣和熱心，更是一天天濃厚了起來。

但是，我的這個計劃，立刻又把牠暫時停止了，這是當我和西班牙人經過了一次嚴重的會話以後。在這個談話裏，我得悉在那裏還有留着十六個他的同國的人，和葡萄牙人；他們在船破之後，就逃到那裏去了。現在他們和那些野人是非常親愛的同住着；不過爲着生命的原故，需要物件的供給，是十分憂慮的。

「那末，」我說，「你們去旅程中的詳情，是怎樣的呢？」

「啊，那個說起來，話就很長了。我們是乘着西班牙輪從里阿得拉白拿大向着哈佛那島前進的。在那裏，把我們的皮革和銀子的船貨起卸了，同時把他們在那裏所遇到的歐洲貨物裝運回去。我們一共有五個葡萄牙水手在船上，這些人是被我們在別的破船裏救出的；我們自己的五個水手，已經在水裏溺死了，當我們的船第一次失事的辰光，所有脫逃出來的人，也是經過了極大的危險；我們到達吃人肉的野人的海岸的時候，大家幾乎都要餓死了。現在那裏的幾個人，無時不恐懼着被野人吞吃，還有什麼生命可言呢！」

西班牙人說了，不勝的嘘吁起來，神情甚是頹喪。

「哦，難道在你們的船上，不帶一些防身的軍器嗎?」停了一會，我問他說。

「不是沒有，不過無所應用；因爲我們既沒有火藥，又沒有彈丸，所帶的一些呢，都已經被水浸壞了。除了一些以外；這個又在我們第一次上岸的時候，也已把牠在食物的供給上面用去了。」

「假使你們那邊企圖逃去的話，那末，你們將要變成什麼樣子呢?」我重又這樣問他。

「這個問題，我們眞不知會議過幾多次；但是既沒有船，又沒有造船的工具，更於糧食也是缺乏，所以我們會議的結果，不過是嘆氣和失望，互相流淚罷了，」

他說着，同時他那可憐的眼光，哀求似的定注在我的臉上，露出希望我拯救他們的神情來；於是我就很爽直的對他說：

「你想是怎樣，假使他們採納了我助成他們的逃走的提議之後!——老實說，我對於他們最怕的就是奸詐和虐待，當我全部的生命交給他們手裏的時候。或許他們會把我做成他們的新西班牙的俘虜，在那裏，單獨的我這個英國人，將要變成他們的犧牲品了。所以，要我做他們的被救的工具，是非常不願的。」

「那不會的，——絕對不會的!」這位西班牙人這樣萬分堅斷的說，同時他高興得跳了起來，一壁用手拍他的胸脯，一壁緊握着我的雙手，我看他感激的熱淚，一時在他極度興奮的情緒中流了出來。

他誠實的回答我說，假使我情願，他將先到他們那裏去，——和老野人一起，他們說及此事，斟酌着這些問題，然後再跑回來，告訴我他們所有的回答，他一定要和他們訂立好條約，以莊重正式的立誓爲質；他們必須完全受我的指揮，我好像是他們的統領和領袖一樣。

他又對我說他們都是開化的和忠實的人民，現在他們的困苦的境況，是可以想像得到的。他們既沒有軍器，又沒有衣着，至於食物，也一些都沒有；他們只不過是在野人們掌握和指揮之下渡着生活，講到回國那件事，可以說他們是完全沒有希望的了。

「倘使你願意擔任那樁替他們解危的工作，」西班牙人重又確定的對我說，「那末，我擔保他們一定要和你生死相共，感激無涯了。」

44 英國人吃俘虜

我有了這個堅强的信心，我決定要冒險去拯救他們；於是我依西班牙人的話，先打發他和老野人去那邊和他們商議，但是，當我把所有的東西預備好將出發的時候，那個西班牙人突然的加以反對，——這個意見，一方面說，是他的顧慮周到，另方面論，又是眞誠無比，因此，我就不得不在他的反對意見中表示滿意了。

要是我根據他的勸告而做，那末，我至少要把他的同伴的拯救延遲半年；因爲他和我同住的一個月餘的時間裏，我已給他看出，我是怎樣的去供備食物，——米麥的貯藏——維持我的日常生活，這個對於我自己是非常足够的，然而假使不繼續耕種，仍舊是還感到缺乏的，因爲現在我的家庭，已經增到四人了。在這樣的情況下假使再把在那邊的十四個他的同伴帶到這裏來，顯然的食糧是要感到大大的恐慌了。因此他向我建議，要我讓他和別的兩人去把較多的土地耕種起來，散播我所貯藏着的穀種，這樣，我們下次收穫的時候，就有足量的穀子供給他的同伴生活了。

他的周到的設想，和顧慮的縝密，都是正確而合理的，我對於他建議的忻悅，和對他的忠誠的滿足，使我十分的信用他。因此，我們四人就都一齊工作，掘地的掘地，播種的播種，不到一個月的工夫，我們已墾植了很多的土地，把牠加以整理和佈置後，我們可以將二十桶的麥子，和十六桶的穀子，播種在地的上面了。

同時，我又儘量的計劃着，怎樣使原有的馴服羊羣擴充增加起來，爲了這個緣故，我設了好幾個陷阱來捕捉野的山羊，只在某一日裏，我們就捉到將近二十隻的小山羊，把他們豢養在馴羊的裏面去。

不久，晒葡萄乾的日子又到了，因此，我們依舊照以前的方法，把牠們一紮紮的懸掛在樹枝頭上，等到太陽晒乾以後，收拾攏來，足足盛滿了八十只大桶的樣子。這些，和我們的麵包，做成了我們食糧中的大部份。我確信，他們是十分滋養的。

接着是穀子收成的時期來了，我們的收成是很有次序的。在這個島上，雖不能說是豐盛的生產，不過，牠是確實能够適合我們應用的，在我們所播種的二十斗的麥子裏面，我們共收二百二十斗以上的麥粒，拿比例來算，穀的數量也是如此。這樣，那些東西在下次收穫之前，我們食糧的貯藏是毫無疑慮的，則使那邊的十四個西班牙人的同伴和我們一起生活，或是我們預備着食糧航行到任何美洲的一部份去，那我們的生活，非但不會感到食糧的恐慌，而且還可以過得很安適和富足呢。

當我們把那些穀子非常安穩地收穫以後，我們就開始着用柳條編織物品的工作；這就是用來貯藏穀麥的大籮子。那個西班牙人對於這方面的技術是十分伶俐和機巧，所以做起來的樣子，自然要比我好多了。

現在，我的食物，對於我所盼望的所有的客人，是足够供給了，於是我就允許西班牙人去橫過大洋，看看他和那些所留在那裏的人，能够做些甚麼事，我再三的叮囑他，如果他們裏面的人，有不願發誓的，切不可帶他到這裏來；並且他們立誓時須要在他和老野人的面前立着誓，要決不損害，決不鬬爭，或者決不攻擊那個在島上把他找出來的人，因爲他是非常慈愛地去遣人把他們拯救出來的；所以他們應該相助他，對於有害他的所有的圖謀，應該儘力地撲滅，同時，他們在無論什麼地方，總是要聽他的指揮。這個誓約，非但要繕寫下來，而且還要各人親筆的簽字。至於他們用了什麼方法做成這事，在我發覺他們無筆墨之後，確是一個問題，這個我始終沒有把他來考慮過。

在這個訓令之下，西班牙人和老野人——禮拜五的父親在一隻木艇上駛去了。那隻木艇可以說，他們曾經駛進去過的，——還是說被帶進去的，——當他們將要給野人吞吃而俘虜到這裏來的時候。我除了給他們各人一支槍之外，還給他們各人一隻燧發槍，和有人管差不多的火藥和子彈。這兩件東西，我吩咐他們必須要節用，到了需用牠們時，除非是在緊急不得已的時候。

這是一樁非常愉快的工作，從二十七年多的時日到現在，我還是第一次實行這個方法，這個完全是爲了拯救的原故。我供給他們足够八日的食糧，我是熱切的希望着，他們這次的航行裏，得到一個良好的結果，當我老遠的看見他們，在他們還沒有抵岸之前，而他們在囘轉的時候。

現在，他們是在風平浪靜的海面上駛去了，那一天的月亮是十分完整的，根據我的推算，大概是在十月裏吧？那是一個什麼日子，我已把牠忘了，現在我也永遠不能把牠囘想過來。

從此我專心等候着他們，忽忽過去了七日，第八日的早晨，我正在我的洞穴裡熟睡着的時候，我的禮拜五突然的跑到我的面前來，高聲大喊着：

「主人！主人！他們來了！」

我一聽到這個叫聲，連忙跳起身來，以爲眞的他們來了，就不顧危險，我是沒有帶着槍出外，——這却不是我的習慣；——但是當我轉眼向海中觀望時，我立刻被驚駭了，因爲我看見一隻船，——不像他們所乘的船，——大約在一海里半的距離之中，向着海岸前進，撐着他們所說的羊角帆，那時的風吹得非常順利，就此把他們帶了進來，同時我發覺到，他們並不是於海岸躺着的那裏來的，不過，是來自這島的最南的末端。

因此，我就叫禮拜五走到裏面，同時命令他緊隨我的後面，因爲他們並不是我們所盼望的人，並且我們也不能够知道他們來到這裏的是友人還是敵人，總之，我走進去拿了我的望遠鏡，同時把梯子取出，我立刻爬到了小山的頂上，像我以前所做的一樣。

當我剛剛踏上山巔，我的眼睛就看見了一隻船，牠下錨在距離我大約二里路的地方，在南偏東南方，離海岸不過一里半路遠，根據我的觀察，牠顯明地是一隻英國船，看起來，好像還是一隻英國的長舢板。

一時我的情緒混亂極了！哦，我是愉快地看見了一隻船，我堅信着在這隻船裏，乘載着的人都是我的英國同胞。那末，他就是我的友人了，這時我自已的快樂的情緒，是達到最熱烈的程度，我不能自已的要呼叫了起來；然而，在我的心上，却掛着一個疑慮，——我不能知道是從什麼地方來的，——命令我對於他們小心謹愼地預防着。

在這樣的情狀之下，我只有極力去推測這隻英國航船到世界上的一部份來，究竟是爲了那一種事務？不過，這裏並不是英國和世界上的部份做貿易的來往要道，我立刻確定他們，假使他們是沒有受到一些風浪的痛苦而被逐到了這裏，顯然他們是不存好意了，我唯一的辦法，就是繼續着我以前的狀態，不再陷落在盜賊和殺人者的手裏去。

我在這個情況中並不長久，直到我發見他們的船靠近了岸，他們爲了便利上岸的原故，好像是找尋着小溪，——可以把船驅進的小溪，他們既然走得不十分遠，所以他們沒有發見我以前把木排在那裏上岸的小灣，不過他們直向海灘邊靠上了岸，在那裏，距離我還有半里路遠，這個對於我是非常愉快的，因爲假使不是這樣，那末他們一定會立刻把我逐出堡壘，或竟把我的一切東西完全搶去了。

當他們完全上岸之後，我是覺得非常滿足的，因爲我看出他們是英國的人、或者一二個是荷蘭人，至少他們裏面的大部份都是的。他們一共是十一個人，其中三位，我發現並沒有武裝，根據我的推想，恐怕是被綁着吧。

當第一次四五個人跳上了岸，他們把那三個人像囚虜般的從船中拖將出來，三人裏面的一人，我看見，他用了最感動人的祈求、苦痛，和失望的樣子來表示着乞憐，那樣子實在是超過了常度；其他的兩個，我也能够看見，時時擧起他們的手來顯示着他們的內心的憂慮，不過沒有像第一人那樣的厲害罷了。

我一見這種情形，我的心神紛亂得亂麻一般，可又不知道他們這種的擧動，究竟是什麼意思。禮拜五用了他能說的英語來竭力地對我說：

「哦，主人！主人！你看英國人吃囚虜和野人一樣呢！」

「什麼？禮拜五，」我說，「你是不是想着他們將要去吞吃那些人民嗎？」

「是的，」禮拜五說，「他們將要把他們吃掉了。」

「不，不，」我說「禮拜五，我也恐怕他們一定要把他們殺害呢，那的確是如此；不過，你可以相信，他們是不會把他們吞吃掉的。」

在所有的這個時間裏，我從沒有想到這件事到底是怎樣，但是，爲了看見這個恐怖的景象，我站立着總是止不住的發抖，同時又時時擔心着那三個俘虜將不知怎麼樣被他們殺戮。

哦，我看見了，很清楚地，一個匪徒拿出一把腰刀，打擊着那些可憐人裏面的一個，我無時不恐懼着他立刻跌倒下來；一想到這個，我的血液都全身發冷了。

我現在極想到彈力可以及到他們，而不被他們發見的地方，這樣，我就可以保全那三個人的性命；因爲我發覺他們的手裏，都沒有一件兵器。

但是，我的心裏，又有了一種其他的意念了。在我看見了那鹵莽的水手虐待那三個俘囚以後。我看見他們在島上四散去了，好像他們是去巡查這個地方一般。同時我看見那三個人自由地在那裏來往着，不過非常憂慮地坐了下來，看上去，好像是失望的人一般。

這個使我想起自己第一次上岸時的那種情景：那時我是六神無主的視察四周，覺得自己的生命以爲是怎樣的沒有希望，因爲滿目的荒涼；同時我又怎樣的恐怖着，當我爬在樹上過夜的時候，因爲恐懼着被野獸所吞噬。

45 獲得的勝利

當這些人跑上岸的時候，恰巧潮水正漲了起來；於是他們都不經心的在岸上遊行觀看，直到潮水退後，已把他們的船擱淺在地上了。原來他們的船內還留着兩人，我後來知道，是因爲喝多了些白蘭地，所以睡得很熟了。其中一人，較另一位早醒了片刻，所以他不久就發現木艇是已經擱淺，而且擱得很牢，難以推動，於是他就向四散在岸上的遊行同伴呼喚。他們聽到了，便立刻回到這船上來，可是要使這船行駛，是出於他們的能力以外；這船是很重，而那邊擱淺的岸地，又是一塊泥濘的沙地，這事就不容易辦了。

在這樣的情形之下，他們是一些沒有着急的表現。像熟習的水手一樣，他們是毫不事先預防；他們索性放棄了這事，重又回到岸地上去遨遊着。我聽得他們中的有一位大聲地向別人說話，叫他們離開了這隻船：

「讓牠留着吧，甲克！待下次潮來，牠自會浮起來的。」

聽了這句話，我是很可以調查出確定他們是那一國人。這時我使自己站得離他們較遠，連一次都不敢從堡中走出；我知道在這船能重行浮起之前，至少還有十個鐘頭，到那時天色將晚，我便可自由行動的去視察他們的情形，和聽他們的談話了。

現在，我像以前一樣的預備跟他們作戰，並且更加的謹愼，嚴事防範着，因爲這一次，是和我以前的不同的敵人相周旋。禮拜五，他是已經一個給我教得很好的槍手了，我吩咐他去把槍彈備好，我給了他三枝毛瑟槍，自己携着兩枝鳥槍。我的外表形狀實在是很可怕的。我穿着那些使人發怖的山羊皮做的衣衫，帽子，一把出鞘的刀掛在腰間，兩枝手槍揷在帶內，每隻肩上，都荷着鳥槍。

本來我的預定的計劃，不到天晚，不做什麼企圖；但是大約在兩點鐘日中最熱的時間，我看見他們都到樹林中去散步，他們是躺下去睡覺了。不過，那三個可憐的受難的人，他們却坐在離我大約有一英里遠近的一株大樹蔭下，——大概他們對於所處的環境，過於焦慮難於入睡吧？我想他們是出於其餘任何人的視線了，因此我決意把自己顯示在他們的面前，探悉一些關於他們的境況的事。

這樣決定後，我就向他們的地點前進，我的從人，禮拜五帶着兵器跟隨我的背後。我漸漸挺近他們，竭力地不使他們發見：當他們任何人都沒有見我以前，我就用西班牙語向着他們叫道：

「諸位先生，你們是誰啊？」

他們出其不意的聽見了我的聲音，莫不都驚跳了起來。但是當他們看到了我，和我做出的奇形怪態，他們是更加百倍的混亂了。他們非但沒有回答我的所問，而且還要逃避我的樣子，於是我就又改用英語對他們說了下去：

「請不要怕我，諸位先生，」我說，「當你們絕未料及之前，或者有一位你們的朋友，已站你們的旁邊。」

「那末，他一定是上天直接派下來的了：」他們中一位很莊重的向我說，同時還向我脫帽致敬：「因爲我們的處境已非人力所能援助的了。」

「不過，先生，」我說。「你們能使一位素不相識的人設法援助你們出險嗎？因爲當我看見你們上岸時，你們似乎陷在極大的困難中。是吧？在你們好像用英語哀求和你們同來的野蠻人的時候，我清楚地看見他們中有一人，會舉起刀來要殺你們。」

這時那個可憐的人，淚從他的眼眶流出，戰慄着，看去好像很驚駭似的，接着向我膽怯的說道：

「我是向上帝說話呢，還是向人說話？這是一個實在的人呢，還是一個天使？」

「無用驚懼，先生，」我說：「假使上帝遣天使來救助你們，他一定會穿着天人的衣服而來，不致像你現在所看見的我的奇怪裝束的樣子，請你們不要恐怖，你看，我是一個人，一個歐州的英國人，我是特地來幫助你們的，我僅只有一個從人，我們是有武器和軍火，請誠實的告訴我吧，我們能不能爲你們效力麼？你們的遭遇是怎麼樣的？」

「我們的遭遇，先生，」他說：「是太長了，當我們的謀殺就在附近的時候，我不便告許你，不過，先生，我是那隻船上的首領……總之，我的水手反叛了我。」

「那末他們就要殺害你嗎？」

「是的，他們確有這樣的陰謀，不過經我很不容易的說服以後，才算沒有殺害我。現在他們是野蠻的手段，將我丟棄在這個荒島的海岸上，使這兩個人和我在一處。」

「這二位先生是誰呢？」我問他說。

「一位是我的同伴，另一位是搭客，——唉！在這裏我們希望的是死，因爲相信這地方是沒有人居住的，不知道想些什麼才好。……」他傷心的說着，泫然泣不成聲。

「那些野蠻人——你們的敵人，在那裏？」我又問他說，「你知道他們走到那裏去了呢？」

「他們在那邊睡着呢，」他手指着樹林厚密的所在答道：「先生，我的心顫抖着實在怕他們看見了我們，聽見了你的說話，假使他們果已聽見或看見的話，他們一定要把我們都殺掉了。」

「他們可有什麼軍器呢？」我問。

「祇有二枝鳥槍，一枝却留在船上。」

「好，那末，」我說，「把你們以後的事，全可交託我。一切由我來給你們保護罷，現在他們幸好都已睡着，這是很容易的事，我可以一齊把來槍殺了。不過，我們是否可以饒恕他的生命，而叫他們做俘囚呢？」

「但是，」他說，「他們當中有兩個兇的棍徒，去給他們任何的慈惠，是不大安全的：不過將其餘的人拘禁起來，加以警誡後，我相信，是可以回復原職的。」

我問他，他們是那兩個；他告訴我，在那個距離中，他不能分別出他們來，但是他將服從我的命令什麼都聽我的指揮。

「好，」我說，「讓我們退出了他們的視線，恐防他們要醒來，我們將另行設法子。」這樣，他們很願意的和我一同退回來，直至樹林把我們從那些睡着的人們的視線中，遮蓋不能看見了。

「你看，先生，」我說，「假使我冒着險來救你們，你們可願意和我訂立兩個條件麼？」

他聽了我的這句話後，就期待着我的提議，並且他告訴我，如果他和他的船都能回復了原狀，他將完全服從我的指揮和命令，如果船不能復得，他將和我生死相共，雖在海角天涯，我只要有命令遣他去，他就決所不辭的，其餘的二人，也說着同樣的話。

「那就好了，那就好了。」我滿意的說，「我的條件，簡單得很，只不過兩個：第一，當你們和我住在這島上時，不要冒僭了這裏的任何權力，假使我給你們武器，在隨便什麼時候，你們得交還我：同時不要對我生私見，一切都受我的規矩管束：第二，如果那隻船或可回復了，你們要載我和我從人免費歸航英國。」

當我這樣說了後，他給我一切的保證，的確是人類思想的信心所能意想得到的，他同意了這些最合理的要求，並且，表示他的生命亦將依賴着我，當他活着的時候，是沒有一刻不感激這事的。

「好，那末，」我說，「我這裏給你們三枝毛瑟槍，並藥粉和子彈，再告訴我，你想做些什麼，是最適宜呢？」

他把他所能表示感激的證據完全表示着，他願意一切在我指揮下來行事，我告訴他我想冒險去從事，是困難的。不過，依我所能想出的最好的方法，是乘他們睡的時候，立刻去射他們，假使第一排槍並沒有人受傷害，而他們就歸順，我們便饒赦了他們，於是他很和善的說，假使他可能爲力的話，他是不願意去殺他們。但是那兩個怙惡不悛的棍徒，是船中叛變的主謀者，如果他倆逃去了，我們仍將空費了手脚，因爲他們要跑到船上去，帶了全船的人來把我們都殺掉。

「好，那末，」我說，「事實的必要，不能不使我的計策算正當，因爲這是惟一的方法，來救我們的生命呢。」

我雖如此說，看他們以流血爲慮，我告訴他，他們應當自去進行相機處理。談話中，我們聽見他們中有幾位醒了，立刻我們看見兩人站起來，我問他這兩人，是否就是叛變的爲首者。

「不是，」他說。

「好，那末，」我說，「你可讓他們逃走，幸運好是特爲救他們而把他們驚醒哩。——現在，如果其餘的人從你們那邊逃去，這是你們的過失了。」

他被我後句話「激，他就拿起我給他的毛瑟槍，另一枝手槍藏在他的衣帶中，他的兩個同伴和他一同去。每人手執一枝鳥槍，十分奮勇的向前跑去。船員中的一人，他醒來聽了這聲音，轉回身去，看見他們正走來，便忙向其餘的人叫起來，可是這已太遲了，因爲當他喊叫的一刹那間，尾隨船長後面的那二個，早已搶前一步，砰的一聲，將槍放了。

他們向這些人瞄準的是這樣地準確，他們不但命中了那人，而且還打傷了另外一人，不過還沒有死，他忽站起來拔脚想逃走。並且大聲的向別人呼救，但是這時船長已走向他的面前，向他說，

「惡徒！你還是向上帝求赦你的罪吧！」

他說着話就舉起槍桿對準他的腦門打去，於是他就倒下去，不再說話了。

在這羣人中，還有三個，一個是受了輕傷，當他們看見危險萬分的時候，知道抵抗是無用了，遂哀求着饒恕。船長告訴他們，他將饒赦他們的命，假使他們把犯了奸詐的可怖的確證提供他，以及宣誓忠心歸向他，重行使船復原，然後把船駛往到買美加去，——是從前出發的地方。

結果，他經過那些人竭力把他們的誠悃申明給他聽了以後，他是很悅意的相信他們，並饒赦了他們的命，這我自然沒有反對，不過，我命令着他們在島上的時候，把他們的手足綑綁了起來。

當我親身在場做這件事的時候，我叫禮拜五和船主同伴到船上去，先把他們的船扣留了，把槳和帆帶走了，他們依照着做的時候，那三個以前走到各處觀望的人，——他們是和其餘的人分

散了的，這時，因聽了槍聲走同來，他們看見了船主——他先前是他們的囚虜，現在是他們的勝利者，——他們也就毫無抵抗的，束手受縛了。

這樣，他們的勝利是得到完成了。

46 不如願的事

現在船主和我是有餘暇來互詢各人的境況了。我首先告訴他我的整個的故事，他注意的聽着，眞是驚駭不已，尤其是當他聽了我用這樣奇異的方法來供給我的食物，和用怎樣艱苦的長期工夫來造船隻，築堡壘，捉山羊，煉火藥的時候，的確，我的故事是聞所未聞的奇事總集，難怪他聽了，感動極深了。

這事使他回想到自己的本身遭遇來，當他想到怎樣我會像特地的留在那裏去救他的生命時，淚在他的面上流下了；他是一句話都不能再講了。

談論結束之後，我帶他和他的兩個同伴到我的房裏去，領進我從那裏出來的地方，這便是在我的屋頂上。在那裏，我把所有的食物來調養他，並將我在那裏長期居住中所做成的各種計劃指示給他們看，告訴他們聽，在他們的眼中，沒有一樣都不是認爲可驚的事物。

但是船主最歎賞的是我的堡壘，「你怎麼使你的隱居所，種了近二十年的樹林，就會這樣遮蓋了起來呢?」孜孜不絕的讚賞着，接着他又說；「這樹比在英國長得更快吧!」

的確我那些手植的木椿和小樹，都已變成了翁鬱的大樹林了，牠們是長得那樣的厚，除了我在一邊留下了一條小曲徑外，任何方面都是通不過的。我告訴他，這是我的堡壘，和住所，此外，在鄉間我還有另一所邸宅，和王子的別墅一般，無論何時我可退隱到那邊去，以後我也將指給他看；但是在現在，我們切要的事務，是想法怎樣去得回那隻船。

講到這事，他是很憂慮的樣子；「我完全是無計可施，你看，」他說：「因爲尙有二十六個人在那隻船上，他們已加入了可惡的謀叛裏去，按法那是應當償命的，他們很明白假如被克服後一經回到英國或英國屬地，他們將立刻受絞刑，這樣，將令他們更加的殘忍，和繼續的反叛了，因此還是不要去攻他們的好，因爲我們的人數是這樣少。」

我默想了一會，覺得他的話，實在是很合理的，結論現在的問題，證明我們是不能用人力來和他們較鬬的，因此，我只能設法智取的計謀，來收服他們，我經過一番周詳的考慮後，覺得第一件應做的事，是去鑿穿了那隻橫在海岸上的船，因爲我想到那些船上的水手們，在某一個時候裏，一定要奇怪着他們的同伴和小船不知怎樣了，一定要乘着別的一隻小船上岸來找尋他們，那末，或者他們挾有武器來，實力就比我們强得多了；要是我們在他們未發覺以前，就破壞了他們的船隻，那末他們就沒有法子用牠了。

船主聽我這樣說，很是贊成；並且他還補充了我這個計謀未周到的地方：

「我們再把那船上的東西都取出，」他說，「讓牠成爲不合水上行駛的無用物不更好嗎？」

於是我們立刻走到船上去，把留在船上的兵器都拿出來，此外還有許多能找的東西——二瓶白蘭地，幾匣餠乾，一塊大帆布，一大塊糖，這糖重有五六磅，所有這些，對於我都是很歡迎的，尤其是白蘭地和糖，那是我多年沒上唇的東西。

當我們把一切的東西都帶了上岸以後，我們就打了一個大洞在船底下面，那他們雖帶有强大的力量，足以打勝我們，他們却仍不能把船帶走，不過，我的目的，假使他們放棄了牠走時，我們是不難把牠重行修理好的。那末，我們就可乘牠到李宛而特羣島去，並在路上訪問我的朋友們西班牙人了。

當我們這樣的準備着我們的計劃時，先用全力把船扛上海岸去，使高潮來時，也不致把牠飄流去；同時在船底我也射了一個很大的洞，使牠能够很快的停下來，這些事做好後，我們就依舊離開了這裏，跑到小山頂上去，埋伏在叢林野草的中間，靜待事變的到來。

不久，我們聽見船上發了一槍，並且看見船上的旗，對那小船搖擺着，不消說這是一個記號，是招呼那小船中的人上船去的，但是那小船沒有行駛，也沒有發動，於是他們又連發了幾響槍，做出別種記號招呼那小船，然而當他們的號和發槍都證明無效的時候，看見他們把別一只小船，升了起來搖向海岸去，當他們近岸時，我賴了望遠鏡的幫助，看見在船內不下於十個人，他們隨身並帶了軍器。

當船泊在離岸約有兩海里遠的地方，我們完全的看見了他們，當他們正行來的時候，就是他們的面目也很明顯；因爲這時的潮水，把他們推到別一隻船的東面去，他們靠着岸搖上去，到別人曾在那裏上岸的同一的地方時，於是他們就將船停泊了，船主是很熟悉這些人以及內中所有人的品性，他說，他們中有三個是很誠實的人，他確信他們中的大副，所有其餘的人，他們是和水手同樣的橫暴，並且無疑的在他們的新事業中，他們是更加的兇悍了。

在小船第一次從大船中出現而駛來的時候，我們曾想要分開我們的俘囚，的確我們已很有效的拘禁他們了，其中有兩人，船主對他們是比平常的人少信任的，我吩咐禮拜五和被救的三人中的一人，送到我的山洞裏去，在那裏，他們是可算遠了，不致有被聽見或發見和逃出樹林的危險，但是仍把他細綁起來，不過給他們足量的食物，並允許他們，如果他們能繼續的在那裏很安靜，在一二天內就可給他們自由；但是假使他們企圖逃走的話，他們將毫無猶豫地被置於死地了。

這些人，他們是忠心地答允去耐心忍受他們的監禁，並感謝着他們有這樣優厚的待遇，禮拜五給他們幾枝燭作他們的慰藉，他們是感激的不得了；但他們是不知道他正在洞口巡邏着防守他們呢。

別的俘虜是受着較好的待遇，有兩人被縛住了，實因船主信任過他們，但是其他兩人，因船主的介紹，和他們的嚴重宣誓，願和我們共同生死，而歸我差遣了，這樣連他們和那三個誠實的人，我們已有七人，都武裝好了，毫不懷疑，我們是能很足够的和那快要來的十個人鬪敵，況且船主曾說過在他們之中，還有三四個誠實的人呢。

當他們到另一隻小船所停泊着的地方，他們立刻把小船駛進了海灘，都跳上岸來，船也曳住了岸；那是我見了很快樂的，因爲我怕他們或許要在離岸若干距離的地方就下錨，並有若干人在船中看守着，這樣，我們就不能够去取到這隻小船了。

現在他們上岸後，第一件的動作，就是跑到他們的另一隻小船那邊去，這是很容易的看出，他們是在大大的驚異着，當看見船上的東西都被取去，和船底有一個大洞的時候，他們對此默想了一會，接着就發出兩三聲的大叫，盡力的喊着，看看是否能够使他們的同伴聽見，但是使他們失望得很，四周是靜悄悄地毫無聲息，於是他們圍成了一個環形，並把他們的小槍放了；那槍聲連我們都聽見，這回聲使樹木也震響呢。

但是這警號在那些洞裏的人，是不能够聽到的；我們所防守的那些人，他們雖聽得很清楚，可是不敢向他作答。船主對此是十分的吃驚，甚至于昏亂起來。他認爲這是他們再上大船，揚帆而去，那末，他們同伴的性命都已喪失了，這樣他仍舊失了船，那是他所希望我們能够得回來的。可是另一方面的事實，立刻又使他更驚嚇起來。

他們的船行駛未遠，我們便看見他們重回到岸上來，但是取了新的計劃，那好像他們是經過了會議的；他們留三人在船上，其餘的人上岸跑入曠野裏去，找尋他們的朋友。這事使我大爲失望，因爲現在我們是不知所措，就算我們捉住了岸上的七個人，假使讓那船逃去，對我們仍然無益。他們將把船搖向大船，那末，其餘的人，一定要起了錨揚帆而去了，如此，我們想得大船的希望，自然隨之也告斷絕了。

這七人上岸以後，那留在船中的三人把船駛到離岸很遠的地方，下了錨，等候他們；這樣我們是不能到那船中去了。至於那些上岸的人，彼此互相緊隨着，都向小山頂上奔去，——那山就是我們居處的所在，我們能够很清楚地看見他們，而他們是看不見我們；這時我們自然都很高興，如果他們走近我們，我們便可射擊他們了。

但是當他們來到山崗的時候，在那裏，那是島的最低的部份，他們能遠望東北部的山谷和樹林，於是他們就大聲叫喊，直至精疲力竭。這似乎他們不願冒險着離岸遠去，也不願彼此遠離，便在樹下都坐下來商議着。如果他們想，這大可在那裏睡一覺，和他們另一部人所做的一樣，那末，他們使我完成大事了；可是他們太恐怕着危險，竟不敢冒險去睡，雖然他們也說不出他們所恐怖的危險是什麼。

在會議處置他們的當中，船主向我提出了一個正確的建議；就是：當他們或者再要放一排槍，竭力使他們朋友聽見，當他們的槍彈都放完之際我們都應當突出攻擊，那末，他們定然屈伏，我們便可不流血而得他們了。

我歡喜這個建議，可是當我走近他們時，他們正在裝彈，於是這事又未能實現，我們仍舊回到山林裏躺下身來，竟不知怎樣辦才好；然而我們除了靜待之外，實無一點辦法。

47 完全歸順了

我們是很不耐煩的等待他們的行動，在經過了一個長久的時間以後，我們突然看見他們都出發奔向沿海而去。他們對於那地方的危險好像很恐怖，以爲他們的同伴的生命是必定喪失的了，所以他們決意再上大船去，這樣去乘船，繼續着他們的立意的旅行。

看見他們向海岸去時，我立刻猜想他們已放棄尋覓，而重行回去了。當我把這意想告訴了船主以後，他立刻灰心頹喪起來；不過我卽時想出一法，使他們重行回來，這事竟能達到我的目的。事實是這樣：

那時我吩咐禮拜五和船主的同伴走過小溪，向西朝那禮拜五被救時野人上岸的地方，爬上了小高阜處，大約和他們有半英里的距離，他們幾人，就盡力高聲喊叫，等到水手們聽見了才止。一聽到水手們的回答，他們亦須立卽回應，同時隱藏着身體，繞行一周；當別人叫的時候，常常的答應着，去引他們到這小島的樹林裏來，能把他們引得愈遠愈好，於是從我指示他們的那條路再轉回我這邊來。

當禮拜五和那同伴喊叫時，他們剛進小船，他們立刻聽見，一面答應着，一面沿了海岸向西對着他們聽見的聲音的地方跑去。可是那裏的小溪因爲水正高漲，阻住了他們的去路，他們走不過去了，於是叫這小船來把他們渡過河去。——實在，這正是我所希望的。——我觀察這小船駛到小溪中的老遠地方中了，停泊在島內的海口裏面之後，我們帶了船中三人中的一人和他們同去，僅留下二人在船內，將船繫在岸上的一株小樹桿上。

看見了這情形，我與奮得什麼似的，因爲他們的行動，每一點都合我的所望，於是我毫不猶豫的，立刻留下禮拜五和他那同伴照舊從他們的工作，我帶了其餘的人和我在一起，越過小溪，不給他們看見，出其不意的加以襲擊。

這時他們中的一人是睡在岸上，另一人是在船中，在岸上的人，是在半睡半醒之中，正想立起身來。他——船主——是立刻奔向前去，給他「砰，砰，」的二槍，那人就倒下去了。

船主很快地做完這個手續，船當中正在惶駭之際，他已抓住了他的領口，他對他說，不投降就是死，不消說，當他看見五個人來攻擊他，同時他的同伴已早被打倒了；並且他又是不和其餘水手們一般很熱心叛變的三人中的一個，所以他很容易的接受勸告，不但歸降，並且以後，還很忠實的和我們聯絡在一起。同時禮拜五和船長的同伴也極善處理他們的任務，去對付其餘的人，他們用了喊聲和回聲，把他們從這山引到那山，從這林引到那林，他們不但使他們異常的疲乏，並且把他們留在那天黑以前他們一定不能回到小船的地方。的確，這事是很艱苦的，當他們回到我們這邊來時，他們異常地疲倦了。

現在我們決定是在黑暗中看守他們，以便乘機襲擊，俾得一戰而勝。在禮拜五回來以後，又過了幾小時，他們方始回到他們的小船，在他們很靜寂的走上來之前，我們早就聽見他們中最前的人，叫那些隨在後面的人快些前進，可是他們都訴說着如何的跛行和困倦，不能再前走快；這是最使我們歡迎的消息。

經過了一段很長的時間，他們才到了小船那裏，當他們看見小船乾涸在小溪中，潮水退了，他們的兩個人也不見了，一時他們沒有一個不亂叫起來，紛亂得不知如何措手才好，我們聽見他們很可憐的相互叫着，都說是他們來到一座被妖迷的島上了；不是島上有居民，他們將完全被殺，便是島上有鬼怪，他們將被帶走而吞吃了。

他們重又叫着，叫他們兩個同伴的名字好幾次，但沒有答應，我們趁了少許的光亮，可以看見他們跑來跑去；有時他們在船中坐下來，扭着他們的手，像失望的人一樣，有時又來到岸上，重行散着步，反來覆去地做着同樣的事。

這時禮拜五和船主都極願意乘這個機會立刻去攻擊他們，但是我想他們並不是沒有自衛的武器，而且他們的人數多過我們，我是考慮着，必需要等到他們能彼此散開的時候，才可實行這個行動。

於是我把我們埋伏的所在，弄得靠近些，吩咐禮拜五和那兩個同伴匍匐地爬走過去，盡可能貼着地面，不給他人看見，竭力地走近他們，在他們開始放槍之前。

他們在那種情狀中，沒有多少時候，那水手長，他是叛變中的領袖，現在他是變得比其餘的人更憂愁沮喪了，船主他是這樣的切望着這個禍首到他的手掌中，他竟耐不住幾次想走近去實行他的射擊，但都被我阻止，直至他們稍走近了些時，於是我就和禮拜五齊向他們掃射，水手長是應彈畢命，第二人身中一槍，正倒在他的身旁，其餘兩人，立刻乘隙逃去了。

聽見了槍聲，我立刻帶了全軍前進，軍中現在已有八人了，就是我自己，是總司令；禮拜五是軍長；船主和他的同伴，以及戰時所獲的三個俘虜，我們也給他們武器。

我們到了他們面前，在黑暗之中，實在他們是不知道我們的人數，我命他們留下在小船中的那個人——現在他是我的人了，——叫他們的名字試試看，我能不能使他們來開一談判，如此可以不費一彈或者使他們歸順，因此他就向他們盡力的高聲喊出一人的名字：

「湯姆斯密斯！湯姆斯密斯！」

「是魯兵索嗎？」那人馬上應聲回答，他似乎懂得這聲音。

「是；是；因為上帝的緣故，湯姆斯密斯，放下你的武器而投降吧，不然，你們現時都不免一死呢。」

「我們須投降嗎？魯兵索，他們在那裏？」

「他們在這裏呢。」他說，「這裏是我們的船長，還有五十個人和他們在一起，他們追逐着你們已有兩個鐘頭了，水手長被殺，葦爾佛萊是受傷，我是成為一個俘虜了，如果你不降，你們大家都要喪失生命了。」

「那末他們可饒恕我們的命嗎？」湯姆斯密斯說：「我們情願投降。」

「我去問，如果你們願降的話，」魯兵索說，於是他問船主，船主那時親自叫道：

「你，斯密斯，你認識我的聲音？——如果你們立刻放下武器來歸順，你們有命活；但是葦爾阿特金斯，却是例外。」

聽了這話，葦爾阿特金斯叫起來：「看上帝的份上吧，船主，饒恕了我。我曾做了些什麼來？他們是和我同樣的壞的！」

但是，那是不確的，據船長說，當水手們叛變時，他却是捉住船長的人，曾用了野蠻手段將他兩手綑綁起來，並且咒罵他。然而，船主告訴他，他必須無條件的放下他的武器，來聽主宰者的發落。——那是他指我而言，因為他們都叫我是主宰者。

這樣一來，他們都放下了他們的武器，要求饒命。他遣那個和他們開過談判的人，和另兩個人，將他們一齊綁起來，並把他們的小船也捉住了。

第二天，我們就去修理那小船，還預備去取那隻大的。至於船主，他現在是有空去和他們談判了，他同他們理論着，他們對待他們的行爲的奸詐，以及進一步的他們計劃的邪惡，和怎樣他們後來一定會身遭不幸的結果，或者要被縊殺。於是那些犯罪者都表示他們十分後悔，堅求饒赦他們的生命。

「你們是否要上刑罰，因爲你們不是我的俘虜，」船主說：「那是主宰的主權，（他們都這樣稱呼我，）假使他願意，他可以在這裏一齊把你們縊死；不過他既然饒恕了你們，我猜想他要把你們送到英國去，秉公而處理你們的罪；但是葦爾阿特金斯那是例外，因爲他是主謀的惡徒，已被主宰命令着預備受死，因爲在明天早晨，他將要被絞死。」

雖然這完全不過是他自己心裏的一種設想，却有相當的效果，葦爾阿特金斯屈膝跪下，求着船主去爲他向主宰乞命；其餘的人也哀求他，看上帝的份上，不要將他們送回英國去。

現在使我想起我們被救的時間來了，這是一樁最容易的事，去帶了這些人很心願的去占有那隻大船；因此，我從他們那邊退到暗處來，這樣他們可不會看出究竟他們有怎樣的一個主宰者，然後叫這船主到我的身邊來。當我在很遠的距離外叫的時候，水手中的一位是被命令着傳話，向船長說：

「船長！主宰者喚你。」

「告訴大人，」船長立刻答道：「我就來了。」

這事很使他們吃驚，他們相信主宰者正在和他們靠近。

船主來到我的面前時，我告訴他要謀取大船的企圖，他對於這事非常贊成；決定第二天的早晨實施這個計劃。但是要把這事行的更爲機巧些，並不一定就是把握，我告訴他，我們須把俘虜分開，他應該去看守葦爾阿特金斯和他們中的二人最壞的人，把他們送到別人睡在那裏的洞穴中去。

這事委託給禮拜五和那同船長「陣上岸的兩個人。他們把他們送到了那個洞穴中，如同牢獄，那地方，的確是一個愁慘的所在。其餘的人，我命令送到我的小亭中去；那裏既有籬笆圍住，他們又是被綁着，那是十分安全的，況且還有人看管着他們呢。

在早晨，我遣船主到他們那裏，和他們開談判去，簡單的說，是最後去試探着他們，覺得他們究竟是否可靠的，船主向他們談及他們所受的傷害，他們所處的境地，雖然船主是饒恕了他們的生命；然而依照他們現在的舉動，假使他們被送到英國去，他們一定要被鐵鏈鎖住；但是，要是他們情願加入了一個正當的企圖去重獲這隻大船，他將得主宰者的允許而饒恕了他們。

這樣的一個提議，任何人可以猜想得着，當然是要被身處那種環境之下的人們所立刻接受的。他們對船長跪下了，用了最深切的哀求答應着，他們一定忠心於他，直至最後的一息，他們承認他們的生命是由他而得的，情願隨着天涯奔走，只要他們活着，他們將認他如他們的生母般。

「好；」船主說，「我必須把你們所說的話去告訴主宰。看我能不能使他答應。」這樣，船主便將他們現在的性情他所覺到的給了我一個報告，他實在相信他們，會是忠誠不變了。

於是我告訴他要他再回去告訴他們，說我並不要所有的人都去，不過祇要挑選五人來做我的助手。同時我將其餘的兩人，和那被送到堡中去（我的洞中）的三個囚虜，保留着作爲那五個人是否誠實的質品。假使他們證明不忠誠實行時，這五個質品將要在岸上活活地用鍊條鎖住永無自由的一日了。

這條件看去，是很嚴酷的，使他們覺悟到這主宰是很認眞的；然而他們也只得接受了。

48 大船的獲取

我們的力量，是這樣派定了預備出發：第一，船主，他的同伴，和搭客，第二，第一班的兩個俘虜，對於他們我已經從船主口中得知他們的性格，我已給他們自由，並交託他們武器；第三，另外兩人——這兩人我一向把他們拘留在我的亭子內綁着，不過承船主之意，現在是釋放了；第四那些最後釋放的五人；這樣，除了我們拘留在洞中作質的五個囚虜外，一共是十二人。

我問船主他是否願意冒險和那些人同到船上去，至於我和我的從人禮拜五，我想有七個人留在後面是不宜走開的；因爲得去把他們分開，和供給他們的食物，至於那在洞裏的五人，我決意把他們嚴加管束；只由禮拜五每天到他們那裏兩次，供給他們一些東西。

當我走到這兩個作質的人的面前，這是我和船長同去的，他告訴他們說我是主宰命來看管他們的人，如果他們除聽我的指揮外，不到別處去走動，這是主宰所悅意的；要是他們不聽我的指揮，而隨意行動，那麼，他們將被携入堡內把鐐鏈鎖起來，這樣，我們旣不使他們知道我就是主宰者，所以我現在在他們的面前有如旁人一般。

船主現在是沒有什麼困難在他們的面前，不過去裝置他們的兩隻小船，把一隻船的破隙塞住，讓人都到船裏去，他叫他的搭客，做一隻船上的船主，帶了四人；他自己，他的同伴，外加五人，是走另一隻小船上去，他們的任務進行得很好，因爲他們來到這大船時正在中夜，當他們到和大船呼得應的地方，他們立刻便叫魯兵索招呼他們，並告訴他們，他們已把水手和小船帶去，但是經過了好多時方將他們尋獲等語，同他們談着，直至他們來到這大船的旁邊。

於是船主和他們的同伴第一批走進去，帶了他們的武器，立刻將槍柄把第二個同伴和木匠擊倒，他們的人是很忠心的幫助着，他們把其餘在大船前面和船後段的人都捉住了，始將艙口門鎖住，把他們關在下面，另一小船和船上的人走進前面的艙子裏去，捉住船的前段和小艙口，那艙口是直伸下去直到厨房裏面，將他們在那裡尋獲的三人拘禁着。

當這事完了以後，各人在甲板上都已獲得安全，船主命令他的同伴，同了三人，闖進船長室去，新的背叛的船長是睡在那裏，他已得到了警報，已起身同了三人和一個小孩，都手執着火器，當這同伴，用了一根鐵桿破門而入的時候，新船長同了他的那些人很勇敢地在他們中開槍射擊，一粒槍彈打傷這個同伴，折了他的臂膀，並又傷了二人，但是沒有把人打死，這同伴，呼救着，衝入船長室中，雖然他是受傷了，但用他的手槍向新船長射擊，子彈從頭部穿入口中，再從他的耳朵後穿出，這樣他是一言不發了，就此其餘的人都降伏，這大船是很有效的得到了，沒有再犧牲了別的生命。

大船這樣的獲得以後，船主立刻命令發槍七響，那原是他和我約定的警號，聽了這聲音後，使我馬上得知他們的成功，那時我坐在岸上守待消息，一直到將近早晨的兩點鐘，這對於我是極困倦的一天，我的身子躺下了；我很舒適的睡着，直到被這槍聲驚醒起來。

「主宰！主宰！」我聽見有人喚我，我立刻知道這是船長的聲音；當他爬上了山頂，在那裏，他立着，手指着大船，將我摟抱在臂彎內。

「我的親愛的朋友和救命的恩人，」他說，「那邊是你的船呢；因爲牠完全是你的了，我們以及那些附屬的東西也同屬於你。」

我注視着那隻大船，牠在離岸不過半英里左右的地方碇泊着；因爲他們成爲牠的主人以後，立刻把牠起了錨，天氣是很好，他們將牠拋錨碇泊在那條小溪口上，這時潮水正漲起來，船主把大舢板帶到我先前曾把木排上岸的地方的附近，這樣地弄上了岸直到我的大門口。

我看看，我幾乎驚喜的跌下去；因爲我看到了我的拯救的機會了。眞的，什麼事都容易，一只大船正預備着帶我到我所歡喜去的地方去，起初我是一句話都不能回答他；幸他把我抱在懷內，我也執住了他，否則我已經跌下地去了，船主了解這驚駭的原因，立刻從他的口袋裏取出一個瓶來，給了我一杯的補血酒，那是他特爲我帶來的；我一口飲乾了後，就在地上躺下來。

當時這可憐的人兒是和我同樣的在狂喜的極端，不過沒有像我一般的這樣驚愕，他對我說了千言萬語的好話，來安慰我，使我復原，不過我的精神，驟然受到一陣狂喜的刺激，已陷於神智暈亂的狀態了，同時還不停的滾下淚來。

這樣的過了許久的時光，我方能回復講話，我告訴他宛如天上遣下來拯救我的人，各種事情好像是一串的奇蹟；像他，這樣的事實，是我們得着那管理全世界的上帝的秘密的助力的證據，同時也是一個證明，那無所不能的上帝的目光，能搜尋到世界上最遠的一角，碰着他歡喜之時，他就給不幸的人以幫助。

我們說了一會話後，船主告訴我他爲我帶了些滋養的東西來，——那是在大船上獲得而被那些壞傢伙刼掠淨盡的貨物，——於是他向大船的所在叫着，吩咐他們把送主宰的東西拿上岸來，的確這是件隆重的禮物，他送給我一箱的酒瓶，裏面都裝滿了甘美的補血藥水，六大瓶重有二夸脫的馬得利酒，兩磅極好的烟草，十二塊好的羊肉，六塊猪肉，一袋豆子，和約有一百磅重的餅干，此外他又帶給我一盒糖，一盒麵粉，一袋滿的檸檬，兩瓶檸檬汁，以及許多別的東西。

但是除此以外，他帶給我更千百倍有用的東西，六件新的清潔的襯衫，六條很好的圍巾，兩幅手套，一雙鞋子，一頂呢帽，一雙襪，和他自己的極好的衣服，那衣服他只穿過一次，還是全新上好的，總之，他把我從頭到脚全身的穿戴起來，這真是一種和愛而滿意的禮物。

行過了這些禮式，並把他的東西裝進了我的小室之後，我們開始討論用何種辦法處置我們所有的囚虜；我們可否冒險帶了他們和我們同走，尤其是其中兩人，他認爲他們是本性難移，頑梗到極點的。

「我知道他們確是這樣的一種惡棍，」船長說，「那是，絕對不可施恩惠給他們的，如果要帶他們走，必須將鍊鎖住，像犯罪一樣；送他們在所能最先達到的英國殖民地的官吏手中，這比較是穩當安妥的辦法。」

「不過，」我說，「你如果願意，我將設法使那兩人自行要求你讓他們留居島上。」

「眞的麼？」船長說，「能如此，我是很快樂，也是我所最希望的事。」

「好，」我說。「我將他們召來，代你同他們講。」

於是我叫禮拜五和兩個人質到洞裏去，把那五人帶來，他們是綑綁着，送到小亭中去，將他們看守在那裏，直等到我走來。

過了些時以後，我走到那邊去，我穿着新衣服，船主和我，大家會齊了，我命令着把那人領到我的面前來，我告訴他們我已得了一個完全的他們對付船主的奸惡行爲的報告，以及他們怎樣的乘船而走，預備着重犯刦掠，但是上帝使他們跳進了自設的羅網，他們是墜入了他們坑人的陷阱了，同時我又使他們知道，在我的指揮下，大船已經獲得；牠現在橫在碇泊的地方；他們將來總可以看見他們的新船主已得到了他的奸詐行爲的酬報，——吊在帆桁的端上。至於他們，老實說我有當場捕獲他們像海盜一般殺掉的權力，但是我願意知道他們想說些什麼。

他們中有一人代表其餘人的回答，說他們是沒有別的話可說，但有這一句，就是當他們被捉時，船主曾經允許他們饒恕他們的生命的，於是他們都伏地求我的寬恕。

但是我告訴他們，我不知道怎樣的寬恕他們；因爲我自己已決意了和我的從人離開這島，同船主乘船回到英國去了；至於船主呢，他是不能帶他們到英國去的，除非將他們和犯罪一般的鎖着，爲了謀逆和刦走大船而受訊。那結局，他們一定知道的，是送上了縊架，因此我說不出什麼是爲他們設想起來最好的方法，除非他們有心死在這島上，如果他們願意這樣，像我有離開這島的自由，倘若他們想起來他們能設法在岸上謀生，我有饒恕他們生命的傾向。

他們聽了我這番話後，沒有出我的所料，他們都非常感謝的說，他們與其被帶到英國去受絞，無寧冒險逗留在那裏，於是我就由他們隨其所願了。

49

三十五年歸

在他們一齊宣佈情願留着不去之後，於是我對他們說，我將要把我在那裏的全部事蹟來告訴他們，同時指示他們在生活上一切的容易的方法。因此，我指點他們關於我的堡壘，以及我怎樣的製造麵包，種植五穀，牧畜山羊，和曝晒葡萄乾的各種方法；總而言之，這些都是可以使他們生活得容易的必要的事物。

我又留給他們我的軍火，五把短槍，三把鳥槍，三把大刀，我還有一桶半以上的火藥留給他們，那時因爲我自第一二年後，用得很少，一點沒有損廢，並且我還對他們說，我將要去勸服船主，再拿兩桶火藥，和多少花園裏所種的種遺送他們；此外，我更送他們船主帶我吃的一袋豆子，同時吩咐他們必須把牠們播種，使牠們的分量逐漸的增加起來。

夜裏，我對他們說起那十五個西班牙人的故事，我無時不盼望着他們能夠到這裏來，爲了他們，我就留下一封信，使他們允許我，他們對待他們，和他們對待自己的人完全一樣。

這些事做完以後，在第二天我就上船離開他們了，我立刻預備着駛行，不過那天晚上却沒有起錨，當第二天晨光曦微的時候，他們五人裏面的二位，正向着大船的一邊游來，同時用手勢做出對於其他三人的最可悲哀的怨訴來，要求看上帝的面上許他們進船，因爲他們將要被謀殺，哀求船主帶他們入船，否則他們將要立刻有生命的危險，船主只假裝着說，若未得我的許可，他沒有權力來答應他們的要求，這事經過了許多的痲煩，和他們自願改過自新之後，他們於是被帶到船上來；過了些時，他們又受着船主的鞭笞了，直到他們被證明爲一個誠實和安靜的人爲止。

又隔了一些時間，一隻小船被命令着帶了許多允許水手們所有的東西靠上岸去，那時的潮水，起伏得非常厲害；那個船主，根據了我的請求准許他們把他們的箱子和衣服全數裝上小船，這個他們對於我是非常感恩的，我也鼓勵他們，對他們說，如果在我權力之下能够得到幾隻船把他們帶進去，那末，我是決不把他們忘掉的。

當我離開這個島的時候，我帶在船上的留作紀念的東西，就是我所製造的那頂山羊小帽，此外還有我的一頂傘和一隻鸚哥。並且，我也不忘掉拿我從前在船上所尋獲的銀幣，可惜牠們因保存得太久，已經生銹而不能當作銀幣應用了。

這樣我離開了這個島，這個日子，我在大船的記載上發見，是一千六百八十六年的十二月十九日，也就是我住在島上的二十八年兩個月和十九日的後一天；現在我從第二次囚禁裏面被救出來了，同月的同一日，剛巧是我第一次從薩里的摩爾人手裏，乘着長舢板逃走出來。在這船裏，經過了一個極長的旅程，一千六百八十七年的六月十一日，我才始抵達英國，現在我和他分別已經又是三十五年了。

當我到達英國以後，我就變了一個完全不識世事的人，好像我是從來沒有到過那裏一般。我的恩人，我以前曾以銀錢托她管的管家，她現在還健存着，不過她又做了第二次的寡婦，境況已經變得十分蕭條了，但是我的父親和母親都早已死掉了；人們都以爲我已不在人間，因此，在那裏，沒有一些食物來替我預備着。總之，我找不出一些東西可以幫助我，使我得到安慰。而我所有保存着的一些錢幣，要想成家立業是不敷應用的。

正在我感到失望空乏的時候，我突然聽着一陣感恩聲，回頭一看，就是我同他同來的船主。他告訴我，他已將我救他生命，救他的船和船貨的事實，始末都已告訴了他的主人，因此，他們就請我去會見他的主人和其他有關係的商人。當他們談論到這件事的時候，他們都對我非常誠摯的道謝着，同時還送了我價值二百金鎊的禮物。

現在，我對於自己生活的環境稍加考慮以後，覺得以後關於立身處世的事業，這有數的款項是不敷應用，因此我決心到里斯朋去，看看我能否得到在巴勒喜爾的一些種植情形，和我的合夥人的消息。但是他，我有理由推測他，他定以爲我在幾年前死去了。因此，我就乘船向里斯朋前進。在四月中我到了那裏。我的從人禮拜五他是很誠實地陪伴着我，不論何時他總是一個最忠實的僕人。

當我到達了里斯朋以後，用了詢問的方法，就找到了我在以前我乘他的船駛向非洲海岸去的老友，——大船上的主人，這個我覺得非常滿意的，現在他是老了，航海的生涯早已棄却，不過換他們兒子在船上，他自己仍繼續着做些巴勒喜爾的貿易。老人對於我一些都認不出，實在我也很難認得他了。不過我不久，就同想到他而他也同想到我，當我告訴他我是什麼人之後。

在我們老年知交，一往情深的交談以後，我詢問他，就是我去後關於種植場和我的合夥人的情形，老人告訴我，他有八年不到巴勒喜爾去了，但是他能够向我確定說，當他去的時候，我的合夥人是活着的，他相信，我將會得着種植上的進步的報告；不過，我因船遇難而已溺死的一說，人們都深信不疑，因此，我的受託人就把我名下種植上所應得的出產和利益之數，都已轉呈政府存案了。

他對我說，他不能確切地說出種植的發達已經到了那種程度；但是他知道這件事，我的合夥人已發了大財，他享受他自己名下所應得一份的財產而致富了；至於講到我要恢復我所應有的財產使我自己收管這件事，那是毫無疑義的，況且我的合夥人還活着，他可為我作證，而且我的名字也在政府裏註册處登記的。

在我和老友繼續商說這事，經過了數日以後，他曾給了我一張關於我的種植場起初六年的獲利的報告，我的合夥人和受託人都簽了字在上面。從這個報告上，我看見每年獲利都增加得很多；不過開銷很大，牠的總數起初是很小的，然而老人是很忠實的，他很坦白的，使我明白他欠我有四百七十的金摩多，在六十箱糖和十五箱雙捲的煙葉以外。

再沒有比下面的一件事更加可以尊重的了。在還不到七個月的時間，我從我的還生存着的受託人——那個商人——那邊接到了一個很大的包件；還有我的合夥人的一封信，他慶賀我還在世上生存着，末了，還寫着他對於我在友誼上和他的家庭裏的懇切的致候，他贈送我，當作禮物一般的七塊的豹皮，那是他派了別的船到美洲去，經過了一個比我順利的航程裏得到的。他又送我五箱甘美的糖果，一百個沒有鑄的金幣在這同隻船上，我的兩個受託的商人裝給我帶來了一千二百箱的糖，八百捲煙草，其餘都是寫在帳目上的現金。

現在，我可以這樣說，我的事業的後半部比了前半部要勝得多了，當我看見了我的全部財產，就在我的身旁的時候，我是描摩不出自己的心頭所發生的紛亂的情緒，是到怎樣的程度！因為從巴勒喜爾的船隻整隊的向着這裏開來，牠們帶着我可喜的信，在同樣的船上，又裝着我的貨帶來了。

現在，我的面色灰白，我好像精疲力竭似的感到難堪，大概要害病了。假使沒有那老人跑去替我拿一些補藥來，我相信猝然狂喜，必致變亂天性，在那裏，我或者已經死去了。

現在頃刻之間，我已變了一個擁有千磅現金以上的主人翁了。此外我還有一宗產業，牠保藏在巴勒喜爾，每年可出產一千磅以上的利金，同在英國的地產一般的安全。總而言之，我是生活在我自己不很明白的境況之中，甚至我也不知道怎樣去享受牠。

第一樁我所做的事，就是去報答我最初的恩人——我的仁愛的老船主，他從前，當我遇難的時候，他是第一個對我發慈悲的人，起初他待我非常的仁愛，後來待我又十分的誠懇，我給他看凡是別人送我的東西；我又告訴他從前我欠了他現在我將要盡我的本分，把他的恩惠加上百倍來報答他。第一，我把以前我從那裏移用的一百摩多還他；後來，我請來了一位書記官，吩咐他在曾經承認我的那個四百七十摩多的債票上，起了一張免債據在票據後面，又加上一筆註解，說我每年給他一百摩多，在他身死以後，又傳他的兒子的一生，每年給他五十摩多，這樣，我報答了我的老恩人。

現在我沒有洞穴來藏我的金錢，或者一塊地方，錢幣可以無需用鎖和看顧來安放着。因此，我不知道把牠們放在什麼地方，或者寄存在那一個人手裏，方可算爲安全，我寄存在巴勒喜爾的一宗產業，牠的利益的增加，好像一意要引誘我到那邊去的樣子；不過我總在不能够說我是怎樣想念着到那邊去，直要等到我把所有的事務安排好了，以及把我的一切的財產託在一個可靠的人之後。

在起先，我想到了我的年老的庇護者——那個船長，的確他是非常忠實的，他可以做我的所有物件的貯藏所；此處我又曾想到我的老友——那個寡婦，我知道她是十分誠實的，並且對待我，也可說是最正直沒有了。不過她的年紀已是很大了，而且還很貧窮，據我的觀察，她或者已經負了債。總之，除了我自己回到英國去，把我的財產帶着同走之外，是沒有別的辦法了。

在正月十四日，我平安地在夫爾海口上了岸，這次的旅行，完全是在嚴寒的季節裏面，可憐我的從人禮拜五，他是着實覺得吃驚了，當他發見滿山蓋着雪，同時感到天氣又是那麼奇冷的時候；這些在他的一生裏面，簡直是沒有碰到過或看到過的呢。

我的惟一的領路人和私人的顧問，就是我的那位年老誠實的寡婦。她對於我贈與她的金錢是非常感激的，因此她不辭勞苦，不嫌煩怨來盡力替我效勞。我把一切的事務都委託她，至於貨物的安全的問題，那是我甚可放心的。

50 重遊故島

無論那個人，都可以想到，在幸運交集的時候，我是不願再去過那冒險的生涯了——這樣，的確，我是如此，假使沒有別的事務來干涉我。但是，我是慣於游蕩的生活了，同時我也沒有家屬來牽累我；因此，有意極想再航行出發去遠遊，過那冒險的事業。尤其是我不能抑制自己，對於再去重遊那個海島的熱烈的傾向；同時因爲我還有渴望着想得一些關於那幾個可憐的西班牙人是否已到那邊的消息。

我的忠實友人，——那個寡婦，她是拼命地阻止我對於那種舉動的實現，她說服我的心，近乎有七年之久，我沒有去實現我的熱切的理想，航海出去過。

在這些時間裏，我稍稍處置了我自己的事務。第一，我就結了婚，生了三個孩子，一個是女孩兒，同時我又撫養了兩個我的已死哥哥的兒子。其中一個，我把他放在一隻船上的船長那邊，在五年後，當我看見他的時候，他已經變成了一個勇敢的壯健的少年了。因此，我把他的位置調換到一隻更完善的大船裏，那船是漂航在世界上的任何的商埠的。

時光忽忽，我自脫離那個荒島以來，又已經過去七八年了。那時我的妻子已死了，恰好這時我的海外漂航的侄子，剛從西班牙旅行中，帶着極大的勝利同來，因此，我的出外的傾向，又被他引起了。他懇求，並且勸我，乘着他的船，像私商一般的到東印度了。這事是在一千六百九十四年。

在這次的航行之中，我重新拜訪我的島上的殖民地，看見了我的承繼者西班牙人，並且得了他們在生活上的一切的事蹟，以及我拋留在那邊的幾個棍徒的故事，——他們起初怎樣去欺負西班牙人，後來又怎樣相合，怎樣不同意，又怎樣分開，以及西班牙人在最後不得不用武力來對待他們；於是他們怎樣歸順了西班牙人，西班牙人又怎樣用誠實的態度來告誡他們……。這些故事，假使我把牠完全的記載出來，那末，各種奇異的事蹟，一定會和我的故事一般；尤其是他們對於那些卡里冰人的攻擊的狀況，——他們曾好幾次來到這個島上，——和在這裏他們所做的各種改良的事業。

在這裏，我住了差不多有二十天，我留贈他們日常必需的東西，尤其是那些軍器，衣服，用具，以及我從英國帶來的二個工人，——一個木匠和一個鐵匠。

此外，我又把所有島上的土地，劃分着派給他們。我保守全部的領土，以爲我個人的產業。但是分給他們那些部份，是我依照所屬，而徵得他們的同意的。當我替他們安排好了各事，並且鼓勵他們一番話後，我就和我的故島分別了。

詩

——這篇傳說是亞力山大塞可克孤身居住於玄費朗磁島上時所作的——

我是管理萬物的君王
沒有人能夠和我爭權利；

環繞世界的大陸和海洋
　我是飛禽走獸的大帝。

我處於人跡罕到的地方，
　永未聽到好聽的人類言語；
奔騰的走獸見了我毫不介意，
　牠們的馴服使我發生驚奇。

社交，友誼，和情愛，
　是上天賜給人們的恩惠哦，

假使我有鴿子的兩翼，
　就能再歷人類情愛的世態！

大風啊，你送我到了這孤寂的島上，
　隔絕了我和陸上人類情愛的消息，

哦，對我說吧，我的朋友們是否，
　時時像從前一樣來向我致意或問候？

思想的奔馳真比電閃還迅速，
　我剎那回到了家鄉，當我憶想的時候。

可是，唉！眼前苦痛的現實，

立刻把我推入了失望之路！

但是禽獸已回到牠們的窠穴安眠，
我呵，也只能回到我的茅屋。
看這四周都是佈滿上天的恩惠，
恩惠啊，牠給了痛苦的一個特赦！

狄福年表（編年表）

戴維揚

一六六〇年 生於倫敦，其父爲賣脂燭的商人。

一六六二年 改信長老會。

一六六五～六六年 大瘟疫，倫敦大火。

一六六八年 （大約）其母過世。

一六七一～七九年 讀書預備當聖職。

一六八三年 到Cornhill經商致富。

一六八四年 和Mary Tuffley結婚而得三七〇〇鎊的嫁妝，其後生七子。

一六八五～九二年 經營煙、酒致富，週遊全英及歐洲開始撰寫政治評論的小冊子。

一六八八～一七〇二年 爲威廉三世當小文官。

一六九二年 宣告一萬七千英鎊的破產。

一六九五年　將原姓Foe加上De成爲De Foe。

一六九七年　出版〈論策劃〉(An Essay on Projects)一文，名燥一時。

一七〇一年　出版《天生眞正英國人》(*The True-Born Englishman*)。

一七〇二年　出版《異議者的終南捷徑》(*The Shortest Way with the Disenters*)。

一七〇三年　因前書被捕下監，出版《頌枷鎖》(*Hymns to the Pillory*)

一七〇三～三〇年　從Newgate的死牢出獄，不斷爲兩黨Tory and Whig充當政治評論者，顧問和秘密抓刀人。

一七〇四～一三年　爲*The Review*編寫雜誌。

一七〇七年　致力統合英格蘭(England)以及蘇格蘭(Scotland)。

一七一三～一四年　數度破產及撰寫政治評論而下監。

一七一五年　出版《家庭教冊》(*The Family Instructor*)。

一七一八年　出版第二册《家庭教册》。

一七一九年　出版《魯濱遜飄流記》一集及二集。

一七二〇年　出版《魯濱遜飄流記》第三集。

一七二二年　出版《女賊史》(*Moll Flanders*)以及《傑克少校》(*Colonel Jack*)。

一七二四年　出版《幸運情人》〔*The Fortunate Mistress*（*Roxana*）〕。《海盜通史》《大英旅遊》

三大冊。

一七二五年 出版《英商全集》兼論海盜罪犯生活史。

一七二六年 出版《惡魔政治史》(*The Political History of the Devil*)。

一七二七年 出版《婚床的功效》。

一七二八年 出版《英商策略》。

一七三一年 死於倫敦。

桂冠世界文學名著
新文學主義蔓延中

①羅蘭之歌
楊憲益／譯
蘇其康／導讀
300元

耳熟能詳的中古史詩，膾炙人口的英豪事蹟。即使是驚心動魄的戰爭場面，也掩不住羅蘭不爲所動的尊貴。請珍視這麼一個典範。

②熙德之歌
趙金平／譯
蘇其康／導讀
300元

與法國歷險史詩系統（Chanson de Geste）同屬一型，但卻是較新和先進的一型。熙德在行爲上的表現，可說是對歐洲建制革命性的詮釋。值得一讀再讀。

③坎特伯利故事集
400元

喬叟／著・方重／譯・蘇其康／導讀

遊藝性的故事集，喬叟高超的幽默筆法使故事在遊戲中充滿了反諷。這裡頭只記載一種東西——即是最有內涵又最具趣致的故事。

④魯濱遜飄流記
狄福／著
戴維揚／導讀
150元

⑤莫里哀喜劇六種
400元

莫里哀／著・李健吾／譯・阮若缺／導讀

莫里哀是位獨來獨往的人，他的戰鬥風格和鮮明意圖常受到統治集團知識分子的曲解，但是請注意，莫里哀比任何一位作家都要更靠近法國的普遍大衆。

總策劃／吳潛誠
桂冠世界文學名著 4

魯濱遜飄流記
ROBINSON CRUSOE

原著> 狄福
(Daniel Defoe)
譯者>
導讀> 戴維揚
總策劃>吳潛誠
執行編輯>湯皓全
〈出版〉書華出版事業有限公司
台北縣中和市中正路800號
電話：2231327・局版台業字第2146號
行銷>桂冠圖書股份有限公司
地址>台北市新生南路三段96之4號
電話>(02)3681118・3631407
電傳>886－2－3681119
郵撥帳號>0104579－2
登記證>局版台業字第1166號
印刷>海王印刷廠
初版一刷> 1994年1月

ISBN 957-551-630-3
定價>新台幣　　元

國立中央圖書館出版品預行編目資料

魯濱遜飄流記／狄福 (Daniel Defoe) 原著；
戴維揚導讀. --初版. --臺北市：桂冠,
1993〔民82〕
面；　公分. --(桂冠世界文學名著；4)
譯自：Robinson Crusoe
ISBN 957－551－630－3(平裝)

873.57　　82001681